AF287183

Impressum:

Besuchen Sie uns im Internet:
www.papierfresserchen.de

Herausgegeben von CAT creativ - www.cat-creativ.at
im Auftrag von

© 2022 Papierfresserchens MTM-Verlag GbR
Mühlstr. 10, 88085 Langenargen
info@papierfresserchen.de
Alle Rechte vorbehalten. Erstauflage 2022

Herstellung und Lektorat: CAT creativ - www.cat-creativ.at

Foto „Die weiße Frau vom Bodensee“:
© Anne Haggenmüller für Papierfresserchens MTM-Verlag
Foto „Die Pferde im Turm“: © Monika Arend
Foto Stephansdom: © Marie Meier
Fotos Berner Oberland: © Hans Peter Flückiger
Illustration Prometheus: © Hans Peter Flückiger
Illustration Thunersee: © Hans Peter Flückiger
Foto „Die Blüemlisalp“: © kindler/dubuisson solothurn
Fotos „Das Haus im Fluss“: © Nanja Holland
Schriftzug Sagenhaftes: © Heike Georgi
Illustrationen Cover: © Tomasz Zajda - Adobe Stock lizenziert

ISBN: 978-3-99051-100-8 - Taschenbuch
ISBN: 978-3-99051-101-5 - E-Book

Alte Sagen neu erzählt

Band 1

Martina Meier (Hrsg.)

Inhalt

Inhalt

Inhalt

Vorwort

Manche Dinge brauchen einfach länger, um zu reifen, als andere. Schon seit Jahren spukte unserer Verlagsredaktion eine Idee im Kopf herum. Wir wollten ein Buch herausgeben, in dem wir alte Sagen neu erzählen lassen, um Dinge wieder ins Gedächtnis zu rufen, die nach und nach verloren gehen.

So ließen wir beispielsweise bereits 2016 von der Illustratorin Heike Georgi, mit der wir schon bei vielen Projekten zusammengearbeitet haben, den Schriftzug für die Buchreihe *Sagenhaftes* zeichnen. Doch wie es so oft ist, man hat eine Idee, beginnt ... und dann verläuft erst einmal alles im Sande. Von der ersten Idee bis zur konkreten Umsetzung des vorliegenden Buches vergingen tatsächlich mehr als sieben Jahren.

Doch das Warten hat sich gelohnt – wir freuen uns mächtig darüber, dass sich wirklich so viele Autorinnen und Autoren aus Deutschland, Österreich und der Schweiz an diesem Projekt beteiligt und tolle Sagen und Legenden in neuen Worten zusammengetragen haben. So steht es für uns inzwischen außer Frage, dass wir dieses Buchprojekt mit einem zweiten Band im kommenden Jahr fortsetzen werden.

Hatten wir zunächst noch überlegt, die einzelnen Bände regional zu halten, das heißt beispielsweise nur Sagen aus Bayern oder nur Sagen aus Österreich in einem Buch zu veröffentlichen, so sind wir bei der weiteren Planung der Buchreihe davon abgekommen. So wie es bereits in diesem Band ist, werden wir auch künftig in den Sagenhaft-Büchern ein breites Spektrum an Sagen aus aller Herren Länder präsentieren, denn wir als Verlagsredaktion fanden es tatsächlich spannend, in immer neue, uns manchmal auch unbekannte Erzählungen einzutauchen. Wir hoffen, dass es den Leserinnen und Lesern ebenso geht. Nun aber wünschen wir viel Freude beim Eintauchen in unsere ... sagenhafte Welt!

Martina Meier (Verlegerin und Herausgeberin)

Die Pferde im Turm

Mengis wich seiner Liebsten seit Tagen nicht mehr von der Seite. Ihre Stirn glühte. Immer wieder musste sie sich übergeben. Inzwischen fehlte Richmodis die Kraft, sich im Bett aufzurichten. Die geschwollenen Lymphknoten am Hals drohten zu platzen. Bei jeder Berührung schrie sie vor Schmerzen. Sie komme um vor Durst, klagte sie und die Magd schaffte unentwegt Wasserkrüge herbei. Mit blassgrünem Gesicht, spröden Lippen, die Lider nur halb geöffnet, wandte Richmodis sich an Mengis und flüsterte: „Wenn ich sterbe, nimm meine Base Konstanze zur Frau!"

Er traute seinen Ohren kaum. Wie konnte sie so etwas sagen? „Niemals!", rief er. „Du wirst nicht sterben!" Er klammerte sich an ihren Arm.

Am Mittag schickte man nach dem Medicus. Der schaute sich die Kranke an und zuckte die Schultern. Dann machte er sich auf den Weg zu anderen Patienten. Kurz darauf erschien der Kleriker. Auch er war in Eile, erteilte die Sterbesakramente und schon war er wieder fort.

Aus Richmodis' Mund kamen nur noch Wortfetzen. Ihr Atem ging stoßweise. Plötzlich griff sie nach Mengis' Hand. Ein letztes Mal atmete sie aus und dann rollte ihr Kopf zur Seite. Sie wirkte winzig und dünn, wie sie nun leblos auf der Matratze lag, das Gesicht friedlich und entspannt. Keine Spur mehr vom Todeskampf der letzten Stunden.

Mengis spürte, wie sein Herz in tausend Stücke zersplitterte. Warum Richmodis? Wie sollte er ohne sie weiterleben? Er beugte sich vor und lauschte. Aber sie atmete nicht mehr.

Ein Husten ertönte vom anderen Ende des Raumes. Erst jetzt wurde Mengis bewusst, dass er nicht alleine war. Das Gesinde, das sich ebenfalls von der Herrin hatte verabschieden wollen, hatte die letzten Minuten schweigend an der Wand verharrt. Er nickte der Dienerschaft zu und einer nach dem anderen verließ den Raum. Zuletzt entschwand die Kammerzofe, das Gesicht feucht von Tränen. Nur das Rascheln ihres Rockes war zu vernehmen. Als die Tür hinter ihr ins Schloss fiel, wurde ihm klar, dass er immer noch Richmodis' rechte Hand hielt, obwohl der Medicus verboten hatte, die Tote zu berühren. Doch Mengis hatte nichts mehr zu verlieren. Er spürte, wie sich der Edelstein ihres Eheringes in seine Handfläche grub, und erinnerte sich an den Tag vor zwei Monaten, als er seiner Holden das Schmuckstück an den Finger gesteckt hatte. Was hatte sie gestrahlt! Mengis drückte noch fester zu und genoss den Schmerz. Er legte den Kopf auf Richmodis' Brust und flüsterte: „Diesen Ring sollst du mit ins Grab nehmen als Zeichen unserer unendlichen Liebe."

Gepolter auf der Treppe ließ ihn aufschrecken. Die Tür wurde aufgestoßen und ein kalter Luftzug erfüllte den Raum. Mengis wusste, es war verboten, Totenwache zu halten. Er war aber noch nicht bereit, sich von Richmodis zu lösen. Doch die Totengräber drängten ihn beiseite, wickelten den leblosen Körper wie einen Tierkadaver in schmutziges Sackleinen und schafften ihn hinunter. Mengis folgte ihnen, die Beine drohten ihm den Dienst zu versagen. Als er auf die Straße trat, sah er, wie Richmodis in eine Lade gelegt wurde. Das Gesinde stand bereit, um ihr das letzte Geleit zu geben. Die Kammerzofe schaute auf das schwarze Kreuz an der Hauswand und begann zu zittern und zu wehklagen. Hatte sie Angst, die Nächste in diesem Hause zu sein, die die Pest dahinraffen würde?

Dank seines Reichtums und des Ansehens, das er in der Stadt genoss, konnte Mengis verhindern, dass Richmodis in eine Grube auf dem Acker zu den anderen Toten geworfen wurde. Man bettete sie in einen Sarg, der auf dem Friedhof neben Sankt Aposteln in die Erde hinabgesenkt wurde.

Die Nacht brach bereits über Köln herein, als er in sein Haus zurückkehrte. Die Halle wirkte trostlos und leer. Am Fuß der Treppe erblickte er eine schlanke Gestalt. Einen Moment meinte er, Richmodis wäre zurückgekehrt, doch es war Konstanze. „Was macht Ihr in meinem Hause? Richmodis ist dahingeschieden!", brüllte er.

Konstanze schaute ihn aus traurigen Augen an. „Ich weiß, mein Herr. Ich kam zu spät. Nun möchte ich Euch mein Beileid aussprechen."

Mengis wusste, warum Konstanze wirklich gekommen war. Er gab dem alten Edgar, der soeben in der Halle erschien, ein Zeichen und dieser geleitete sie zur Tür hinaus.

Das Gesinde huschte rastlos durch die Räume und aus der Küche ertönte Geschirrklappern. Offenbar hatte das Personal die Arbeit wieder aufgenommen, ganz so, als wäre nichts geschehen.

Mengis' Kehle fühlte sich an wie zugeschnürt. Er würde an diesem Abend keinen Bissen hinunterbekommen. Daher zog er sich in sein Schlafgemach zurück und sank, ohne eine Kerze anzuzünden, auf das Bett. Dann strömten die Tränen. Seine Brust bebte. Der Körper schien ihm nicht mehr zu gehorchen. Wie sollte er jemals wieder glücklich werden? Stundenlang wälzte er sich auf dem Lager hin und her. Irgendwann tief in der Nacht fiel er in einen Dämmerschlaf und träumte, Richmodis läge neben ihm. Eine helle Stimme drang in sein Unterbewusstsein. Er riss die Augen auf. Der Raum war leer. Das Weinen und Flehen kam von draußen. War Konstanze zurückgekehrt? Zu dieser späten Stunde? Aus der Halle ertönten verärgerte Rufe.

„Unsere Herrin ist tot. Wer immer Ihr seid: Schert Euch zum Teufel!", rief Edgar.

Da! Erneut diese liebliche Stimme.

Mengis stürmte zum Fenster und schaute hinaus. Unten stand eine Person in einem Leichenhemd. Das Licht der Laterne fiel auf ihr Gesicht. Sie blickte ihn an und rief: „Mein lieber Gemahl! Sorge dafür, dass man mir Einlass gewährt!"

Es gab keinen Zweifel. Richmodis lebte! Aber wie konnte es sein? Er hatte die Tote selbst zum Friedhof geleitet.

„Erst wenn meine Schimmel auf den Turmboden laufen, glaube ich, dass du am Leben bist", antwortete Mengis. Kaum hatte er den Satz beendet, ertönte Hufgetrappel auf den Stiegen. Er löste seinen Griff vom Fensterkreuz, durchquerte den Raum mit großen Schritten und rannte die Treppe hinab.

Das Gesinde drängte sich um ihn, als suche es Schutz vor dem Geist, der dort vor der Tür stand. Mengis schob den Riegel mit einem Ruck beiseite. Richmodis fiel ihm weinend um den Hals. Obwohl das Hemd bereits den Geruch von moderner Erde angenommen hatte, war ihr Haar weich und die Haut rosig. Er trug sie zum Kamin, in dem noch das Feuer loderte. Die Mägde brachten Kleidung und Decken. In der Küche herrschte wieder geschäftiges Treiben und man servierte kurz darauf dampfende Speisen.

Richmodis erzählte erst zögernd, dann immer lebhafter, was geschehen war: Ein Totengräber war offenbar auf den wertvollen Ring an

ihrer Hand aufmerksam geworden. Er musste in der Dunkelheit zum Friedhof zurückgekehrt sein, das Erdreich wieder ausgehoben und den Sargdeckel aufgestemmt haben, denn in dem Moment, als er ihr das Schmuckstück vom Finger ziehen wollte, hatte sie die Augen aufgeschlagen.

Mengis nahm Richmodis' Hand und strich über den Stein. Ein Segen, dass er ihr den Ring gelassen hatte.

Am nächsten Tag strömte das Volk herbei, um sich von dem Wunder zu überzeugen. Es gab Schreiberlinge, die die Geschichte auf Papier verewigen wollten. Doch Mengis schirmte seine Gattin wie einen kostbaren Juwel von der Außenwelt ab. Die Schimmel verharrten im Turm.

Wenn man heute durch die Richmodisstraße in Köln schlendert, sieht man noch immer aus einem Fenster zwei Pferdeköpfe hinausschauen.

Monika Arend, *geboren 1964 in Köln, lebt mit ihrem Mann im Oberbergischen. Die Fremdsprachenkorrespondentin hat ein Studium in kreativem Schreiben absolviert. Sie verfasst kurze und lange Geschichten in diversen Genres. Monika Arend fährt gerne Mountainbike und ist sehr naturverbunden. Ihre Romane „Auszeit in die Liebe" und „Einmal Steinzeit und zurück ..." sind im Herzsprung-Verlag erschienen. Im Frühjahr 2022 wurde ihr erster Krimi „Ruhe sanft am IJsselmeer" ebenfalls von diesem Verlag veröffentlicht.*

Eine Braut in der Lache

Eine Sage aus Reichertshausen

Geschehen ist das Unglück, vertraut man der Legende, nahe dem oberbayerischen Reichertshausen, einem Ort im Nirgendwo, eingekesselt von München, Ingolstadt, Augsburg und Landshut. Wir befinden uns jenseits des östlichen Bezirks der besagten Gemeinde, an der Grenzlinie zwischen Schlosswald und Staatswald.

Von der verwitterten Bank, sie thront über den umliegenden Wegen, ihr Holz ist an manchen Stellen brüchig, lässt sich ein Denkmal besehen. Dort, wo vier gekieste Forstpfade aufeinandertreffen, eine Kreuzung bilden, die die Höhenunterschiede der einzelnen Wege kurzzeitig ebnet, steht das sogenannte Marterl: Ein eingeschlagener Stempen, ein bisschen länger als ein handelsüblicher Zaunpfahl ist er schon, ihm obenauf, in einem Schaukasten, das Bild einer Braut. Von ihr wird gesagt, sie sei *unter die Räder gekommen*. Der unweite Friedhof, wallendes, durch Hasen, Wildschweine und Rehe aufgerührtes Gebüsch, das Raunen windgefächerter Äste, jene Symphonie erweckt die Atmosphäre eines naturgemachten Krimis. Beinahe schlafwandlerisch. Und in dieser trügerischen Ruhe mysteriös.

Zwei waagrechte Bretter über der Brücke, auf dem oberen von beiden steht *Brautlache*, bilden eine liederliche Front gegen den jähen Abgrund des Rinnsals direkt darunter. Es modern die schlierigen Latten dieser Brücke links neben dem denkwürdigen Schaukasten, Würmer bahnen ihre rätselhaften Gänge durch das Innenleben der Bretter. Alles ist angetan, der Braut im Vorbeigehen eine Gedenkminute zu spenden.

Es wird überliefert, die Kutsche, in der sie zusammen mit ihrem Bräutigam gesessen hat, sei seitlich gekippt. Die schmuckdekorierte Braut, Details ihres Aussehens sind in der Flüsterpost der Epochen verschüttgegangen, sei überrollt worden wegen des abschüssigen Geländes, fast ungebremst in die Tiefe des Rinnsals hinabgestürzt. Und ertrunken.

Die Brücke mit dem Denkmal und der Aussichtspunkt mit der Sitzbank sind ringsherum die einzigen Ebenen.

Gegenwärtig charakterisiert ein schlammiger Brei, ein wasserarmer Matsch, das Bett der Brautlache. Man hegt Zweifel, ob all das, was die Legende behauptet, in der Lache geschehen ist. Und doch, wenn Rotmilane den grau-tristen Himmel umkreisen, den Wald bei Reichertshausen wortlos zu ihrem Revier erklären, vermittelt ihr galanter Gleitflug, unter den Fittichen hielten sie, gehütet seit Generationen, Einzelheiten jener Historie verborgen.

Laub knistert unter den Sohlen, es knirschen dem Profil eingetretene Kieselsteine. Zwangsläufig erwägt man bei den Wanderungen im Radius der Brautlache, die Sinne trügen und der beträchtliche Pegel im gefluteten Rinnsal ferner Vergangenheit sei noch nicht gänzlich zurückgegangen, die Seele der Braut wird spürbar, ihr Herz scheint zu pulsieren. Scheuende, wiehernde, mit den Hufen scharrende Pferde, Schritt für Schritt webt das Gedächtnis fort, was wäre geworden, wenn … Hätte man die Kutsche anheben, die Braut vor dem Ertrinken in der Lache retten können?

Zwischen Schlosswald und Staatswald, dem Gebiet um Herrenrast, schwebt mit den gerade morgendlich ausgeprägten Nebelschwaden ein unterschwelliges Heldentum. Man schwelgt in der Illusion, ausgerechnet man selbst hätte die Braut aus der Untiefe des schlanken Wasserlaufs emporheben können. Der Bräutigam, er soll das Desaster ja überlebt haben, ist gewiss längst tot. Zu den Vorbeikommenden, die auf befremdliche Weise aufatmen, weil diese schrecklichen Szenen seit unzähligen Dekaden verjährt sind, gehöre auch ich. Der Humus allein weiß, wie groß der Gehalt an Wahrheit ist, den man der Brautlache andichtet. Überlassen wir den Bodenschichten, wohin sie diese Erzählung verorten …

Oliver Fahn wurde 1986 in Pfaffenhofen an der Ilm im Herzen Oberbayerns geboren. Der Heilerziehungspfleger lebt bis heute zusammen mit seiner Frau und seinen beiden Söhnen in der Kreisstadt. Fahn veröffentlicht regelmäßig Beiträge in Kulturmagazinen und verfasst Texte für Anthologien. Zudem unterhält der Autor ein Profil bei story.one und bringt dort Kurzgeschichten heraus.

Die Sage von der blauen Glockenblume

Eine Sage aus dem Taunus

Sagenhaftes, das gibt es auch im Taunus. So wird unter anderem von einer blauen Glockenblume erzählt, die alle hundert Jahre auf dem Rossert wächst und voller Magie steckt. Diese Blume besitzt die Fähigkeit, den Berg zu öffnen, wodurch ein geheimnisvoller Ort offenbart wird.

Einst fand ein Mädchen aus dem kleinen Örtchen Eppenhain diese besondere Blume. Kaum dass sie diese gepflückt hatte, tat sich der Berg magisch auf und offenbarte eine Höhle. Mutig schritt das Mädchen hinein, wo sie neben Gold und Edelsteinen eine angekettete Frau vorfand.

„Mädchen", sprach diese. „Nimm so viel Gold und Edelstein, wie in deine Schürze passt."

Kurz zögerte die Kleine, dann jedoch ließ sie die Blume fallen und griff eifrig zu. Erst als die Schürze gänzlich gefüllt war, nahm das Mädchen allen Mut zusammen und fragte die Frau, weshalb sie denn angekettet sei. Doch als diese ihr nicht antwortete, beschlich das Mädchen ein ungutes Gefühl, weshalb es sich schnellen Schrittes zum Ausgang der Höhle begab. Doch bevor es diesen geheimnisvollen Ort verlassen konnte, trat ihm plötzlich ein Wichtelmann entgegen.

„Mädchen, du vergisst das Wichtigste!", sprach das kleine Wesen, doch das Mädchen wich erschrocken zurück und eilte weiter.

„Hörst du nicht, Mädchen? Das Wichtigste hast du liegen lassen!", rief der Wichtel erneut, doch da war das Mädchen bereits ins Freie getreten. Hinter der Kleinen schloss sich der Felsen.

„Wie konntest du nur die Blume vergessen?", meinte der Wichtelmann vorwurfsvoll. „Sie war ein Schlüssel. Hättest du die magische Glockenblume behalten, so hätte diese sich in eine Springwurzel verwandelt, mit welcher du jederzeit Zugang zu der Höhle gehabt hättest. Dann wäre es dir sicherlich auch gelungen, die angekettete Frau zu befreien. Nun wird sie weitere hundert Jahre warten müssen und hoffen, dass die magische Glockenblume erneut von jemandem gefunden wird." Kaum dass der Wichtelmann verschwunden war, blickte das Mädchen auf ihren kleinen Schatz in der Schürze und stellte bestürzt fest, dass sich dort nichts weiter als Steine und Scherben befanden.

Pamela Murtas *wurde 1975 in Frankfurt-Höchst geboren, lebte jedoch seit ihrem zehnten Lebensjahr in Italien, wo sie an der Deutschen Schule Mailand ihr Abitur absolvierte. Nach drei Jahren Moskauaufenthalt kehrte sie nach Italien zurück, um in Rom professionellen Reitsport zu betreiben. Seit 2007 wohnt sie erneut in Deutschland. Veröffentlicht hat sie bisher den vierteiligen Abenteuerroman „Destini", außerdem weitere Kurzgeschichten und Gedichte in verschiedenen Anthologien.*

Das Geheimnis der Rheinbacher Waldkapelle

Eine Sage aus Rheinbach

Die Rheinbacher Waldkapelle – oder auch Kapellchen, wie sie von den Einheimischen oft genannt wird, hat eine wunderbare Entstehungsgeschichte, die von Generation zu Generation weitererzählt wurde.

Hermann Kuchenheim, ein Bürger der Stadt Rheinbach, hatte ein schweres Los. Seine liebe Frau war sehr krank und er wusste nicht, wie er ihr helfen sollte. Doch mit einer Sache konnte er ihr helfen: Er war ein guter Holzfäller und sehr tüchtig mit der Säge. Also nahm er sich vor, genug Brennholz für den Winter zu beschaffen, sodass seine kranke Frau auf keinen Fall frieren musste.

Er kaufte fünf junge Buchen im Rheinbacher Stadtwald und machte sich eines Morgens mit seinem Neffen Johann Thynen auf den Weg, um die Bäume zu fällen. Es war sehr neblig und kalt, doch die beiden hatten die Bäume schnell gefunden. Sie machten sich an die Arbeit und fällten sie. Der Nebel verzog sich und die Sonne strahlte durch das Herbstlaub. Rotgelb wiegten sich die Blätter im Sonnenschein, irgendwo klopfte ein einsamer Specht. Die beiden Männer setzten sich auf einen Baumstamm und frühstückten ausgiebig. Sie waren sehr zufrieden mit ihrer Arbeit und wärmten sich an den Sonnenstrahlen.

„Wenn doch nur Helga bald wieder gesund wird!", seufzte Hermann traurig. Plötzlich verdunkelte sich der Himmel unvermittelt und ein Donnergrollen war zu hören.

„Was ist das?", fragte Johann. Er war vierzehn Jahre alt, doch sah durch die harte Arbeit, die er oft verrichten musste, viel älter aus.

Sein Onkel blickte verwundert nach oben. „Es ist seltsam. Zu dieser Jahreszeit haben wir doch nie Gewitter!", murmelte er.

Es blitzte und donnerte erneut. Die Männer wussten nicht recht, was sie machen sollten und sahen sich ratlos an.

In diesem Moment schlug ein Blitz in den Baum ein, neben dem sie standen. Der Baum wurde gespalten und vier Holzscheite fielen zu Boden. Sie sahen aus wie ein Herz.

Eine Schrift wurde sichtbar: *I H S* – die Abkürzung für den Namen Jesus. Das Gewitter verzog sich so schnell, wie es gekommen war.

Hermann und sein Neffe staunten. Ihre Herzen schlugen schneller – was war passiert?

Hermann sagte: „Ich werde die Holzscheite mit nach Hause nehmen, sie sind etwas Besonderes, da bin ich mir sicher!" Auch Johann glaubte, dass sie eben Zeugen eines ganz außergewöhnlichen Ereignisses gewesen waren. Schweigend und in Gedanken versunken machten sich die Männer auf den Heimweg.

Die kranke Frau hörte sich die Geschichte geduldig an. „Legt die Scheite neben mein Bett, wenn ich bete, werde ich Jesus ganz nah sein!", flüsterte sie leise. Ihre Augen leuchteten in einem hellen Glanz und Hermann spürte so etwas wie Hoffnung.

Am nächsten Tag aß seine Frau das erste Mal seit langer Zeit wieder ihren Teller mit der Hühnersuppe ganz auf. Als Hermann zur Arbeit ging, hörte er ein Klopfen. Er drehte sich um und sah seine liebe Frau, die am Fenster stand und ihm hinterher winkte. Da musste er das erste

Mal seit langer Zeit wieder lächeln. Fröhlich winkte er zurück.

Vier Monate später war die Frau wieder völlig gesund und konnte ihre Arbeit wieder aufnehmen.

Sechzehn Monate blieben die heiligen Scheite im Hause der Eheleute. Doch dann kam der Bonner Schneider Wilhelmi zu Besuch und hörte von der Geschichte. Der Schneider überredete das Ehepaar, die Scheite in der Kirche auszustellen, damit mehr Leute daran teilhaben konnten. Die Kuchenheims willigten sofort ein. Noch am selben Tag erfuhr der Sekretär des Kurfürsten von der Geschichte. Der Kurfürst freute sich so sehr über die Scheite, dass er einen Künstler beauftragte, die Scheite mit silbernen Verzierungen einzufassen. Außerdem ließ er die Geschichte aufschreiben, damit sie nicht verloren ging.

An der Stelle, an der die Buche stand, in die der Blitz eingeschlagen hatte, ließ er die Waldkapelle bauen. Dort sollte der Name Jesu immer verehrt werden.

Dörte Müller, *geboren 1967, schreibt und illustriert Kinderbücher. Sie lebt mit ihrer Familie in Bonn und unterrichtet an einer Gesamtschule.*

Das Teufelsschloss

Eine Sage aus dem Taunus

Auf dem Gipfel des Rossert erstreckt sich eine sonderbar gezackte Felsformation. Laut einer weiteren, etwas düsteren Legende handelt es sich hierbei um die versteinerten Nonnen, die einst in einem Kloster am oberen Hang des Rossert lebten. Diese nahmen ihren Glauben offenbar nicht allzu wichtig und lebten stattdessen fröhlich in den Tag hinein. Sie hielten sich nicht an die Regeln ihres Ordens und kamen auch nicht ihren religiösen Verpflichtungen nach. Dies entging natürlich nicht dem Teufel, und so beschloss er, eine dieser sündigen Nonnen zu entführen. Doch ein aufmerksamer Engel erkannte des Teufels Absicht und konnte ihm die Nonne noch rechtzeitig entreißen, sodass ihre Seele gerettet wurde. Dies erboste den Teufel so sehr, dass das gesamte Kloster erzitterte, als er schrie:

„Steinern und starr sei der Nonnen Gebein!
Sturm aus der Tiefe, zerschelle das Haus!"

Kaum dass der Teufel diesen Fluch ausgesprochen hatte, erhob sich ein eisiger Wind und noch bevor die lustigen Nonnen verstehen konnten, was mit ihnen geschah, erstarrten sie und verwandelten sie sich zu Stein. Auch das Kloster fiel dem Sturm zu Opfer und stürzte komplett ein. Lediglich wirres Felsgeröll am waldigen Abhang des Rossert blieb zurück und erhielt den Namen *Teufelsschloss*.

Pamela Murtas wurde 1975 in Frankfurt-Höchst geboren, lebte jedoch seit ihrem zehnten Lebensjahr in Italien, wo sie an der Deutschen Schule Mailand ihr Abitur absolvierte. Nach drei Jahren Moskauaufenthalt kehrte sie nach Italien zurück, um in Rom professionellen Reitsport zu betreiben. Seit 2007 wohnt sie erneut in Deutschland.

Die weiße Frau vom Bodensee

Eine Sage vom Bodensee

Aurelia ließ ihre Hand durch das Wasser fahren. Ihr Vater steuerte das kleine Fischerboot über den Bodensee, das Segel fing den Wind ein und sorgte für flotte Fahrt. Aurelias Finger glitten in das kühle Nass und mit der nächsten Welle wieder hinaus. Sie fühlte den See, für sie besaß er eine Seele, war ein lebendiges Wesen.

Den anderen Arm hatte sie auf den Rand des Bootes gelegt, das Kinn ruhte auf dem Unterarm und ein Lächeln umspielte ihre Lippen. Sie hatte an diesem Tag Johann gesehen auf dem See. Ach, sie liebte den einfachen, abenteuerlichen Fischer aus Meersburg. Er war halt vom anderen Ufer des Sees, von der anderen Seite. Aber durch ihre Hilfe auf dem Fischerboot ihres Vaters lernte Aurelia ihren Johann kennen und lieben. Natürlich nur im Geheimen. So eine Verbindung hätte ihr Vater nie gebilligt. Trotzdem hegte sie die Hoffnung, dass sie ihre Liebe irgendwann doch ausleben dürften. Eine Hoffnung, die noch am selben Abend zerschlagen werden würde.

„Ich werde diesen Trottel nie und nimmer heiraten", schrie sie. Mit hochrotem Kopf starrte sie ihre Eltern an. „Ich kenne ihn nicht, ich will ihn nicht kennenlernen. Ich hasse ihn."

Armin schaute seine Frau an und blickte dann zu Boden, den Blickkontakt mit seiner Tochter Aurelia hielt er nicht aus. Diese schnaubte schließlich und stürmte aus der kargen Küche, dem einzigen, geheizten Raum der Fischerhütte. Hätten sie 1000 Jahre später gelebt, hätte er wahrscheinlich geseufzt und resigniert *Teenager* gedacht. Aber sie lebten nun halt in tiefer Vergangenheit unter der knüppelharten Herrschaft der Habsburger und der arme Fischer kämpfte nicht nur mit den viel zu hohen Abgaben an die Herrscher, sondern auch noch mit der Halsstarrigkeit seiner Tochter. Früher, als er noch jung war, hatten die Kinder einfach gemacht, was die Eltern gesagt hatten. Aber heute war das ganz anders. Armin schüttelte verzweifelt den Kopf. Er musste seine Tochter in die Habsburgerfamilie einheiraten, jetzt, wo sich die Gelegenheit bot. Der junge Adalbert, die ach so hochwohlgeborene Rotzgöre des Vogts, hatte Avancen gemacht. Sehr zum Missfallen der jungen Burschen aus dem Dorf. Denn Aurelia war das hübscheste Mädchen am Nordwestufer des Bodensees. *Miese Verräter* wurden sie gescholten und *Abtrünnige*. Aber was sollte er tun? Die Fischbestände im See waren zurückgegangen und wenn er einen guten Fang einholte, formte der Herzog links schon eine hohle Hand und rechts eine Faust. Und die Familie war Armin näher als die tratschenden Dorfbewohner, also hatte er dem Pakt mit dem Teufel zugesagt und der Heirat seiner Aurelia mit diesem Adalbert zugestimmt. Das würde sie von den Steuern befreien und ihnen als Familie noch allerhand weitere Vorteile bringen.

Armin trat von einem Fuß auf den andern, blickte seine Frau an und entschloss sich dann doch, seiner Tochter zu folgen. Doch Anita hielt ihn am Arm fest und schüttelte den Kopf. Sie spürte, wie sich seine Muskeln entspannten und sein Schultern sanken.

„Gib ihr etwas Zeit", hauchte sie mit gebrochener Stimme und schluckte ein Schluchzen hinunter. Wie hatten sie sich auch nur so entscheiden können. Ihre geliebte Tochter diesem Adalbert, diesem Habsburger anzuvertrauen. Diesem Fremdling, einem Eindringling in diesen friedlichen, heimischen Hügeln. Doch es ging nicht anders. Es war nicht mehr wie früher, als man noch gut leben konnte von Felchen, Brachsen und Saiblingen. Der Vogt verlangten immer mehr und genau einer dieser Blutsauger sollte nun die Rettung bringen. Die Ironie des Schicksals hätte nicht härter zuschlagen können. Natürlich war es Armin gewesen, der die Idee hatte. Und Anita hatte keine Ahnung, wie sie das Ganze hätte abwenden können, schließlich wusste sie um die missliche Lage und es gab einfach keine Alternative.

Bald waren alle Vorbereitungen getroffen, der Vogt hatte für die Hochzeit seinen Burghof oberhalb des Bodensees festlich geschmückt, Blumen, Tücher, wehende Fahnen. Aurelia stand an eine Säule gelehnt und starrte hinaus auf das spiegelglatte Wasser des Sees. Sehnsuchtsvoll Richtung Meersburg, Richtung Johann. Ihr weisses Kleid flatterte rein und unschuldig in der kühlen Brise, der Schleier lang und wild. Hinter ihr wuselten die Bediensteten herum, um noch an den letzten Details zu schleifen. Sie drehte sich um und sah, wie die edlen Gäste eintrafen, sich in unehrlichen Höflichkeiten ergaben und sich schier überschlugen, um sich beim Vogt einzuschleimen. Sie erkannte ihren Vater und ihre Mutter, abseits, am Rande des Parks. Sie passten in die Szene wie zwei gerupfte Hühner in ein Pfauengehege. Und über dem Geschehen zogen große, dunkle Wolken auf.

Auf der anderen Seite des Sees lehnte Johann an einer ähnlichen Säule und blickte über den See, ob er nicht ein Zeichen der Hoffnung, ein Zeichen Aurelias ausmachen könnte. Das Wissen um ihre Vermählung zerriss ihm das Herz. Er hieb mit seiner Faust auf die steinerne Säule ein und diese platzte an den Knöcheln auf. Der Blutfleck glich einem düsteren Zeichen und Johann starrte ihn an, nur kurz, ein paar Sekunden. Dann hob er seinen Blick zu den dunklen Wolken, die über der Burg des Vogtes thronten, verstand und hastete davon. Er musste zu seinem Boot, raus auf den See, ihr entgegen.

Dann kam der Moment, vor dem Aurelia sich so gefürchtet hatte. Sie musste sich in einer Kammer der Burg bereit machen für die Trauung,

die Verbindung mit diesem Ekel. Sie hatte ihn erst einmal gesehen, aber das hatte gereicht. Dunkles, fettiges Haar, als Krone eines pickligen Gesichts, aufgepfropft auf einen hageren Körper, getragen von zwei dürren Stelzen. Adalbert. Sie blickte durch die Luke und da stand er, vor dem Altar. Er grübelte mit seinem Zeigefinger in der Nase und wartete wohl auf sie.

Dann erblickte Aurelia ihre Mutter, Tränen liefen ihr über die geröteten Wangen, ihr Vater hatte seinen Blick gesenkt. Aurelia schluchzte und fixierte die beiden. Eine Wärme erfüllte sie. Ihre Eltern sahen so klein und verloren aus, sie liebte sie dermaßen. Dann hob ihr Vater den Kopf, blickte ihr genau in die Augen und nickte ihr kaum merklich zu. Dabei lächelte er sanft. Aurelia lächelte zurück. Gleich darauf wandte sie sich plötzlich ab und floh. Floh aus der Burg, aus dem Park, aus diesem vorbestimmten, unglückseligen Leben. Sie stolperte hastig die Treppen hinunter zum See. Hinter sich hörte sie das wilde Gerangel der Gesellschaft, die ihr Verschwinden wohl unterdessen bemerkt hatte. Doch sie drehte sich nicht um.

Am See angekommen, suchte sie mit wachem Blick das Ufer ab, eine Strähne wild im Gesicht. Lachte los. Sie rannte dem Quai entlang, bis sie das kleine, altbekannte Fischerboot ihres Vaters entdeckte. Ohne zu zögern, schob sie es in die See und sprang geschickt an Bord. Sie hisste das kleine Segel und blickte nach oben. Wachsende Wolkentürme verdunkelten den Himmel und Aurelia richtete das Segel aus.

Hinter ihr am Ufer versammelten sich die Soldaten und bestiegen die bewaffneten Schiffe des Vogtes. Diese hatten größere Segel und schnittigere Rümpfe, sie würden Aurelia wohl bald eingeholt haben. Aber das kümmerte sie wenig. Sollten sie kommen. Sie reckte ihre Stirn stolz in den Wind und schaute dem anderen Ufer, Meersburg entgegen. Da erblickte sie, ein paar Hundert Ellen vor ihr, ein kleines, weißes Segel, das einsam dem unbarmherzigen Winde trotzte. Es hob sich winzig leuchtend vom dunklen Wasser ab, sie erkannte es sofort. Es war Johann. Sie strahlte, während die Schiffe des Vogts sie langsam überholten.

Nur noch ein paar Minuten, dann würde sie in Johanns Arme sinken und alles andere wäre egal. Dann rammte sie das erste Schiff des Vogts. Das schnellste Boot der Verfolger steuerte hart Backbord und schnitt ihr den Weg ab, während ein zweites Aurelia von Steuerbord gerammt hatte. Sie versuchte ihrerseits, nach Backbord auszuweichen und das Boot neigte sich bedrohlich auf die Steuerbordseite. Donner grollte und Blitze zuckten über die Hügel hinter Meersburg, Wasser schwappte schluckweise über den tief geneigten Bootsrand. Sie suchte nach einem Fluchtweg – und dann erblickte sie Johann. Er war unterdessen so nahe, dass sie seinen sorgenvollen Blick erkennen konnte. In dem Moment, als sich auch von Backbord ein Boot näherte, zögerte sie nicht mehr.

Sie riss den Steuerbalken nach Backbord und rannte nach vorn zum Bug und stürzte sich in die tobenden Fluten des Sees. Laut schrie sie dabei den Namen ihres Geliebten in die Nacht und für einen göttlichen Moment wehte das weiße Kleid über den Wellen, ihr Schleier löste sich aus Aurelias Haar und zuckte einem Blitz gleich durch die Luft. Dann wurde sie vom schwarzen Wasser verschluckt.

Johann war selbst zum Bug seines Bootes gestürzt, als er gesehen hatte, wie sich seine Liebste in den See warf. Ohne zu überlegen, schrie er seinerseits ihren Namen in den Wind und folgte ihr in die Fluten. Die Soldaten schauten sich mit fragenden Gesichtern an und versuchten, die beiden im dunklen Wasser zu erkennen.

Tatsächlich schimmerte Aurelias Kleid wie ein Geist durch die Wellen. Auch Johann konnten sie auf einmal ausmachen, knapp unter der Wasseroberfläche. Beide waren sie wie von einem schwachen Glühen erhellt und die Soldaten beobachteten staunend, wie sich beide unter Wasser umarmten. Alles wirkte unnatürlich langsam, irgendwie unwirklich, schwebend. Die beiden Liebenden fanden sich, schwammen sich in die Arme. Dann glitten sie unter Wasser weg, Richtung Seemitte und lösten sich schließlich unter den Blicken der verblüfften Verfolger auf, wurden eins mit dem See.

Unverrichteter Dinge kehrten die Soldaten des Vogts zurück, berichteten, was sie gesehen hatten. Egal, wie sehr der Vogt tobte und seinen Untergebenen Folter androhte, sie blieben bei ihrer Geschichte und keiner wagte es, an diesem Tag noch einmal auf den See hinauszufahren, um nach ihr zu suchen. Zu groß war das Wunder, dessen Zeuge sie geworden waren und die damit verbundene Angst.

Mit Staunen hörten auch Aurelias Eltern die Geschichte. Auch wenn sie für viele kaum zu fassen war, sie glaubten sie augenblicklich. Das war Aurelia, eins mit dem See. Wenn sie auch ihren Berührungen entschwunden war, so würde sie auf ewig leben, dessen waren sie sich sicher.

Und auch heute noch, wenn der Wind den See aufpeitscht und unter dunklen Wolken die Wellen gehen, sieht man Aurelia, wie sie, angetrieben und getragen von ihrem geliebten Johann, im weißen Kleid auf den Wellenkämmen reitet.

Philip Messmer lebt mit seiner Frau und drei Kindern in Sulgen in der Schweiz. Nach einigen Jahren als Journalist und Redaktor versucht er nun als Lehrer, in seinen Schülerinnen und Schülern die Freude am Schreiben zu wecken. Er schreibt gerne Geschichten, Theaterstücke und Hörspiele in kurzer und längerer Form.

Die Odenwälder Riesen

Eine Sage aus dem Odenwald

„Na, wie geht es denn heute meinem lieben Enkel", sprach der Großvater, der sowohl seinen Sohn als auch seine Schwiegertochter besuchte, um auf deren Sohn aufzupassen, damit sie ins Kino gehen konnten.

„Ihm geht es heute schon besser. Sein Fieber ist nicht mehr so hoch", antwortete die Schwiegertochter.

„Das ist schön", sagte der Großvater.

„Ist es für dich auch wirklich in Ordnung, wenn du heute Abend auf ihn aufpasst?", fragte Benjamins Mutter.

„Natürlich! Mach du dir keine Sorgen. Ich habe ein Buch mitgebracht, aus dem ich vorlesen möchte", antwortete der Großvater.

Die Eltern des Jungen verabschiedeten sich und verließen mit guten Gewissen die Wohnung.

„Was für ein Buch hast du denn mitgebracht? Etwa eine Fantasiegeschichte?", fragte der Junge neugierig.

„Nur nicht so hastig, mein kleiner Benjamin", sprach der Großvater und setzte sich auf einen Stuhl, der neben dem Bett seines Enkels stand. „Dies ist ein ganz besonderes Buch. Es ist eine Sage über das Odenwälder Felsenmeer. Ich dachte, weil deine Eltern und du im nächsten Monat dort wandern wollt, erzähle ich dir etwas über den Odenwald und bringe dieses Buch mit", grinste der Großvater seinen Enkelsohn an, nebenbei zeigte er ihm das Buch, welches er in der Hand hielt.

„Och, das ist ein olles Buch. So was mögen die Erwachsenen. Das langweilt mich. Ich will eine Geschichte mit Riesen, Trollen, Zwergen und mit jeder Menge Abenteuern", gab der kleine Benjamin aufgeweckt von sich, als er in seinem Bett aufrecht saß, in der Hoffnung, sein Großvater würde ihm vielleicht doch seinen Wunsch erfüllen.

„Warum soll es in dieser Sage nicht um Riesen gehen? Diese Sage ist extra geschrieben für Kinder und ich bin sicher, das Buch wird dir gefallen", entgegnete ihm sein Großvater.

„Okay, dann lies vor", äußerte sich Benjamin, ohne große Erwartungen in dieses Buch zu setzen, was der Großvater aus seiner Stimme deutlich vernahm. Der Junge lehnte sich in seinem Bett zurück auf sein Kopfkissen und blickte seinen Großvater stillschweigend an, weshalb der Großvater seinen Enkel angrinste, als er mit dem Vorlesen des Buches begann.

„Lange Zeit bevor die Menschen auf der Erde lebten, hausten einst zwei Riesen im schönen Odenwald in der Gegend von Reichenbach. Riesen galten schon immer als streitlustige Wesen, trotzdem konnten sie gut miteinander auskommen", las der Großvater vor, bis sein Enkel ihn unterbrach.

„Aber warte mal! Wie können die Riesen denn gut miteinander auskommen, wenn sie streitlustig sind?", fragte Benjamin interessiert.

„Warte ab, der Satz ist noch nicht zu Ende. Du wirst es verstehen", gab der Großvater in einem ruhigen Ton von sich, dann las er nach dem Räuspern seiner Stimme weiter vor, „denn jeder hatte sein eigenes Reich, was durch das Lautertal getrennt wurde."

Darauffolgend blickte der Großvater seinen Enkel mit erhobenem Zeigefinger an. Benjamin nickte mit seinem Kopf. Dies wusste der Großvater richtig zu deuten.

„Der eine Riese lebte auf dem Felsberg und trug den Namen Felsenhocker. Der andere Riese lebte auf dem Hohenstein, dieser hieß Felsenbeißer", las der Großvater grinsend vor.

Anschließend wendete er sich vom Buch ab, blickte seinen Enkel an und erklärte ihm: „Er trug wohl deshalb diesen Namen, weil er schon immer mehr Gesteine und Felsen in seinem Reich hatte als Felsenhocker."

„Ach so, okay", gab Benjamin belanglos von sich.

„Lange Zeit herrschte Frieden zwischen diesen beiden Riesen, bis eines Tages die beiden anfingen, sich heftig zu streiten", las der Großvater weiter aus dem Buch vor, als urplötzlich sein Enkelsohn ihn erneut unterbrach.

„Aber Großvater, wer hat denn die Riesen entdeckt? Irgendjemand muss sie doch gesehen haben, wenn es diese Sage gibt?", fragte der Junge neugierig.

„Tja, mein lieber Benjamin, das weiß ich auch nicht. Lass mich weiter vorlesen", gab der Großvater von sich, er nahm auf dem Stuhl eine bequemere Sitzposition ein, hielt das Buch in die Höhe seines Gesichtes und setzte seine Lesestunde mit seinem Enkel fort. „Niemand weiß, was der Auslöser ihres Streites war. Jedenfalls schienen sich die beiden Riesen nicht mehr beruhigen zu wollen." Wieder wendete sich der Großvater vom Buch ab. „Vermutlich stritten sie sich so heftig, dass sie selbst im Endeffekt nicht mehr wussten, worum es überhaupt in ihrem Streit ging", äußerte sich der Großvater. „Wie auch immer. Lesen wir weiter!", gab er von sich, während er seine Brille nach oben schob, die ständig von seiner Nase abwärtsrutschte.

„Der Streit artete in einem unvorstellbaren Maße aus. Nichts und niemand war vor ihnen sicher, noch nicht mal sie selbst", las der Großvater und warf seinem Enkel kurze Blicke zu.

„Möchtest du eine Pause?", fragte der Großvater, nachdem er den eigenartigen Gesichtsausdruck von Benjamin sah. „Du siehst überanstrengt aus", fügte der Großvater hinzu.

„Ich überanstrenge mich nicht, ich sehe nachdenklich aus. Es klingt komisch. Wie kann man sich so sehr streiten, dass man nicht mehr weiß, worum es in diesem Streit überhaupt ging?", wollte der Junge wissen.

„Tja, weißt du ‚mein Lieber, manchmal kann ein Streit so heftig werden, dass man streitet und streitet. Letzten Endes geht es oftmals nur darum, den Streit zu gewinnen, aber nicht darum, das Problem zu lösen", antwortete der Großvater.

Darauf blickte Benjamin seinen Großvater stumm an, bis der aus dem Buch weiter vorlas.

„Die beiden Riesen beschimpften sich, fuchtelten mit den Armen herum und zeigten sich gegenseitig ihre Muskeln an den Oberarmen. Aber dies war nicht alles. Es kam noch schlimmer. Einer der Riesen begann, den anderen mit Steinen zu bewerfen. Die Erde vibrierte, das Brüllen der Riesen ertönte immer lauter und furchterregender. Lange warfen sie die Steine gegenseitig auf sich zu. Felsenbeißer hatte die besseren Aussichten, diesen Kampf zu gewinnen, da er über mehr Steine in seinem Reich verfügte. Doch Felsenhocker gab nicht nach. Er warf mit Steinen zurück, so gut und so lange er konnte. Doch all seine Kräfte ließen irgendwann nach. Die Zeit war gekommen, wo Felsenhocker das Nachsehen hatte. Felsenbeißer vergrub seinen Gegner mit seinen werfenden Felsbrocken", las der Großvater vor, als er die letzte Seite umdrehte.

„Was denn? Felsenhocker ist gestorben?", fragte Benjamin schockiert.

„Ob er gestorben ist, weiß man nicht. Man sagt, wenn man auf den Felsberg hart auftritt, dann kann man Felsenhocker noch stöhnen hören. Und so entstand das Felsenmeer. Ende der Sage!“, gab der Großvater von sich, woraufhin er das Buch zuklappte.

„Und man kann ihn wirklich noch hören, den Felsenhocker?“, fragte der neugierige Junge nach.

„So heißt es. Ich bin mir sicher, wenn du mit deinen Eltern dort hinfährst, dann wirst du jede Menge Spaß haben. Ihr werdet durch den Wald marschieren und auf jede Menge Felsen treffen, über die ihr klettern könnt. Dir wird das bestimmt sehr gefallen, dafür wird dein Vater schon sorgen“, lachte der Großvater mit seinem Enkel, als sich plötzlich die Tür öffnete.

„Es ist schön, euch beide bei so guter Laune zu sehen“, sprach Benjamins Vater.

„Ich habe deinem Sohn die Sage von den Odenwälder Riesen vorgelesen. Ich glaube, sie hat ihm gut gefallen“, lächelte der Großvater.

„Ja, das hat sie“, platzte es aus dem kranken Jungen heraus, „kommst du morgen wieder? Gerne darfst du mir die Sage erneut vorlesen“, gab Benjamin fragend von sich.

„Wenn du das möchtest“, sprach der Großvater grinsend.

Der Junge nickte.

Daraufhin verabschiedete sich der Großvater von der jungen Familie. Er stieg in sein Auto und fuhr nach Hause.

Benjamin hingegen freute sich bereits auf den nächsten Tag. Ganz nebenbei überlegte er, welches Bild er seinem Großvater bis dahin wohl malen könnte.

Sonja Haas *ist 48 Jahre alt, wohnt im hessischen Lampertheim. Ihre Hobbys sind Lesen so wie das Schreiben von Geschichten. Mit ihren Kurzgeschichten konnte sie Erfolge in diversen Anthologien verbuchen.*

Wolfsbrunnen

Eine Sage aus Heidelberg

Gequält von einem Traum wache ich auf. Blut im Wasser ist, was mir in Erinnerung bleibt. Ich schüttle meinen Kopf. Die Zukunft vorauszusehen, ist etwas, worauf ich nicht stolz bin. Entweder werde ich angesehen, als wenn man mich für verrückt hält, oder die Person, die diese Vorahnungen betreffen, fragt mich nach Dingen, die ich nicht sehen kann. Es ist nicht so, dass ich einem die Hand auflege und alles sehe, als wäre ich selbst dabei. Nein, meist verfolgen mich diese Visionen in meinen Träumen. Ich sehe die Person oder das, was passiert ist. So wie heute. Ich habe nur das Geschehen gesehen. Um welchen Menschen es sich handelt, weiß ich nicht.

Ich richte mich auf und reibe meine Stirn, sodass ich versuchen kann, das Pochen in meinem Kopf wegzumassieren. Nach ausgiebigem Wassertrinken, womit ich erhoffe, den Schmerz noch mehr zu lindern oder gar ganz zu beseitigen, und nachdem ich etwas Nahrung zu mir genommen habe, mache ich mich auf dem Weg in die Stadt.

Die Heidelberger sind heute gut aufgelegt, kaum eine schlechte Aura ist zu spüren. Bei jeder Person, die mir entgegenkommt, versuche ich, zu erkennen, ob es die Person aus meinem Traum ist. Viele grüßen mich mit: „Grüß Gott, Jetta." Andere wieder mit: „Einen schönen Tag, Jutta." Manche wenige sagen: „Gott zum Gruße, Vellatta." Ich nickte nur freundlich. Schon vor langer Zeit habe ich es aufgegeben, die Menschen zu belehren, dass ich Vetta heiße. Es kommt auf die Region an, wer mich wie nennt. Einige sagen sogar nur Wahrsagerin zu mir.

Obwohl ich bei diesem Begriff etwas zwiegespalten bin. Wahrheit ist ein zweischneidiges Schwert und vorhersagen kann ich ja nur die Bruchstücke, die ich im Traum gesehen habe. Ja, sie werden meist wahr, doch will sie nicht jeder hören. Immer dieser Rattenschwanz.

Auf dem Markt kaufe ich mir verschiedene Kräuter für mein Essen und Mixturen. Hier ist am meisten los, aber trotzdem bleibt mir die

Person meiner Vision verborgen. Stundenlanges Schlendern durch die Straßen sorgt nur dafür, dass ich Hunger bekomme.

Vom Schloss auf dem Jutenhügel gehe ich Richtung Wald, als die Sonne beginnt, den Schatten vor mir zu werfen. Ich habe mir Pilze zu den Kräutern eingebildet und letztens eine Stelle entdeckt, wo sehr leckere zu finden sind. Sie befinden sich in der Nähe einer Quelle.

Gemächlich schlendere ich dorthin, genieße die letzten Sonnenstrahlen, die meinen Geist erwärmen. Der Wind weht leicht und hinterlässt auf meiner Haut dieses prickelnde Gefühl. All meine kleinen, feinen Härchen stellen sich auf. Als würde mein Körper mir sagen: „Gleich geschieht etwas!" Mein Blick wandert über das satte Grün der Wiese zum Waldrand. Zu sehen ist hier aber niemand. So langsam glaube ich, dass ich einfach zu wenig Schlaf bekommen habe und nur einen Albtraum hatte. An den Bäumen vorbei gehe ich weiter in Richtung Quelle. Die Sonne strahlt von hinten und wirft meinen Schatten lang gestreckt vor mich. Leicht erhöht sich der Boden, bis er sich in einer Senke vertieft. Knurren ist zu hören. Ich kann jedoch nicht einordnen, aus welcher Richtung es kommt.

Die Quelle liegt im Dunkeln. Vielleicht kommt das Knurren von da? Oder doch zwischen dem Wäldchen her? Die Haare am Arm richten sich wieder auf. Gerade als ich die Wölfin mit den Jungtieren erkenne, ist sie schon auf dem Sprung und greift mich an. Nun wird mir klar, wessen Schicksal ich gesehen habe. Mein eigenes! Weglaufen oder gar kämpfen würde nichts bringen oder ändern. Ich werde heute das Zeitliche segnen.

Ihre Zähne bohren sich in meinem Hals. Ich schreie vor Schmerzen auf und knalle mit dem Rücken auf dem Boden. Warm sickert das Blut aus meinen Wunden, als sie immer wieder zuschnappt. Mein letzter Atemzug ist getan.

Plötzlich reiße ich meine Lider auf. „Wo ..."

„Sprecht nicht, Wahrsagerin", höre ich die tiefe Stimme eines Mannes.

Ich blicke nach links und erkenne den alten Einsiedler, den ich schon öfter in den Wäldern gesehen habe. Er sitzt mit seinem vernarbten Gesicht auf dem Stuhl neben mir. Mein Finger zeigt auf meinen Hals. Ich möchte tot sein und nicht hier liegen.

„Die Wölfin dachte, ihr seid tot und ließ von euch ab. Ein Schuss und sie ist mit ihrem Wurf in das Wäldchen geflüchtet."

„Danke", krächze ich.

„Dankt mir nicht", meint er. „Menschen aus Heidelberg haben euch gesehen und glauben, ihr seid gerissen worden."

„So wie du", geht mir durch den Kopf.

„Ich an eurer Stelle würde nicht nach Heidelberg zurückkehren."

Langsam nicke ich. Als Hexe bezeichnet zu werden, weil man gerettet wurde, kann mehr Schwierigkeiten verursachen, als einfach weiterzuziehen.

Er wendet sich ab und zieht meine Aufmerksamkeit auf sich. Habe ich mich vielleicht getäuscht und habe die Vergangenheit gesehen? Oder ist es doch mein eigenes Schicksal gewesen und es hat vorherbestimmt, diesen Weg mit ihm zu gehen? Er lebt seit Jahren hier in den Wäldern, jetzt scheine auch ich das tun zu müssen. Möglich, dass dies unser Weg ist.

„Ihr solltet noch etwas ausruhen", sagt er und steht auf.

Langsam lasse ich mich auf die Pritsche nieder. Während ich ihn beobachte und meinen Gedanken nachgehe, dämmere ich ein.

Die Zeit vergeht, mir geht es dank seiner Pflege immer besser. Ich bin keine Wahrseherin mehr. Keine Vision hat mich seither eingeholt. Wir sind ab nun Wanderer. Das Land ist groß und womöglich gibt es irgendwo ein neues Heim für uns.

Meine Geschichte wird weitergetragen und eine Sage entstehen – von der Wahrsagerin und dem Wolfsbrunnen.

Luna Day *wurde 1982 in Wertingen geboren und wuchs in Augsburg auf, wo sie immer noch mit ihrem Mann und ihren zwei Kindern lebt. Ihre Liebe zum Schreiben entdeckte sie durch Harry Potter und Roll-Play-Games. Sie tippt Kindergeschichten, aber auch Fantasy- und Liebesgeschichten.*

Beatus und
die Menschen am Thunersee

Eine Sage vom Thunersee

Schwer atmend stützen sich Beatus und sein Begleiter Justus auf ihre langen Pilgerstäbe. Für die Mühen des Aufstiegs auf den schwarzen Berg – so hieß der Brünigpass vor rund 2000 Jahren noch – werden sie mit einer grandiosen Aussicht belohnt. Wie ein silbernes Band zieht sich in der Tiefe der Wendelsee – von dem heute als vergleichsweise kleine Pfützen nur noch der Brienzer- und Thunersee übrig geblieben sind – durch das Tal.

„Ich bin gespannt, wo unsere Reise enden wird", sagt Beatus. „Lange wird es wohl nicht mehr dauern, hat mich doch der Heilige Petrus persönlich beauftragt, den rauen Berglern das Evangelium von Jesus Christus zu verkünden. Und wenn ich mich so umschaue, all die Berggipfel, weit kann es nicht mehr sein."

Die Ahnungen des Beatus' bestätigen sich. Am übernächsten Tag kommen sie am Thunersee im Dörfchen Sundlauenen an. Nicht nur in den rußgeschwärzten Hütten, sondern in den Herzen der Bewohnerinnen und Bewohner braucht es dringend mehr Licht. Das Licht Jesu Christi. Die beiden Pilger schaudert, welch Aberglaube die Sundlauener für bare Münze halten.

Druiden sind ihre Lehrer und die Opferstätten auf dem Hohlenstein am Kienberg und auf der felsigen Platte vor der Drachenhöhle lassen keine Zweifel aufkommen: Hier werden Menschenopfer dargebracht. Aber gerade mit diesem in der Grotte hausenden Drachen ist es so eine Sache. Selbst Menschenopfer vermögen den üblen Lindwurm weder zu besänftigen noch zu vertreiben.

Als Beatus vom Elend und der Not hört, denen die Sundlauener durch dieses Ungetüm ausgesetzt sind, verspricht er, Remedur zu schaffen. „Die Erde ist des Herrn, und alles, was darauf kreucht und fleucht", sagt er, „im Morgengrauen werde ich im Namen des einzig wahren Gottes dieses Untier vertreiben."

Betend verbringen Beatus und Justus die Nacht. Noch bevor die Sonne hinter den Bergen hervorblinzelt, schnüren sie die Schuhe, ziehen die Mäntel über, ergreifen ihre Pilgerstäbe und machen sich auf den Weg zur Höhle.

Ob der Drache spürt, dass sein letztes Stündlein schlagen könnte? Jedenfalls hören die beiden ihn schon von Ferne toben. Aus allen Ritzen der Höhle quillt Rauch und Dampf. Schon bald sind auch die großen, grünen Augen zu sehen. Beatus kreuzt die erhobenen Arme vor seinem Gesicht. Furchterregend faucht der Drache den Ankömmlingen entgegen. Aus dem aufgerissenen Schlund zischen Feuerzungen und es stinkt nach Schwefel.

Entschlossen tritt Beatus vor das Untier. „Im Namen des Vaters, des Sohnes und des Heiligen Geistes, weiche von hier", beschwört er die Bestie.

Mit ohnmächtigem Wutgeheul rast der Drache aus der Höhle, springt in die Höhe und stürzt erbärmlich kreischend in den See. Dieser scheint zu kochen, so brodelt es. Das Untier windet sich, zuckt noch ein-, zwei- und noch einmal erbärmlich röhrend zusammen – und versinkt.

Frenetisch jubelnd nehmen Klein und Groß, Alt und Jung im Dorf den Befreier in Empfang. Sie greifen nach ihm, um ihn auf den Schultern durch das Dorf zu tragen.

„Aufhören", gebietet Beatus dem Treiben Einhalt, „lasst diesen Unfug sein." Er steigt auf einen am Straßenrand stehenden Felsblock, ergreift das Wort und verkündet den versammelten Frauen, Männern und Kindern die frohe Botschaft des Evangeliums von Jesus Christus. Schweigend lauschen sie ihm zu. Als er geendet hat, rennen sie los, zerstören ihre Opferstätten und bitten Beatus, bei ihnen zu bleiben, um sie in ihrem neuen Glauben zu unterrichten. Das tut dieser gerne. Er beschließt, um niemandem zur Last zu fallen, bei der Höhle, in der das Untier gehaust hatte, eine Klause zu errichten.

Nicht nur die Menschen sind froh, diesen schrecklichen Lindwurm los zu sein. Nein, Zwerge wohnen in verborgenen Felsklüften oberhalb des Sees. In diese trieb der Drache einst die scheuen kleinen Wesen, als er ihre Höhle in Beschlag genommen hatte.

In der Regel meiden Zwerge den Kontakt mit den Menschen. Mit Beatus freunden sie sich aber an. Aus Dankbarkeit, sie vom Drachen befreit zu haben, stellten sie sich in seinen Dienst. So kann sich Beatus um seine hauptsächlichen Aufgaben kümmern – der Verkündigung des Evangeliums und dem Versorgen der Armen und Kranken.

Tagein, tagaus gibt es für die Zwerge zu tun. Eine Gruppe managt den Haushalt, hält die Klause sauber, besorgt Holz und Wasser und kocht. Andere richten einen Stall ein und treiben aus der Höhe Gänsen ins Tal. Deren Milch schmeckt köstlich, wie auch der daraus hergestellte Käse. Eine weitere Zwergenschar legt unterhalb der Höhle einen Garten an. Gemüse und Obst sprießen reichlich. Und Heilpflanzen: Arnika, Schafgarbe, Quendel, Spitzwegerich … Das Wenigste, was wächst und hergestellt wird, beansprucht Beatus für sich selbst. Aber er ist froh darum, gibt es doch viele Hilfsbedürftige und Leidende in der Gegend.

Bald haben durch das Wirken von Beatus und Justus rund um den See Menschen begonnen, an Christus zu glauben. Wie praktisch wäre da ein Boot, um ans andere Ufer zu gelangen. Die Gläubigen brauchen Lehre und Unterweisung.

Aus unerfindlichen Gründen gelingt es aber weder Beatus noch den Zwergen, ein Boot zu bauen. Sobald es zu Wasser gelassen wird, sinkt es. Ist es die Rache des Lindwurms, dass er durch Beatus aus der Höhle vertrieben worden ist? Als Gott die erfolglosen Bemühungen sieht, hat er Bedauern und vollbringt ein Wunder. Es ermöglicht Beatus, auf seinem Mantel sitzend über den See zu fahren.

Ausgerechnet einmal an Ostern versagt der Mantel seinen Dienst. Ja, richtig störrisch ist er, könnte man sagen. In keiner Weise lässt er sich lenken.

„Oh Gott im Himmel", klagt Beatus, „ich sollte doch schon bald, um Gottesdienst zu halten, ennet dem See, in Einigen sein."

Gott repariert aber nicht das *Boot* des Beatus, sondern gibt dessen Gewissen einen Schups. Jetzt dämmert es ihm. Er war ohne Pilgerstab losmarschiert. Der Weg zum See ist aber steil. Da entriss er gedankenlos als Behelfs-Wanderstab bei einem Haus am Gartenzaun eine Holzleiste. Wie konnte er nur. Er hat fremdes Eigentum entwendet und zerstört. Unverzüglich kehrt er um und repariert den Zaun. Und siehe da. Nach vollbrachter Tat versieht der Mantel – wie ein Schwan über den See gleitend – wieder seinen Dienst.

Die Sonne steht schon im Zenit. In Einigen ist die Kirche gerammelt voll und Beatus fehlt noch immer. „So was", wird ringsum geraunt, „das sind wir von ihm gar nicht gewohnt."

Da fasst sich Justus ein Herz, steigt auf die Kanzel und beginnt, zu predigen. Als Beatus endlich ankommt, setzt er sich still auf die hinterste Kirchenbank und lauscht den Worten des Justus'. Was er zu hören bekommt ... Na ja, dass sich Justus keine Mühe gibt, kann man wirklich nicht sagen. Aber das Sprechen ist und bleibt seine Sache nicht. Dass den Gottesdienstbesuchern in der warmen Kirche dabei reihum die Augen zufallen ... wer kann es ihnen verübeln ...

Etwas anderes jagt Beatus aber den Schrecken in die Glieder. Unter der Kanzel sitzt leibhaftig der Teufel. Er hat ein Bocksfell aufgespannt

und notiert hämisch grinsend die Namen derer auf, welche, statt auf Gottes Wort zu hören, sich ein Nickerchen gönnten.

„Hi, hi, hi", kichert Satan leise, „das wird ein böses Erwachen geben, wenn ich beim Jüngsten Gericht vor dem Allmächtigen die Namen dieser Penner verlese. Während des Gottesdiensts schlafen ... die können sich den Eintritt ins Paradies abschminken."

Das weiß auch Beatus. Wenn die armen Seelen am Schluss der Predigt das Amen verschlafen, sind sie hoffnungslos verloren. Aber wie ist Abhilfe zu schaffen? Durch Rufen, Schreien, Poltern? Den Gottesdienst zu stören, ist noch die größere Sünde, als diesen zu verschlafen.

Während Beatus sorgenvoll um sich blickt, notiert und schreibt der Teufel Name und Name auf. Das Bocksfell ist schon vollgekritzelt und noch immer sind nicht alle Schläferinnen und Schläfer vermerkt.

„Ich brauche mehr Platz", sagt der Teufel, beißt sich an einem Ende des Fells fest, klemmt das andere Ende zwischen seine Füße und zieht das Fell mit aller Kraft auseinander. Er zieht und zieht und übertreibt dabei. Das Fell reißt und – *wumm* – prallt der Kopf des Satans krachend an die Kanzel.

Laut dröhnt der Knall des Aufpralls durch die Kirche und weckte die Schläferinnen und Schläfer auf. Gerade rechtzeitig, kurz bevor Justus zum Ende der Predigt das Kreuz schlagen und mit einem kräftigen Amen den Gottesdienst beenden kann. Beschämt verlässt der Teufel mit einer großen Beule am Kopf die Kirche. Beatus lächelt leise vor sich hin. Glücklich darüber, gegen 500 Seelen vor der ewigen Verdammnis bewahrt zu haben.

Alt und lebenssatt stirbt Beatus im Alter von 100 Jahren in seiner Klause. Versorgt und gepflegt durch Justus und seine Freunde, die Zwerge. Als letzten Dienst bestatteten sie Beatus neben der Höhle. Justus zieht ins unbewohnte Justistal, um dort ein Leben zu führen, den Engeln nahe und ohne predigen zu müssen.

Hans Peter Flückiger, geboren 1952, aus Solothurn (Schweiz). Erst Heimleiter/Spitalverwaltungsfachmann. Später freischaffender Journalist. Erst literarische Texte 2016. Diverse Publikationen in Anthologien und für Blogs. www.geschichten-gegen-langeweile.com.

Die Hexeneiche bei Elkenroth

Eine Sage aus dem Westerwald

Einst gab es eine Zeit, als sogar die Häuser noch Namen hatten. Diese hatten meist einen Bezug zu den Bewohnern, sei es der Beruf oder die Herkunft. Manchmal auch ein bestimmtes Ereignis oder einfach nur eine Beschreibung.

Auch im Westerwald, im heutigen Elkenroth, gab es zu dieser Zeit ein Haus, das den wenig schönen Namen *Fluchs* trug. Dieser Name hatte – zum Leidwesen der Bewohnerin – durchaus einen Grund. Die alleinstehende Frau lebte zwar alleine in diesem Haus, musste es aber mit einem Dämon teilen. Genau gesagt war es eine Hexe, eine von der unangenehmen Sorte, um nicht zu sagen – eine bösartige.

Diese böse Hexe machte der armen Frau das Leben zur Hölle. Was die Frau auch versuchte, um die Hexe loszuwerden, nichts klappte, die Hexe verschwand nicht, sondern quälte die arme Frau immer mehr. So, als wolle sie sich dafür rächen, dass die Frau sie loswerden wollte. Sie gab Tag und Nacht die schlimmsten Geräusche von sich, warf Gegenstände umher und ließ die Nahrungsvorräte der Frau mehr als einmal verderben. Brachte die Frau frisches Obst aus dem eigenen Garten ins Haus, so konnte es passieren, dass eine Schüssel mit Äpfeln innerhalb einer Stunde verfaulte und schimmelig wurde. Ein Becher mit frischer Milch wurde häufig sauer, noch während die Frau ihn austrank.

Die Frau wusste sich nicht anders zu helfen, als am Rande ihres Gartens eine kleine Hütte zu bauen, um dort ihre Vorräte aufzubewahren. Das war zwar mühsam und umständlich, aber es war die einzige Möglichkeit, sich Vorräte zu verschaffen. Das Wirken der Hexe war nämlich zum Glück auf das Haus beschränkt.

Nun hatte die Frau nicht die Mittel, um einfach ein neues Haus zu erwerben. Gerne hätte sie ihr Haus verkauft und ein neues gekauft oder gebaut, aber natürlich wollte niemand ihr Haus haben. Wusste doch jeder um das schlimme Treiben darin. Auch war das Geschehen weit über die Ortsgrenze hinaus bekannt, sodass sie keine Chance hatte, es loszuwerden.

Längst hatte sie alle gängigen, damals bekannten Methoden der Hexen-Austreibung selbst versucht. Allerdings hatte absolut nichts geholfen, weder Gebete noch das Ausräuchern oder das Verbrennen von dafür geeigneten Kräutern. Selbst die bei einem Henker erworbenen Gegenmittel, gewonnen aus den Knochen der Hingerichteten, erwiesen sich als wirkungslos. Der einzige Effekt auf all das war eine gesteigerte Wut der Hexe, die in ihrem Zorn auf die Hausbesitzerin immer bösartiger wurde und der Frau das Leben zur Hölle macht.

In ihrer Verzweiflung wandte die Frau sich schließlich an das nahe Kloster und bat dort um Hilfe. Wer sollte jetzt noch einen Rat wissen, wenn nicht die frommen Männer, die doch wissen mussten, wie man das Böse besiegen konnte?

Nachdem sie endlich zu Abt vorgelassen worden war und ihr Problem schildern durfte, berieten sich die Priester mit dem Abt, was zu tun sei. Und ob man überhaupt etwas tun konnte. Zum Glück für die Frau gab es einen Pater, der Erfahrung mit bösen Wesen hatte und es sich zutraute, mit der Hexe fertig zu werden. Schon am nächsten Tag ging er mit der Frau zu ihrem Zuhause.

Während er die ihm bekannten Gebete und Beschwörungen sprach, besprengte er das Haus mit Weihwasser. Mehrmals sprach er die Gebete und Beschwörungsformeln, ehe sie endlich Wirkung zeigten.

Mit irrem, wütendem Gekreische fuhr die Hexe aus dem Haus und wollte sich auf den Pater stürzen, um ihn zu zerreißen. Da der Pater aber wusste, wie Hexen reagieren, hatte er sich natürlich entsprechend geschützt, was die Hexe noch wütender machte. Aber es half alles nicht, der Pater wusste, wie er die Hexe bannen konnte. So trieb er die tobende und kreischende Hexe vor sich her und dem nahen Walde zu.

Als die Hexe merkte, dass sie nichts ausrichten konnte, änderte sie ihre Taktik. Sie flehte der Pater an, sie doch gehen zu lassen. Sie wollte ihre Heimat nicht verlassen. Sie bettelte den Pater an, sie doch zurück ins Dorf zu lassen. Sie wolle sich auch eine andere Bleibe suchen und die Frau nicht mehr belästigen.

Umsonst, denn der Pater fiel nicht auf sie herein und gab ihr nicht nach. Er trieb die Hexe vor sich her, bis zu einer alten Eiche, damals ein heiliger Baum. Er bannte die Hexe in die Eiche, die sie niemals verlassen sollte.

Die Hexe schrie und tobte, dann jammerte und flehte sie, der Pater möge ihr doch wenigsten erlauben, sich jedes Jahr einen kleinen Schritt in Richtung Dorf zu bewegen. Dann könne sie irgendwann, wenn ohnehin alle Beteiligten schon lange verstorben seien, in *ihr* Haus zurückkehren. Sie erflehte dies als kleine Gnade vom Pater, doch dieser ließ sich nicht beirren und verbannte die Hexe auf ewig in die Eiche.

Seither kann man des Nachts das Jammern und Stöhnen der Hexe hören, wenn man aufmerksam hinhört.

Die Eiche steht heute noch im Wald bei Elkenroth und ist auch als solche gekennzeichnet. Über den Wahrheitsgehalt dieser Geschichte ist nichts bekannt.

***Margit Günster**, Jahrgang 1963, ist Hauswirtschaftsmeisterin und in diesem Beruf seit über 30 Jahren tätig. Seit über 25 Jahren diverse Veröffentlichungen (Gedichte, Geschichten und Fotos) in Zeitungen, Zeitschriften, Fachzeitschriften und Kalendern. Lebt in Boden, einem kleinen Ort im Westerwald.*

Mitterfelser Teufelsfelsen

Eine Sage aus Mitterfels

Es war zu der Zeit, als der Teufel noch ohne Verwandlung oder Verkleidung zugange sein konnte, wenn er wieder einmal Lust verspürte, den Menschen etwas anzutun oder sie vom rechten Weg abzubringen. Wenn dann irgendwann mal irgendwo irgendjemand meinte, ihn an einem seiner Merkmale erkannt zu haben, hieß es, der hätte den Leibhaftigen gesehen, weil ein jeder sich fürchtete, seinen wahren Namen auszusprechen.

Dem Teufel gefiel es natürlich, dass die Leute so großen Respekt vor ihm hatten. Doch andererseits konnte er es kaum ertragen, dass sie den einen ungleich höher achteten. Und so richtig wild wurde er, wenn sie dem Dreifaltigen gemeinschaftlich und arg feierlich auf offener Bühne die Ehre erwiesen.

So trug es sich also zu, dass die Mitterfelser Bürger am Fronleichnamstag wie jedes Jahr ihre Prozession abhielten, welche den Perlbach entlang und über das Tal hinaus nach Kreuzkirchen führte. Der lange und festliche Zug und das so fromme Gebaren der Teilnehmer erzürnten an diesem Tag den Teufel so arg, dass er, auf dem gewaltigen, steil neben dem Weg aufragenden Felsen, dem hohen Stein, sitzend, erst kleine und bald immer größere Brocken davon abbrach und ins Tal bis in die Menach stürzen ließ. Da sollten sich doch rasch einige gehörige Misstöne unter das Beten und Singen und das holde Geklingel und Gebimmel mischen, meinte er und war sich in seiner Bosheit sicher, dass der ganzen scheinheiligen Gesellschaft die Lust auf solche ehrerbietigen Umtriebe sogleich und dann für immer vergehen würde.

Doch es kam ganz anders.

Wie durch ein Wunder verfehlten alle Steinbrocken ihr Ziel und rollten donnernd zwischen den Reihen der Gläubigen hindurch ins Wasser des Perlbachs. Die erschrockenen Menschen blieben allesamt unversehrt und brachten die Prozession dankbar zu Ende, gewiss noch bestärkt im Glauben an Jesus Christus, dessen schützende Hand die diabolische Wut ein weiteres Mal in die Schranken gewiesen hatte.

Der Teufel aber stahl sich beleidigt davon, um die erlittene Schmach gründlich zu verdauen, und ließ sich wohl bis heute nicht mehr in und um Mitterfels blicken, wenngleich seine Präsenz dort noch erahnbar. Jedenfalls ging der hohe Stein als Teufelsfelsen in die Dorfgeschichte ein.

Wolfgang Rödig *lebt in Mitterfels. Er hat seit 2003 etwa 600 belletristische Kurztexte in Anthologien, Zeitschriften, Zeitungen, Magazinen und Kalendern veröffentlicht.*

Die Sage der Frau Holl
Der Holleabend

Eine Sage aus dem Westerwald

Frau Holl ist nicht zu verwechseln mit der bekannten Frau Holle, die es im Winter schneien lässt, auch wenn diese Frau Holl ihr Unwesen um die Weihnachtszeit im hohen Westerwald treibt. Eine Holl ist ein böses Wesen, das in Gestalt einer Frau erscheint.

Einst lebte im hohen Westerwald eine sehr gute und fleißige Spinnerin, die eifrig die feinsten Fäden spann. Für sie gab es keinen Müßiggang. Wann immer es ihr möglich war, wurde gesponnen. Sie war weit über dir Grenzen ihres Heimatortes für ihren Fleiß und ihren feinen Faden bekannt. Dies war auch der Holl zu Ohren gekommen.

Am letzten Donnerstag vor dem Weihnachtsfest stand sie plötzlich in der Stube der Frau. Sie reichte ihr zwölf leere Spulen und gab ihr den Auftrag, diese bis um Mitternacht dieses Tages zu füllen. Andernfalls wolle sie ihr den Hals umdrehen. Dann verschwand die Holl.

Zurück blieb die arme Frau, die völlig verzweifelt war, denn diese Aufgabe war nicht zu bewältigen, auch nicht für eine so fleißige und erfahrene Spinnerin wie sie. In ihrer Not vertraute sie sich ihrer Nachbarin an. Auch diese war entsetzt über den Befehl der Holl, denn dass diese Aufgabe unmöglich zu erfüllen war, dies war ihr durchaus bewusst. Sie überlegte lange, wie sie der armen Nachbarin helfen konnte. Selbst durch Mithilfe beim Spinnen war nichts zu retten, denn auch für zwei Spinnerinnen war die Aufgabe zu groß. Endlich kam ihr eine Idee. Sie riet der Nachbarin, einfach nur einmal über jede Spule drüberzuspinnen statt sie richtig mit feinem Faden zu füllen.

Erleichtert ging die Frau nach Hause und folgte dem Vorschlag der Nachbarin. So wurde sie noch rechtzeitig fertig.

Als die Holl um Mitternacht erschien und ihre Spulen verlangte, reicht sie ihr verängstigt und zitternd die zwölf Spulen, besponnen, aber nicht korrekt vollgesponnen.

Als die Holl die Spulen sah, bebte sie vor Zorn. „Wer hat dir diesen Rat gegeben?", schrie sie wütend.

Die verängstige Frau war nicht in der Lage, ihr zu antworten.

Wutentbrannt schrie die Holl: „Das hat dir der Teufel gesagt", und verschwand, denn den Teufel fürchtete auch die Holl.

Seit diesem Tag, dem Donnerstag vor Weihnachten, hütet sich jede Frau im Westerwald davor, am Hollabend am Spinnrad zu sitzen und zu spinnen. Zu groß ist die Angst, dass die Holl wieder erscheint und ihr eine unlösbare Aufgabe stellt. Seither ist über das Auftauchen einer Holl in dieser Gegend nicht mehr berichtet worden.

Margit Günster, Jahrgang 1963, ist Hauswirtschaftsmeisterin und in diesem Beruf seit über 30 Jahren tätig. Seit über 25 Jahren diverse Veröffentlichungen (Gedichte, Geschichten und Fotos) in Zeitungen, Zeitschriften, Fachzeitschriften und Kalendern. Lebt in Boden, einem kleinen Ort im Westerwald.

Die kalte Eiche

Eine Sage aus Gera

Auf einem Berg hoch überm Tal
steht einsam jener Eichenbaum.
Wie alt er ist? Wer kennt die Zahl?
Das wissen selbst die Berge kaum.
Den Stamm umfassen nicht vier Mann,
so mächtig thront er auf dem Grat.
Doch grünt auch fern der weite Tann,
an seinen Ästen wächst kein Blatt.

In seiner Nähe sprießt kein Kraut,
kein Veilchen will ringsum erblüh'n.
Kein Vogel, der sein Nest dort baut,
und Gräser sind mehr braun als grün.
Die Hasen meiden diesen Platz,
der Fuchs umläuft ihn großzügig.
Es rasten dort nicht Fink und Spatz,
und Bauern ist's dort unheimlich.

Denn einstmals wurde jemand dort
gehenkt im fahlen Mondenschein.
Und kein Beteuern, nicht ein Wort,
verhinderten die Qual, die Pein.
Und weil er wirklich schuldlos war,
so bäumte er sich auf und bat
die Eiche laut, sie soll fürwahr
sein Zeuge sein, was sie auch tat.

Und Blatt für Blatt fiel von dem Baum,
fiel auf das Gras, das Veilchenkraut.
Wie brauner Schnee aus einem Traum,
sank jedes Blatt ganz ohne Laut.
So thront die Eiche überm Tal
und achtet nicht den grünen Wald.
Sie blieb seit jener Mordtat kahl
und selbst im Sommer schattenkalt.

Manuel Deinert, geboren 1979, ist ein Sonntagskind, dem der Schalk im Nacken und die Poesie in der Seele sitzt. Seine Natur- und Spaßgedichte erschienen bereits in vielen Anthologien und auch seine Kinder- und Jugendbücher erfreuen sich großer Beliebtheit.

Elf Freundinnen müsst ihr sein

Die Legende der Heiligen Ursula

Prinzessin Ursula saß im Schneidersitz auf ihrem Bett hoch oben im Turm des bretonischen Schlosses und steckte der Brieftaube ein zusammengefaltetes Pergament in das Röhrchen am Fuß, einen Brief an ihre Freundin Pinnosa. Heutzutage würde man skypen, aber damals war man schon froh, wenn man überhaupt eine schnelle Brieftaube bekam und nicht auf einen königlichen Boten angewiesen war, der wochenlang von Burg zu Burg ritt. Ursula schraubte gerade das Röhrchen zu, als die Tür aufgerissen wurde und eine massige Gestalt ins Zimmer polterte. „Papaaaaa!", rief sie entnervt und rollte mit den Augen. „Könnt Ihr nicht ein Mal anklopfen?"

„Nix da, Tochter", entgegnete ihr Vater. „Ich bin der König, das ist mein Schloss, soweit kommt's noch. Und jetzt zieh dir was Anständiges an, unten in der Halle wartet der König von England, du wirst seinen Sohn Ætherius heiraten."

„Ich werde WAS?!" Ursula blieb wie vom Donner gerührt auf dem Bett sitzen und schubste die Brieftaube aus dem Fenster, damit sie ihr nicht auf die leinene Bettdecke kackte. „Aber meine zehn BFF-Mädels und ich wollen ins Kloster gehen! Die Schenkung an die Äbtissin habt Ihr doch auch schon bezahlt!"

„Ja, das ist ärgerlich, in der Tat, aber jetzt wird geheiratet, damit uns dieser irre Engländer nicht schon wieder das Schloss abfackelt."

„Papaaaaaaaa!", versuchte es Ursula noch einmal mit ihrem schönsten Hundewelpenblick, aber der König ließ sich nicht erweichen.

Zwei Stunden später hatten die Zofen Ursula in ihr feinstes Gewand geschnürt, die Haare frisiert und halfen ihr die steile Turmtreppe hinab. Ursula hasste diese dämlichen Mieder, in denen sie kaum Luft kriegte. Schon allein deshalb hatte sie sich so aufs Kloster gefreut: bequeme Nonnentracht, auf dem Kopf ein Schleier – nie wieder Bad-Hair-Day! Und jetzt stattdessen so ein Rosbif aus England als Ehemann – Mist.

Während die Zofen also an ihrem Mieder herumschnürten und ihre langen Haare flochten, dachte Ursula fieberhaft nach. Und hatte plötzlich DIE Idee. Pinnosa und die anderen würden begeistert sein!

Mit einem feinen Hofknicks begrüßte sie in der Halle die königlich englische Abordnung und reichte sogar ihrem zukünftigen Gemahl Ætherius die Hand. Der kriegte Stielaugen unter seinem schon leicht angerosteten Helm und drückte ihr einen sehr feuchten Handkuss auf – bääääh, wie gut, dass sie lange Handschuhe trug!

„Ætherius, mein Bester", sprach sie ihn nun an. Endlich zahlten sich die langweiligen Schulstunden in Latein, Deutsch und vor allem Englisch einmal aus. „Gern will ich Euch zum Manne nehmen, aber ich habe einige Bedingungen." Aus den Augenwinkeln heraus sah Ursula, dass ihr Vater vor Schreck fast vom Thron kippte, aber sie sprach unbeirrt weiter: „Wie ihr wisst, bin ich eine gläubige Christin und werde ganz bestimmt keinen Heiden ehelichen. In den nächsten drei Jahren werdet Ihr, Ætherius, Euch also im Christentum unterrichten und anschließend taufen lassen. Währenddessen unternehme ich eine Wallfahrt nach Köln, um beim Bischof für unsere Ehe den Segen zu erbitten. Auf dieser gefährlichen Reise werden mich meine zehn besten Freundinnen mitsamt ihren jungfräulichen Dienerinnen und Zofen begleiten." Ursula knickste erneut, wandte sich um und rauschte aus der zugigen Halle, gefolgt von ihren Zofen, die ihr die Schleppe hinterhertrugen. Um den Diplomatenkram konnte sich ihr Vater kümmern, wofür war der schließlich König!

Beim Abendessen erfuhr Ursula, dass ihre Bedingungen akzeptiert worden waren. Yay! Gleich am nächsten Tag sandte König Deonotus die Einladungen für Ursulas Wallfahrt per berittenen Boten zu Ursulas Freundinnen Pinnosa, Brittola, Cordula, Martha, Saula, Aukta, Sambatia, Gregoria, Palladia und Saturnina. Bis alle mit ihren jeweils 999 jungfräulichen Dienerinnen und Zofen im bretonischen Schloss eingetrudelt waren, waren auch die elf Schiffe fertig, die die 11.000 jungen Damen nach Köln bringen sollten.

Schon damals eilte Köln der Ruf voraus, eine angesagte Partymeile zu sein. Bis vor Kurzem war Colonia Claudia Ara Agrippinensium römischer Statthaltersitz gewesen, die dortigen Bäder, Thermen und Tavernen sollten obercool sein, wie Ursula von reisenden Händlern gehört hatte. Genau das Richtige also, um vor ihrer Hochzeit noch einmal so richtig abzufeiern.

Am Abend vor der Abreise zog Pinnosa Ursula am Ärmel aus dem Getümmel – auch wenn König Deonotus' Schloss riesig war, 11.000 kichernde und schnatternde Jungfrauen im Reisefieber sorgten selbst hier für dichtes Gedrängel und Geschubse. In einer abseits gelegenen Kammer schloss Pinnosa die Tür und öffnete den Deckel einer dort abgestellten Reisetruhe.

„Guck mal, Uschi, ich habe uns von meinen Dienerinnen etwas vorbereiten lassen für unsere Reise", sagte sie und zog aus der Truhe elf spitze Hüte mit Schleiern und elf hölzerne Bauchläden heraus. „Wie findest du die?"

„Oh Pinnie!", jubelte Ursula und fiel ihrer Freundin um den Hals. „Die sind ja mega! Aber wofür sind die Bauchläden gedacht?"

Pinnosa kramte noch ein bisschen tiefer in der Truhe und hielt verschiedene Tütchen aus Sackleinen hoch. „Hier in den Säckchen mit gelber Schleife ist bretonische Meersalzbutter, in denen mit der blauen Schleife sind Karamellbonbons. Wenn wir durch Köln ziehen und ordentlich abfeiern, können wir den Leuten unterwegs aus den Bauchläden heraus die Sachen andrehen und du verdienst noch ein paar Taler für deine Mitgift. Und weil du ja einen Engländer heiratest, habe ich auch noch Haferflocken für dieses komische – wie heißt das noch gleich? – Porridge in die Säckchen mit der roten Schleife gepackt."

„Pinnie, du bist die Allerbeste! Komm, lass uns den anderen davon erzählen, denen fallen bestimmt die Augen aus dem Kopf! Und dann ist es auch schon Zeit für Abendbrot und das Komplet. Ich kriege bestimmt die ganze Nacht kein Auge zu vor lauter Aufregung!"

Trotz Ursulas Befürchtungen schliefen alle selig bis zum Morgengrauen. Gleich im Anschluss an die Laudes, die Lobgesänge zum Tagesanbruch, stachen sie nach einem tränenreichen Abschied von Mama und Papa in See, segelten gen Norden die Küste hinauf und bogen beim heutigen Rotterdam, das damals noch ein kleines Kaff von Heringsfischern war, in den Rhein ein. Nach wenigen Tagen erreichten sie Köln und machten ihre Schiffe dort fest.

Ursula versammelte ihre Mädels um sich, setzte jedem einen spitzen Prinzessinnenhut auf den Kopf und hängte ihnen die gefüllten Bauchläden um.

„So, meine liebsten Freundinnen. Da es dank meiner Heirat jetzt erst mal nix wird mit dem Kloster, lasst uns noch einmal so richtig Party machen. Nach dem ewigen Fisch die letzten Tage brauche ich einen anständigen Rheinwein und eingelegte Sauzitzen in Garum-Soße. Auf zur nächsten Taverne!"

Kichernd und singend und tanzend machten Ursula und ihre Mädels also Köln unsicher, drehten den Bürgern harte Karamellbonbons und matschige Haferflocken aus den Bauchläden an, pichelten Rheinwein und ließen sich in der Therme die von der langen Schiffsreise verspannten Muskeln massieren. Schon damals war Köln als internationaler Handelsplatz berühmt und den Kölnern war kein Jeck aus fernen Landen fremd – die bretonischen Teenies mit ihrem niedlichen Akzent brachten endlich mal wieder Leben in die Bude.

Sehr spät am Abend, die Zeit fürs Komplet war schon lange vorbei, trudelten die leicht angeschickerten jungen Damen mit schiefsitzenden Prinzessinnenhüten wieder auf den Schiffen ein und sanken ermattet auf ihre Schlaf-Strohsäcke.

Vermutlich lag es am Rheinwein, denn in der Nacht hatte Ursula einen sehr seltsamen Traum. Auf Englisch sprach sie ein Mann an: „Ursula! Es ist Euch bestimmt, weiterzuziehen nach Rom. Dortselbst werdet Ihr mit dem Papst Tee trinken und auf dem Rückweg wieder in Köln Halt machen. Hier werdet Ihr dann ein Martyrium erleben, wie es die Welt noch nicht gesehen hat, auf dass Ihr und Eure Gefährtinnen eingehen möget ins himmlische Brautgemach!"

Früh am Morgen erwachte Ursula mit einem ausgewachsenen Brummschädel und rieb sich die Augen. Was war das für ein Traum gewesen? Sie rüttelte ihre Freundin Pinnosa wach: „Pinnie! Wach auf! Du glaubst ja nicht, was ich heute Nacht geträumt habe!"

Pinnosa gähnte und reckte sich, in ihrem Kopf wohnte anscheinend ein ganzer Bienenschwarm. „Uschi! Brüll leiser, verflixt noch mal! Was für einen Traum hattest du denn?"

„So ein englischer Poser meinte, wir sollten nach Rom gehen, mit dem Papst einen picheln und auf dem Rückweg hier in Köln das Martyrium des Jahrhunderts erleben, wir wären dafür vom lieben Gott auserkoren worden."

„Uschi, aus dir spricht immer noch der Rheinwein von gestern Abend. Martyrium? Ist das nicht dieses Dings mit dem Foltern und Vierteilen und Verbrennen und Hinrichten zum Lobe des Herrn? Und hinterher wird man heiliggesprochen?"

„Genau, Pinnie! Wäre das nicht cool? Die heilige Ursula und die heilige Pinnosa! Ha!"

„Ähm, Uschi, du vergisst da gerade das mit dem Martyrium … Du hast doch echt einen Knall!"

„Pinnie, du olle Spielverderberin, uns passiert schon nix! Wenn der liebe Gott sagt, dass du auserwählt bist, sagst du nicht: „Iiiih, Scheiterhaufen find' ich aber unflauschig!" Der stellt uns vor eine Mutprobe, ist das nicht megacool von ihm? Ich sag schnell den anderen Bescheid, wir segeln nach Rom! Da soll man übrigens auch prima Party machen können, habe ich gehört."

Ursula ließ die gesamte 11.000-köpfige Mannschaft wecken und stellte sich auf der Kaimauer auf ein Fass, das verdächtig nach Hering roch, damit alle sie sehen und hören konnten. „Mädels, heute Nacht ist mir im Traum der liebe Gott als Engländer erschienen und hat uns befohlen, nach Rom zu gehen. Auf dem Rückweg erleben wir in Köln ein Martyrium und gehen darauf ein in die himmlischen Brautgemächer, hat er gesagt."

„Was für ein Quatsch, der liebe Gott spricht doch Latein und nicht Englisch", murmelte Pinnrosa in sich hinein.

„Pssssst!", zischte Cordula neben ihr. „Ich will das mit dem Martyrium noch mal hören und das mit dem himmlischen Brautgemach!"

Also erklärte Ursula noch einmal den geänderten Reiseablauf: nach Rom schippern, den Papst besuchen und dann wieder zurück nach Köln. Quasi eine Verlängerung des Junggesellinnenabschiedes, nur in Italien eben. Und mit einem heiligen Martyrium als krönendem Abschluss.

Die 11.000 Jungfrauen erhoben ihre Stimmen und sangen Dankeslieder – immerhin mussten sie so noch nicht zurück nach Hause, wo ihre Hauslehrer auf sie warteten und sie den lieben langen Tag Chorgesänge und Latein üben mussten. Oder gar einen Engländer heiraten.

Ursula sprang vom stinkenden Heringsfass, ging an Bord und gab das Signal zum Ablegen. Die Kölner winkten ihnen nach und versicherten, dass sie sich sehr auf die Rückkehr der feierfreudigen Damen freuten.

Stromaufwärts ging nun die Reise, vorbei am Siebengebirge, dem Felsen der Loreley und an der Feste Worms bis hin nach Basel. In der dortigen Kastellkirche Kaiseraugst sammelten sich die 11.000 Jungfrauen zum Gebet, schulterten sodann ihr Reisegepäck und machten sich auf, die Alpen zu überqueren. Freundliche Bergbewohner wiesen ihnen den Weg und gewährten nächtlichen Unterschlupf. Ein besonders netter bärtiger alter Mann, der sich als Almöhi vorstellte, half ihnen sogar dabei, ihr Schuhwerk mithilfe von Stroh und Ziegenleder wandertauglich zu machen – die feinen Prinzessinnenschühchen waren offensichtlich die falsche Wahl für eine solche Reise gewesen.

Ursula stöhnte bei jedem Schritt auf dem felsigen Gelände, sie hatte sich an den Füßen vier blutige Blasen gelaufen. Brittola und Sambatia meinten nur schulterzuckend, dass sie ja schon mal fürs Martyrium üben könnten, das wäre bestimmt noch viel unangenehmer als diese popeligen Blasen!

Nach neun Tagen kamen sie in Mailand an, das damals noch Mediolanum hieß. Hier machten sie eine kurze Rast im Kloster des Bischofs Ambrosius und wanderten am nächsten Tag weiter Richtung Süden bis nach Rom. Schon aus der Ferne verschlug es ihnen die Sprache: Auf den sieben Hügeln der Stadt funkelten und glitzerten Marmorpaläste, Triumphbögen, Tempel und vergoldete Dächer mit der italienischen Sonne um die Wette.

„Heilige Scheiße!", hauchte Pinnosa ehrfürchtig.

„Pinnie, mäßige deine Worte!", rügte Ursula sie, auch wenn sie genau derselben Meinung war wie ihre beste Freundin.

Ein paar Minuten lang starrten alle andächtig auf die prächtige Stadt und ruhten ihre müden Füße aus, bis Ursula rief: „Auf geht's, Mädels! Lasst uns gucken, ob Papst Cyriacus schon Teewasser aufgesetzt hat, der liebe Gott hat schließlich gesagt, dass er uns erwartet."

Tatsächlich wurden sie auf dem Petersplatz von zahllosen Kardinälen empfangen, die ihnen zujubelten und den Weg in die päpstlichen Gemächer wiesen, wo Cyriacus bereits Tee und Gebäck hatte bereitstellen lassen.

„Ursula!", begrüßte der Papst sie mit ausgebreiteten Armen und wehendem Gewand. „Wir haben Eure Ankunft schon sehnlichst erwartet! Euer Ruf eilt euch weit voraus, wir freuen uns bereits auf ereignisreiche Tage mit Euch und Euren Begleiterinnen!"

„Tage? Wohl eher Nächte", murmelte Aukta leise, „dem fallen doch gleich die Glupschaugen aus dem Kopf beim Anblick von 11.000 Jungfrauen!"

„Stimmt, dieser Lauch würde das mit den Jungfrauen bestimmt gerne ändern", kicherte Martha. „Aber Hauptsache, er hat ein paar coole Tipps für die angesagten Locations und die prächtigsten Kirchen in Rom!"

„Pssssst!", zischte Ursula, reichte dem Papst hoheitsvoll die Hand und ließ sich zum Tisch führen. Eine Nonne schenkte ihnen Tee ein und musterte Ursula von Kopf bis Fuß.

„Ursula, darf ich dir Schwester Ignatia vorstellen?", sagte der Papst.

„Meine Mutter, la Mamma, la Bella, la Bellissima! Niemand kocht eine bessere Lasagne als sie!"

Schwester Ignatia schnaubte verächtlich. „Ja, aber nicht für 11.000 dahergelaufene Schl…"

„Mamma!! Prego! Du sprichst hier von zukünftigen Heiligen, hüte deine Zunge!"

„Mein lieber Cyriacus, auch wenn du jetzt Papst bist, ich bin immer noch deine Mamma und kann dir den Hintern versohlen! Wenn du frech wirst, kriegst du heute Abend keinen Nachtisch, denk mal drüber nach!"

„Si, Mamma", entgegnete der Papst kleinlaut und strich sich verlegen durchs pomadisierte, schwarze Haar. „Perdonne, es war nicht so gemeint!"

Schwester Ignatia gab einen missbilligenden Laut von sich und eilte mit der leeren Teekanne zurück in die Küche.

Unter den strengen Blicken von la Mamma tranken sie also Tee und knabberten an steinharten Biscotti, bis es Zeit fürs Vespergebet in der Basilika St. Peter war, die wir heute als Petersdom kennen. Anschließend wurden sie mit weich gekochten Spaghetti aglio e olio abgespeist und in ihre Schlafgemächer gescheucht. An Schwester Ignatias Gürtel baumelte der riesige Schlüssel für den Frauenschlaftrakt und sie ließ keinen Zweifel daran, dass sie nicht gedachte, diesen vor den Laudes am nächsten Morgen wieder aufzuschließen.

Aber Papst Cyriacus wäre ein schlechter italienischer Ragazzo gewesen, hätte er nicht Ursula zwischen zwei Schlucken lauwarmen Tees zugeraunt, dass es eine Geheimtür im Schlafsaal gab, durch die nun zu später Stunde eine Horde feierlustiger junger Damen aufgeregt flüsternd in die warme Sommernacht auf die Via Aurelia strömte, wo der Papst mitsamt seiner Kardinäle schon auf sie wartete.

„Ah, Ursula, bella donna!", begrüßte er sie. „Lasst mich Euch zeigen, was das Leben auf Erden bereithält, bevor Ihr alsbald in die himmlischen Sphären der Heiligen aufsteigt! Yolo!"

Und so kam es, dass der zweite Teil von Ursulas Junggesellinnenabschied ein voll fettes Club-Hopping wurde, die Jungs kannten tatsächlich alle Läden, in denen der Groove abging. In den römischen Tavernen probierten sie roten Wein, Met und Starkbier und in der *Trattoria de San Eusebio* verputzten sie einen Berg Lasagne – von den blöden Klosternudeln am Abend war schließlich keine von ihnen satt geworden. Die ganze Nacht hindurch klebte Cyriacus wie eine Klette an Ursulas Rockzipfel und auch die Kardinäle schmachteten die Jungfrauen an, wie es sich eben für italienische Aufreißer gehörte.

Zur Matutin, der Frühmesse um 2 Uhr morgens, saßen sie ordnungsgemäß wieder in der päpstlichen Kapelle – zwar mehr schlafend als wach, aber das *Te deum laudamus* konnten alle routiniert und fehlerfrei herunterbeten. Die Laudes zum Tagesanbruch fielen ihnen schon etwas schwerer und beim anschließenden kargen Frühstück fehlten etliche der jungen Damen, lieber holten sie den in der Nacht verpassten Schlaf nach.

Schwester Ignatia drang die Missbilligung für solch schändliches Verhalten aus jeder Pore und als Papst Cyriacus vorschlug, man möge den Tag mit dem Besuch der zahlreichen Heiligentempel Roms verbringen und dortselbst die vorgeschriebenen Gebete sprechen, rollte sie nur mit den Augen. Sie kannte ihren Sohn und seine Gewohnheiten: Nach durchzechten Nächten verkrümelte er sich gern in einen abgelegenen Tempel und schlief auf einer einsamen Kirchenbank seinen Rausch aus. Ursula und ihre Freundinnen jedoch stimmten diesem Vorschlag begeistert zu – und so verbrachten sie eine voll krasse Woche in Rom: tagsüber Chillen im Tempel, nachts ab in die Zappelbude. *Ora et labora* quasi, denn Feiern kann echt harte Arbeit sein!

Am Ende der Woche verabschiedeten sie sich zunächst von Schwester Ignatia, die froh war, sie wieder loszuwerden, und dann von Papst und Kardinälen. Die hätten sie gerne noch länger in Rom behalten, endlich war mal wieder ordentlich was los gewesen in den verstaubten Gemäuern! Mehr als einer von ihnen weinte beim Abschied leise in sein besticktes Taschentuch.

Aber Ursula und ihre Mädels hatten noch was zu erledigen, schließlich warteten Köln und die göttliche Mutprobe auf sie. Also schnürten sie ihre Almöhi-Wanderstiefel und marschierten gen Norden, überquerten erneut die Alpen und bestiegen schließlich in Basel wieder ihre elf Schiffe, nachdem Ursula eine schwindelerregend hohe Liegegebühr abgedrückt hatte, die Schweiz war schon damals ein teures Pflaster. Flussabwärts segelte es sich wesentlich schneller als auf dem Hinweg und nach wenigen Tagen hatten sie das römische Lager Bonna, das heutige Bonn, passiert.

Ursula stand am Bug des ersten der elf Schiffe und legte eine Hand über ihre Augen. „Sag mal, Pinnie, was sind das für Wolken da hinten über Köln? Siehst du das auch?"

Pinnosa kniff die Augen zusammen. Tatsächlich, schwarze Rauchwolken waberten über den Kölner Stadtmauern. „Shit, was ist DAS denn? Brennen die für unsere Mutprobe schon mal die Scheiterhaufen warm?"

„Pinnie, nun halt mal den Ball flach, von Scheiterhaufen hat der englische Tuppes in meinem Traum nix gesagt. Wahrscheinlich hat der Wirt der Taverne *Zum Flöcken Pitter* den Spanferkeln mal wieder zu viel Feuer unterm Hintern gemacht. Apropos Spanferkel: Ich kriege Hunger, lasst uns mal einen Zacken zulegen. Yalla, Mädels!"

Unter vollen Segeln fuhren sie auf Köln zu und staunten nicht schlecht, als sie nicht von freundlichen Tavernenwirten, sondern von brüllenden und säbelschwingenden Hunnen empfangen wurden.

„Sheeeesh, was soll denn der Scheiß?!", kreischte Cordula.

„Tja Mädels", entgegnete Ursula trocken, „das scheint wohl die göttliche Mutprobe zu sein. Voll panne, so ne Horde Hunnen zu schicken, die können wir doch mit links abrippen. Also ran an die Schwerter, lasst uns den Posern mal ne fette Arschkirmes verpassen!"

In den folgenden Stunden lieferten sich die 11.000 Jungfrauen mit dem Hunnenheer eine Schlacht, die selbst die kampferprobtesten Kriegsherren nicht besser hätten schlagen können. Aber auch die fiesesten Finten und gezieltesten Tritte in hunnische Kronjuwelen konnten gegen die berittene Übermacht aus dem fernen Osten nichts ausrichten, Ursulas Mädels sanken eine nach der anderen tot aufs Rheinufer.

Am Ende stand Ursula dem Hunnenkönig gegenüber und staunte nicht schlecht, als der seinen Reiterbogen sinken ließ und ihr ein unmoralisches Angebot machte: „Hör mal, Ursula, du kannst so gut kämpfen wie ein Hunne und bist tausendmal so schön – wenn du mich heiratest, blasen wir den Zirkus hier ab, verschonen die Kölner und reiten zusammen in den Sonnenuntergang. Deal?"

„Hör mal, Hunnenkönig", entgegnete Ursula, „das kannst du vergessen, ich als Christin werde bestimmt keinen Hunnenheiden heiraten, was bildest du dir eigentlich ein, du Asi?!"

Der Hunnenkönig lief puterrot an, hob seinen Bogen und schoss Ursula einen Pfeil mitten ins Herz. „Selber schuld, du Bitch!" Im gleichen Moment öffnete sich der Himmel, unter ohrenbetäubendem Posaunenklang schwebten 11.000 Engel herab und vertrieben die wenigen noch lebenden Hunnen mit einem Flügelstreich.

Eine gespenstische Stille senkte sich über Köln.

Erst Stunden später trauten sich die Kölner aus ihrer Stadtmauer heraus und fanden die Leichen der 11.000 Jungfrauen, die ihre Stadt vor den Hunnen gerettet hatten. Sie begruben sie unter Lobgesängen auf dem Schlachtfeld und errichteten Ursula zu Ehren später die gleichnamige Kirche, in der seit dem 17. Jahrhundert in der *Goldenen Kammer* die Gebeine von Ursula und ihren Mädels aufbewahrt werden. Als Dank für die Rettung aus höchster Not stickten sie elf Flammen für die elf Freundinnen in das Stadtwappen von Köln ein.

P. S.: Ebenfalls im 17. Jahrhundert wurde die Kölner Ursulinenschule gegründet, ein reines Mädchengymnasium, an dem auch heute noch die Mädels Latein und Chorgesang üben müssen. Manche Dinge ändern sich auch nach Jahrhunderten nicht.

Andrea Schilken-Raulf, geboren 1964 – außen schon grau, dafür innen umso bunter. Im beschaulichen Velbert-Neviges lässt sie Tag für Tag mit fliegenden Fingern die Tasten klappern, sowohl für den Broterwerb als auch für eigene Geschichten. Oder wie ihre beste Freundin es einst treffend auf den Punkt brachte: Beruf und Berufung – Buchstabensuppenköchin.

Die Blutfichten

Es ging einst ein verliebtes Paar
im Düsterholtz spazieren.
So fröhlich sangen Fink und Star,
die Maid trug einen Kranz im Haar,
die Unschuld zu verzieren.

Der Bursche pries die Schwalbenzeit,
wie warm die Sonne scheine.
„Die winterlange Einsamkeit
erfüllt mein sieches Herz mit Leid,
komm, Liebste, werde meine!"

„Gewähren will ich einen Kuss
in diesem Maienglühen.
Nur diesen, Hänschen, dann ist Schluss.
Im Herbst erst wächst die Haselnuss,
im Frühling will sie blühen."

Den Jüngling packte Eifersucht:
kein andrer sollt sie haben.
Die Missgunst fasste ihn mit Wucht:
Nicht würde sich an dieser Frucht
ein andrer jemals laben.

Er haschte sie und würgte sie,
und riss an ihrem Mieder.
Und als er tobte, als er schrie:
„Auf ewig bist du mein, Marie!",
da stach er sie jäh nieder.

Erstarrt sah Hans sein Messer an
und zog's aus ihrem Herzen.
Dann lauschte er dem weiten Tann,
sah links und rechts und himmelan –
das Messer troff gleich Kerzen.

Im Abendschein grub er ein Loch,
darinnen war ihr Grabe.
„Die Bluttat wird mein Lebensjoch,
ich muss nun fort und bleibe doch
dein treuer Hirtenknabe."

Das Dunkel kroch ins Nebeltal,
der Mond schien Hans zu sichten.
Von Angst getrieben, Pein und Qual,
kam er zurück, ein letztes Mal,
und pflanzte stumm zwei Fichten.

Den Mördernamen schnitt er tief
der einen in die Rinde,
der andren langsam, tränenschief,
den Schönsten, der nun ewig schlief,
umrauscht vom Abendwinde.

Dann nahm er ihren Blütenkranz
vom schönsten Maienflieder,
gedachte noch dem letzten Tanz,
das schönste Paar: Marie und Hans,
und stach sich gleichfalls nieder...

Die Fichten wuchsen mondenlang,
wie steile Riesenbeine.
Der Maidstamm blühte wild am Hang,
erfüllt vom frühen Schwalbensang
im warmen Sonnenscheine.

Des Hirten Fichte grünte nicht,
ganz kahl stand sie und knittrig.
Kein Wurm kroch auf dies Moosgesicht,
das kühl war, selbst im Sonnenlicht.
Ein Baumgreis, dürr und zittrig.

So standen sie noch manches Jahr
verschieden, doch verbunden.
Doch einst erblühte sonderbar
der Kahle, und es sangen Star
und Fink auf seinen Schrunden.

__Manuel Deinert__, geboren 1979, ist ein Sonntagskind, dem der Schalk im Nacken und die Poesie in der Seele sitzt. Seine Natur- und Spaßgedichte erschienen bereits in vielen Anthologien und auch seine Kinder- und Jugendbücher erfreuen sich großer Beliebtheit.

Die Legende
vom Weihnachtsstern

Eine Sage aus Mexiko

Diese Geschichte erzählt von einem mexikanischen Mädchen mit dem schönen Namen Maria. In ihrem Heimatland war es üblich, am Heiligen Abend kleine Geschenke zu kaufen und sie in die Kirchen zu bringen.

Doch Marias Familie war so arm, dass sie keine Geschenke kaufen konnte, und so blieb die Kleine unglücklich an der Kirchentür stehen und sah zu, wie die anderen Kinder des Dorfes ihre Geschenke dem Jesuskind in die Krippe legten. Während Maria verzweifelt den Kindern hinterherschaute fiel ihr Blick auf eine alte Engelsfigur aus Stein, die völlig von Unkraut und dornigen Zweigen überwuchert war.

Das Mädchen begann in ein Gebet vertieft, das Unkraut zu beseitigen, als es plötzlich eine leise Stimme hörte.

„Bring diese Unkrautpflanzen in die Kirchen und lege sie vor die Krippe. Du wirst sehen, das Jesuskind wird dich und die Pflanzen segnen."

Das Mädchen war überrascht und glaubte, nicht richtig gehört zu haben. Sie sollte dem Jesuskind in der Krippe Unkraut als Geschenk bringen? Was würden die anderen Kinder dazu sagen?

Aber die Kleine tat, was die Stimme ihr befohlen hatte. Mit großer Anstrengung zerrte sie an den hartnäckigen Stielen der Pflanzen. So lange, bis ihre zarten Hände mit blutenden Wunden übersät waren. Dann nahm das Mädchen die sperrigen Unkrautpflanzen auf den Arm und ging in die Kirche. Ungläubig und staunend wurde sie von den anderen Kindern angestarrt.

Einige lachten und zeigten mit dem Finger auf die Kleine. Doch das Mädchen ließ sich nicht beirren. Mit festen Schritten ging es zur Krippe und legte das Unkraut dem Jesuskind zu Füßen. Dann faltete Maria die kleinen wunden Händchen zum Gebet.

In der Kirche war es ganz still. Das Lachen der Kinder war verstummt. Jeder schaute auf dieses kleine Mädchen, dass, in ein Gebet versunken, vor der Krippe stand.

Plötzlich wurde die Krippe in ein blutrotes Licht getaucht. Wie lodernde Flammen züngelte das rote Licht durch die Dunkelheit. Die Kinder erschraken und traten ängstlich einige Schritte zurück.

Nur Maria schaute staunend auf die Unkrautpflanzen, die auf einmal über und über mit leuchtend roten, sternförmigen Blüten übersät waren. Seitdem ist diese wunderschöne Blume ein Weihnachtssymbol und wird Weihnachtsstern genannt.

Helga Licher, geboren 1948 in Osnabrück. Die Autorin findet die Ideen für ihre Geschichten im Alltag oder bei langen Spaziergängen an der geliebten Nordseeküste. Sie schreibt für verschiedene Magazine und arbeitet an ihrem dritten Roman.

Der Träumende Aal

Ein Aborigines-Mythos

Es war einmal vor langer Zeit, als *Das Land* der D'harawals noch nichts Böses kannte, als die See noch weit im Osten schlummerte, ein Berg namens Boora Birra. Während das erst mal nichts Außergewöhnliches war, so ragte Boora Birra doch hoch über ein Tal. Dieses Tal unterhalb des Berges war das Heim von Parra Doowee, dem Träumenden Aal. Dank ihm war Boora Birra ein besonderer Ort. Es war der Ort der Zeremonie Butoowee, in der jedem Kind *Des Volkes*, sobald es ein bestimmtes Alter erreichte, die Gesetze gelehrt wurden, auf dass es dank dieses Wissens Schutz vor bösen Geistern und boshaften Taten erlangte.

Nun war *Das Land* zwischen Boora Birra und der Küste flach und fruchtbar. Die Kängurus und Wombats kamen aus den Bergen herunter, fraßen das süße Gras und das weiche Gebüsch und wurden fett und faul und waren leicht zu fangen. Die See war reich an Schalentieren und das flache Land reif mit Früchten und Knollen. Nicht lange und auch *Das Volk* war fett und faul. Doch es war nicht nur fett und faul, sondern es vergaß und wurde achtlos. Die Männer ehrten nicht länger die Geister getöteter Tiere, aßen nur ihre Lieblingsstücke und ließen den Rest verrotten. Die Frauen lehrten ihren Kindern nicht länger den Weg *Des Volkes* und vergaßen, Mutter Erde für ihre vollen Bäuche zu danken.

Die Kinder wuchsen heran ohne den Schutz der Zeremonie Butoowee. Sie wussten nichts von den Gesetzen und folgten ihnen nicht. Sie wurden anfällig für böse Geister. Sie lachten über die Alten, die ihnen Schrecken prophezeiten, sollten sie die Gesetze weiter verachten.

Die Ohne Gesetz schlossen sich zu Banden zusammen, durchstreiften rastlos *Das Land*, brachten Terror zu Mensch und Tier, zu Jung und Alt, plünderten die Rindenhäuser, stahlen Fischspeere und bekämpften einander. Die Alten *Des Volkes* flohen in die Berge und von Boora Birra aus sahen sie, wie *Die Ohne Gesetz* durch die Täler streiften, und sie beobachteten mit Bangen, wie eine Bande sich dem Heim des Träumenden Aals näherte.

Lange vor der Zeit dieser Geschichte war es Brauch, dass jeder Krieger abwechselnd das Tal des Träumenden Aals bewachte. Aber da *Das Volk* vergaß, blieb diese Pflicht dem alten Krieger Kamarai überlassen, denn nur er erinnerte sich an die alten Wege. Niemand hatte ihn abgelöst und mittlerweile war er so gebrechlich, dass keiner *Des Volkes* mehr einen Krieger in ihm sah.

Kamarai aber hörte, wie die Bande herannahte. Sein Willkommenslächeln verblasste schnell, als *Die Ohne Gesetz* ihn umkreisten und über seine Unbeholfenheit lachten. Ihren Speeren konnte er nicht ausweichen. Von vielen Wunden blutend, fiel der Alte zu Boden.

Tief in den Flüssen des Landes vernahm der Träumende Aal all die Aufregung, hörte die Hilfeschreie seines alten Freundes und kroch aus dem Wasser. Als *Die Ohne Gesetz* ihn erblickten, warfen sie furchtsam ihre Speere nach ihm. Der Träumende Aal aber sah, dass Kamarai an seinen vielen Wunden gestorben war. Er schrie vor Kummer und Schmerz und schlug mit seinem mächtigen Schweif auf den Boden.

Das Land schwankte und zitterte. Ein Abgrund öffnete sich, folgte *Denen Ohne Gesetz* und verschlang sie. Auf See wütete ein Sturm ohnegleichen und eine Sintflut ergoss sich über *Das Land* bis hin zum Hochgebirge. Die Wellen krachten in dessen Felswände, zerquetschten die letzten *Ohne Gesetz* und ließen sie von den Seegeistern in die Tiefen ziehen.

„Lasst das eine Warnung sein!", donnerte der Träumende Aal. „Die Gesetze des Landes müssen befolgt werden!"

Er blickte zum Berg Boora Birra, wie er von den Wellen verschlungen wurde. „Von nun an wird Boora Birra der Ort sein, zu dem die Kreaturen der See ihre Kinder bringen, um ihnen die Gesetze der See zu lehren. Auch ihr seid willkommen von Zeit zu Zeit, auf dass ihr euch erinnert. Und weil auch das Böse manche Lektion lehren kann, soll Boora Birra wieder sicher sein für *Das Volk*, um zu fischen und die Gesetze weiterzugeben!"

Daraufhin schlängelte der Träumende Aal zurück in die See und verschwand mit einem Schlag seines Schweifs in den Wellen. *Das Volk* schaute das Wasser und hoffte, ihn noch einmal zu erblicken.

Eines der Kinder, ein kleiner Junge, lief zum Strand, schaute zurück zu seiner Mutter und lächelte und sprach mit einer Stimme, die nicht seine eigene war. „Bis wir wieder vergessen", sagte er. „Bis wir wieder vergessen."

Henrik Winterberg *ist Wissenschaftsjournalist für Bio- und Medizinmagazine. Er wurde 1978 geboren, promovierte in Düsseldorf, forschte in Oxford, Großbritannien, und kann seine Neugier noch immer nicht zügeln. Auf einer 15-monatigen Reise über sechs Kontinente der Welt zusammen mit seiner Frau und seinen zwei Jungs fand er nicht nur die Inspiration für seine Kurzgeschichten, sondern weiß, wovon er spricht – er hat vor Ort recherchiert. Gegenwärtig lebt er mit seiner Familie am Fuß der Schwäbischen Alb.*

Rhönpaulus –
Rebell der Rhön

Eine Sage aus der Rhön

Hallo, liebe Kinder. Gestatten: Ich bin Rhönpaulus, eine sagenumwobene Gestalt aus der thüringischen Rhön. Was, ihr seht mich nicht? Natürlich könnt ihr mich nicht sehen, denn ich bin ja schon seit fast 250 Jahren tot. Ich bin ein Geist und fliege durch die Geschichte, um euch Menschen von mir zu erzählen. Ich wurde nicht erfunden, sondern habe wirklich gelebt. Ich hatte zwar kein gutes Leben, aber ich bereue nichts, was ich getan habe. Und so hört meine Lebensgeschichte.

Ich erblickte an einem kalten Wintertag, am 5. Februar anno 1736, in Weilar das Licht der Welt. Man gab mir den Namen Johann Heinrich Valentin Paul. Meine Mutter war Magd bei meinem Onkel, dem Weilarer Gutsschäfer. Mein Vater war ein Soldat, der sich nie um mich gekümmert hat. Und da meine Eltern nicht verheiratet waren, war ich ein unächtes, ein unehrliches, Kind und hatte keine Rechte in meiner Welt.

Als ich fünf Jahre alt war, starb meine Mutter an einer schweren Krankheit. Mein Onkel nahm mich in seine Obhut. Ich hatte eine schwere Zeit, denn ich musste als Schäferknecht hart arbeiten, um meinen Lebensunterhalt zu verdienen. Es war nicht so wie in eurer Zeit, dass ihr zur Schule gehen konntet, um Schreiben und Rechnen zu lernen. Mein Onkel nahm keine Rücksicht auf mich. Oft hatte ich Hunger und weinte viel.

So vergingen die Jahre und ich wurde erwachsen. Mit 20 Jahren verliebte ich mich unsterblich in die schöne Tochter eines reichen Bauern. Da ich jedoch arm war und keinen Besitz hatte, stimmt er einer Heirat nicht zu. Aus Kummer darüber verdiente ich mich als Soldat in der preußischen Armee und zog in den Siebenjährigen Krieg. Was ich dort erlebt habe, das gefiel mir nicht. So viel Blut und Tod, Plünderung und

Brandschatzung. Nein, das war nicht meine Sache. Deshalb flüchtete ich nach einer Verwundung aus der Armee und kehrte in die heimatliche Rhön zurück. Da ich ein Fahnenflüchtiger war, erwartete mich eine harte Strafe. Ich durfte nicht gefunden werden, so versteckte ich mich in einer Höhle auf dem Neuberg nahe Dermbach.

Zunächst versuchte ich, mir mit Gelegenheitsarbeiten meinen Lebensunterhalt zu verdienen. Das Wenige, was ich bekam, reichte nicht zum Leben. Und so wurde ich zum Dieb und Schmuggler und wilderte in den Wäldern. Bei reichen Bauern stahl ich Naturalien und Kleinvieh. So trieb ich mich als Wegelagerer zwischen Tann, Andenhausen, Dermbach und Wiesenthal umher, worauf man mir den Namen *Rhönpaulus* gab. Ich wendete aber nie Gewalt an und Bedürftige habe ich auch nicht bestohlen, vielmehr gab ich ihnen von meiner Beute ab. Mehrmals wurde ich geschnappt, aber ich fand immer eine Gelegenheit, zu fliehen.

Ihr wollt wissen, welche Legenden man über mich erzählt? Ja, da gibt es einige. Zum Beispiel die Sache mit dem Schmuggler:

Eines Tages begegnete ich einen Schmuggler, der einen schweren Sack Salz auf dem Rücken bergauf schleppte. Mitleidig, wie ich bin, bot ich meine Hilfe an und trug den Sack ein Stück unseres Weges. Später nahm er ihn wieder ab. Plötzlich standen vor uns zwei Grenzwächter. Der Schmuggler ließ aus Angst den Sack fallen und rannte durch den Wald heimwärts. Die Grenzer folgten ihm. Ich nahm den Sack auf den Rücken, als Geschenk des Himmels. Diesen verkaufte ich in Kleinfischbach für zwei Taler und ein gutes Abendbrot.

Auf dem Heimweg zu meiner Höhle im Ibengarten plagte mich aber das schlechte Gewissen, denn der Schmuggler und Tagelöhner war ebenso arm wie ich. So ging ich zu seinem Haus und legte ihm, ohne ein Wort zu sagen, die Taler in sein Fenster. Froh, dass mein Magen nicht mehr knurrte, ging ich meines Weges.

Oder die mit den Husaren:

Eines Tages ritt ich zum Hof Steinberg. Weil ich dort öfter in der Landwirtschaft half, wurde mir ein üppiges Frühstück gereicht. Plötzlich erschien ein Haufen bischöflich-fuldischer Husaren, die sich bewirten ließen. Diese, die mich offenbar fangen sollten, ohne mich zu kennen, unterhielten sich über mich. Ich hörte gelassen zu, aß zu Ende und verließ den Gastraum kurz. Dann kehrte ich zurück und rief den Husaren zu: „Wenn ihr den Paulus fangen wollt, so kommt schnell nach, denn ich habe es eilig!"

Als die Husaren begriffen, sprangen sie fluchend auf, holten ihre Pferde, um mir nachzusetzen. Aber ich hatte vorgesorgt und den Pferden vorher die Gurte durchgeschnitten.

Eine andere ist die mit der weißen Maus:

Als ich einmal in das Haus eines reichen Juden einsteigen wollte, ergriffen mich die Gendarmen und brachten mich ins Gefängnis nach Kaltennordheim. Dort saß ich einige Wochen und sann darüber nach, wie ich die Wächter überlisten konnte. Eines Morgens wurde mir mein Frühstück gebracht. Dem Wächter erzählte ich, dass sich in einem Riss in der Wand über meiner Pritsche eine weiße Maus befände. Der Wärter schaut ungläubig, aber die Neugier war stärker. Er stieg auf die Pritsche, um nachzusehen. Mit einem Satz war ich aus der Zelle, verschloss diese von außen und rannte schnurstracks zu meinem Unterschlupf.

Und so gäbe es noch einige Geschichten über mich zu erzählen.

1780 wurde ich verraten und gefangen genommen. Man machte mir den Prozess wegen *Abschusses des schönsten Hirsches im herzoglichen Forst*. Ich wurde zum Tode verurteilt. Da mir stets die Flucht gelang, sperrte man mich in einen Eichenkasten, wo nur oben der Kopf herausragte. In diesem Kasten wurde ich auf den Neuberg nahe meiner Höhle gebracht, wo ich am Galgen den Tod fand. Viele Schaulustige waren anwesend. Viele der armen Leute weinten, während die reichen sich über meinem Tod freuten.

Da nun meine Seele meinen Körper verlassen hatte, schwebte ich als unsichtbarer Geist durch die Zeit. Und so weiß ich, dass die Sage über mich, den Rhönpaulus über die Jahrhunderte von Mund zu Mund weitergegeben wurde.

Der Eichenkasten steht heute als *Pauluskasten* im Dermbacher Heimatmuseum. Auch wurde über mich ein Musical geschrieben.

Was ich getan habe, habe ich nie bereut. Nun kennt ihr meine Geschichte und ich würde mich freuen, wenn ihr sie weitererzählt.

Der Rhönpaulus ist eine Sagengestalt aus der Rhön, die wirklich gelebt hat, was auch durch verschiedene Dokumente nachgewiesen ist, die im Heimatmuseum in Dermbach zu ersehen sind. Es gibt einige Legenden um ihn.

***Dieter Geißler,** geboren 1954 in Weimar, Ausbildung zum Koch, danach Studium an der Fachschule für Gaststätten- und Hotelwesen Leipzig. Arbeitete als Küchenleiter in Großküchen, später Produktionsleiter in der Schulspeisung. Heute lebt der Rentner in Frankenheim, in der „Hohen Rhön". Durch eine Krankheit kam er mit 57 Jahren zum Schreiben. Er verfasst Gedichte und Kindergeschichten. In verschiedenen Verlagen wurden von ihm Gedichte, Kindergeschichten und Anekdoten veröffentlicht.*

Der kleine Schrazl vom Hauserl-Hof

Eine Sage aus Arnschwang

Bei uns in Arnschwang ging oft, als ich Kind war, die Rede von Schrazl'n um, kleine Zwergerl, Wesen, die in Erdbauten wohnten und den Bauern bei der Arbeit halfen. So die kurze Überlieferung, die man mir *unter Verschwiegenheit* als Kind erzählte. Die Schrazl'n waren sehr scheu. Bauern streuten der Sage nach Mehl als Lockmittel auf den Herd, so konnten sie durch ihre Spuren entdeckt werden. Es gibt in der Gegend Arnschwang / Furth im Wald viele ihrer Bauten unter der Erde.

Michi, der achtjährige Junge vom Hauserl-Hof, einem alten Bauernhof mit wenigen Tieren wie zwei Eseln, 20 Hühner, vier Hasen, vier Katzen und einem Hofhund machte gerade die Hausaufgaben der zweiten Klasse, die im Dorf war. Plötzlich hörte er es unter den Küchendielen scharren. Kurz vor Ostern, also kurz vor den Ferien, waren die Hausaufgabe schwierig für ihn zu machen, denn er freute sich doch so sehr auf Ostern. Und die Ferien! Denn welcher achtjährige Schüler würde lieber in die Schule gehen als an Ostern, wenn der Frühling anklopfte und die Blumen, Krokusse und Narzissen blühten, in die Ferien?

Michi knabberte wieder an seinem Buntstift herum, seine Mama sah es ja nicht, da hörte er wieder das Scharren unter der Diele in der Küche. „Bestimmt eine Maus unter der Diele", dachte er. Das war erst einmal seine Erklärung.

Bald darauf kam seine Mutter in die Küche, sie wollte den Pfannkuchenteig für die Pfannkuchen machen, die er so gerne aß. Schmeckten aber auch lecker mit Nutella. Extra-dick bestrichen. Seine Mama wusste schon, wie man Pfannkuchen machte, dachte er da bei sich. Plötzlich landete Mehl auf dem Boden. Michi sah das aus den Augenwinkeln, war sich aber sicher, dass seine Mutter das Mehl schon bald zusammenkehren würde. So malte er weiter an seiner Blume. Seine Hausaufgabe war, zu Hause eine Blumenwiese zu zeichnen.

„Ich habe großen Hunger!", sagte Michi zu seiner Mutter. Er bekam seinen Pfannkuchen, nachdem er das Blatt mit den gemalten Blumen etwas weiter weg auf den Tisch gelegt hatte. Nach dem Essen musste er nur noch ein paar Blätter malen, auch einige grüne Gräser wollte er noch zeichnen. Da, wieder das Scharren! Er hörte es genau. Unter seinen Füßen! Da war doch etwas! Er stellte seinen Teller in die Spüle, lauschte wieder auf das Scharren unter seinen Füßen! Dann ging er ins Bad im Hof. Er wusch sich seine Hände, wie es die Mama gesagt hatte. Sie war gerade im Hof, um die Hühner zu füttern.

Michi ging zu ihr, dankte ihr für den guten Pfannkuchen, fragte sie, ob er ein Eis als Nachtisch haben könne, und ging sich einen Eisbecher aus der Gefriertruhe im Keller holen. Nachdem er das Eis gegessen hatte, war es an der Zeit, weiter an dem Bild zu malen. Er nahm die Buntstifte, zog das Malpapier zu sich, und siehe da – das Bild war bereits fertig. Die Blumen hatte ihre Blätter und auch die Gräser waren auf dem Bild zu sehen.

„Ein Schrazl", fiel es Michi sofort ein. „Ein Schrazl war es!" Von denen hatte sein Vater nämlich erst den Abend vor drei Tagen erzählt. Er lief zu seinem Vater, der den Eseln gerade Futter gab. Erzählte von dem Bild und dem Schrazl, der sich sicherlich unter der Küchendiele verbarg und sein Bild fertig gemalt hatte.

„Ach was", sagte da sein Papa. „Die Schrazl'n haben den Bauern zwar angeblich geholfen. Aber du wirst dein Bild schon selbst gemalt haben!" Sein Vater musste grinsen. Michi ging zurück in die Küche und dachte nach.

Als es Schlafenszeit war und er eingeschlafen war, da träumte er von einem kleinen Wesen, das wohl so ein Schrazl war. Es lachte ihm zu.

Nun aber müsst ihr eines wissen: Der kleine Schrazl, der wirklich unter der Küchendiele lebte, lachte tatsächlich in diesem Moment, denn er war glücklich, weil er hatte helfen können. Ihr müsst nämlich wissen, Schrazl'n sind sehr schüchtern, und wenn man ihnen etwas Gutes tun will, verschwinden sie. Das alles ist aber schon viele Jahre her. Mein Vater erzählte mir einst vom Michi! Und der kannte die Geschichte von Michi selbst ...

Dani Karl-Lorenz *hat in verschiedenen Anthologien veröffentlicht.*

Die Zwergerlhöhle
von Pettenau

Eine Sage aus Pettenau

Man erzählt sich, dass sich vor langer Zeit in dem kleinen Örtchen Pettenau, das zwischen Stubenberg und Ering am Inn liegt, folgende Geschichte zugetragen hat:

Wie jeden Morgen stand die Bäuerin eines großen Hofs noch vor dem Krähen des Hahns auf, um in den Stall zu gehen und das Vieh zu versorgen. Als sie den Stall betrat, konnte sie ihren Augen kaum glauben, die Kühe standen an den reich gefüllten Trögen und kauten genüsslich das frische Heu. Der Stall war gesäubert und neu eingestreut, die Euter der Kühe leer – die Milcheimer voll. Die Kälber waren versorgt – genauso wie die Stiere.

Die Bäuerin kratzte sich am Kopf, nahm dann aber die vollen Milcheimer und brachte sie in die Küche. Kurz darauf wurden die anderen Bewohner des Hofes wach und wollten ihre Arbeit beginnen, doch die war bereits getan. So fragten sie sich gegenseitig, wer dafür verantwortlich war, doch ein jeder war ratlos und zuckte nur mit den Schultern.

Am frühen Vormittag kamen die Bewohner von Pettenau nach und nach zu dem Bauernhof, um sich Milch und andere Güter zu kaufen, die der Hof herstellte. Und ein jeder begann sein Gespräch mit: „Des glauben's mir nie, was passiert ist. D' ganze Arbeit war erledigt, als ma aufg'standen sind!" Die Bäuerin nickte jedes Mal bedächtig. Für sie stand jedoch fest, wer auch immer all die Arbeit erledigt hatte, würde das sicherlich nicht noch einmal machen. Wofür auch?!

Jedoch als der nächste Morgen anbrach, machte die Bäuerin große Augen. Wieder war der Stall gesäubert, das Vieh gefüttert und gemolken und auch die ganze andere Arbeit war getan. Nicht nur auf dem Hof, sondern wieder im ganzen Ort.

So ging das einige Tage und da, wer auch immer so fleißig alles für die Leute erledigte, nie etwas als Lohn mitnahm, fing die Bäuerin an, jeden Tag eine Schale frische Milch und einen Teller mit reichlich Butter und Schmalz vor den Barren zu stellen. Auch die anderen Leute aus dem Örtchen taten es ihr gleich und zeigten mit dieser Geste den fleißigen Helferlein ihre Dankbarkeit. Die Neugier der Pettenauer war nicht besonders groß, sie waren eher froh und dankbar für die große Hilfe, die ihnen wie durch ein Wunder zuteil wurde.

So vergingen die Jahre und die Pettenauer lebten mit ihren guten Hausgeistern, wie sie ihre Helferchen mittlerweile nannten, in einer Art Gemeinschaft. Doch eines Tages packte den neuen Stalljungen der Bäuerin die Neugier. Auf seine Fragen, wer diese guten Hausgeister sein könnten, bekam er nur zur Antwort: „Des is egal wer's sind – sie helf'n uns und mehr müss' ma ned wissen."

Für den Stalljungen eine ernüchternde Aussage – also fasste er einen Entschluss. Er wollte sich in der kommenden Nacht auf die Lauer legen und sich diese sogenannten *guten Hausgeister* genauer ansehen.

In der Zwischenzeit herrschte geschäftiges Treiben in einer kleinen Höhle im Wald nahe von Pettenau. Zwei kleine Wesen mit roten Zipfelmützen werkten in ihrem Heim. Es waren ein Wichtelmann und eine Wichtelfrau. Wichtel sind sehr gutmütige und fleißige Wesen, die wiederum den guten Menschen gerne helfen – so war es auch in diesem Fall. Sie bereiteten sich auf die kommende Nacht vor – es stand wieder viel Arbeit an.

Als die Dunkelheit hereinbrach und die Wichtelleute sicher sein konnten, dass die Menschen schliefen, machten sie sich auf den Weg, um die liegen gebliebenen Arbeiten zu verrichten. Da Wichtel nicht gesehen werden möchten, trugen die beiden Tarnkappen, die sie für das menschliche Auge unsichtbar erscheinen ließen und sie so vor neugierigen Blicken schützten.

Eingehüllt in dieses Zaubergewand marschierten sie unbemerkt in die Häuser und Ställe der Pettenauer Einwohner. Dort legten sie ihre Tarnkappen ab und fingen an, ihre Arbeit zu verrichten. Sie wischten die Böden, nähten die Kleidung und schusterten die Schuhe.

Zum Hof der Bäuerin gingen sie ganz besonders gerne. Und so machten sie sich nach getaner Arbeit bei den anderen Einwohnern auf den Weg in den Kuhstall. Dort angekommen, legten sie nichts ahnend ihre Tarnkappen ab und begannen mit ihrem Werk.

Der Stalljunge, der sich auf die Lauer gelegt hatte, konnte seinen Augen kaum glauben, als er die beiden Wichtelleute erblickte. So hätte er wohl mit allem gerechnet, nur nicht mit echten Wichteln. Er sah dem geschäftigen Treiben eine Weile ruhig zu, bis ihm der Gedanke kam, dass niemand seiner Beobachtung Glauben schenken würde. So entschloss er sich, die Wichtel einzufangen, um sie den Pettenauern zu zeigen.

Mit einem Satz stürzte er aus seinem Versteck heraus, geradewegs auf das Wichtelpaar zu, um sie zu packen. Doch das gelang ihm nicht – stattdessen verschreckte er die braven Wichtelleute so sehr, dass diese die Flucht ergriffen und in blinder Hast zu ihrer Höhle im Wald liefen. Sie packten ihre wenigen Habseligkeiten ein und rannten nach Mühlau zum Inn. Dort gab es einen Fährmann, der sie über den Inn auf die andere Seite brachte. Weil dieser dem Wichtelpaar sehr wohlgesonnen war, sagte der Wichtelmann zum Abschied: „Sag's den Leuten hier. Nie wird der Schauer diese Gegend verheeren." Und gab ihm eine Handvoll Sand zum Lohn.

Der Fährmann staunte nicht schlecht, als der Sand in seiner Hand sich zu gleißendem Gold verwandelte.

Die Wichtel von Pettenau hat man seither nicht mehr gesehen. Man erzählt sich, sie seien zu ihresgleichen in den Untersberg gezogen. Nur ihre Höhle kann man noch im Wald von Pettenau besuchen.

Und wie es den Bewohnern von Pettenau ergangen ist? Nun, sie müssen ihre Arbeiten bis zum heutigen Tag wieder selbst erledigen.

Shanice Dobler, *1992 in Hessen geboren, lebt mit ihrer Familie in Niederbayern. Sie ist Bürokauffrau im Immobilienbereich, passionierte Wildpflanzenfreundin und hat ein Faible für heimische Sagen und Mythen. Besonders das Schreiben von Geschichten und Märchen haben es ihr angetan. Anfang 2021 veröffentlichte sie ihr Erstlingswerk „Das Geheimnis der Pflanzen". Ein Jahr darauf folgte der zweite Band, „Das Geheimnis der Pflanzen – Im Reich der alten Göttin".*

Die Sage vom Wirt am Berg

Eine Sage aus Württemberg

Vor langer, langer Zeit lebte ein König mit seiner schönen Tochter in einem Schloss nahe des Rothenbergs.

Eines Tages begab sich die Prinzessin auf einen Spaziergang. Die Sonne stand hoch am Himmel, als sie die Treppen hinab des Schlosses ins Dorf lief. Hier und da blühten schon einige Blumen. Der Frühling ließ sicherlich nicht mehr lange auf sich warten.

Im Dorf angekommen, umwehte sie bald ein herrlicher Duft. Sie beschloss, diesem zu folgen und nachzusehen, woher er kam. Nicht zuletzt, weil sie sich etwas langweilte. Auf ihrem Weg pflückte sie ein paar der frischen Blumen und hörte den Vögeln beim Zwitschern zu. Oh ja, sie konnte den Frühling kaum erwarten. Endlich würde das Grau vorbeiziehen.

Bald wurde sie aus ihren Gedanken gerissen, da sie nun vor einem großen Ofen mit Broten stand. „Hier kommt dieser herrliche Duft also her", dachte sie. Sie blickte sich um, doch konnte sie auf den ersten Blick niemanden entdecken. Da erklang auf einmal neben ihr eine Stimme. Überrascht sah die Prinzessin den jungen Mann neben sich an. Freundlich fragte er, ob sie ein Stück von dem frischen Brot haben wolle. Zuerst war sie versucht, abzulehnen, doch dann nahm sie erfreut an. Das Brot schmeckte wirklich gut und so kamen die beiden ins Gespräch.

Mit einem Blick gen Himmel wurde ihr bald darauf klar, dass es schon spät geworden war. So beeilte sie sich, wieder ins Schloss zu kommen. Doch vorher verabredete sie sich noch mit dem jungen Mann für ein nächstes Treffen.

Das ging eine Weile so. Teilweise trafen sie sich im Dunkeln, um unentdeckt zu bleiben, denn die Prinzessin schlich sich immer häufiger heimlich aus dem Schloss. Doch irgendwann waren sich beide einig, dass sie ihr Leben so nicht weiterleben wollten.

Das einzige Problem – er war kein Prinz oder Graf und somit durften sie nicht heiraten.

In einer anderen Nacht schlich sich die Prinzessin wieder aus dem Schloss. Diesmal aber mit ein paar Sachen, eingewickelt in Tuch. Besonders vorsichtig macht sie sich nun auf den Weg aus dem Dorf hinaus zum vereinbarten Treffpunkt. Als sie dort ankam, wartet der junge Mann bereits auf sie und zusammen begaben sie sich auf die Flucht. Beide waren etwas bedrückt und dachten an alles, was sie zurücklassen mussten. Doch nur so konnten sie zusammen glücklich werden.

Sie liefen schon eine Weile und hatten nur kurze Pausen gemacht, als endlich das Neckartal in Sicht kam. Als sie es endlich erreicht hatten, fanden sie eine Unterkunft. Noch in derselben Nacht heiraten sie verbotenerweise. Die Prinzessin verkauft ihren wertvollen Schmuck und baute schließlich zusammen mit ihrem Ehemann ein Haus am Fuße des Rothenbergs. Schon bald eröffneten sie ihr Wirtshaus und hatten oft alle Hände voll zu tun, die Gäste zu bekochen.

So lebten sie glücklich, bis etwa ein Jahr später der König ins Tal reiste. Er entdeckte das Wirtshaus und beschloss, dort eine Pause einzulegen. Als seine Tochter ihn sah, versteckte sie sich schnell. Doch es überkam sie das schlechte Gewissen und die Sehnsucht. Also kochte sie in der Küche das Lieblingsessen ihres Vaters so gut, wie nur sie es konnte.

Kaum hatte der König einen Bissen genommen, blickte er sich verwundert um und rief: „Ach, wo ist denn meine liebe Tochter?"

Da konnte sie sich nicht mehr halten und kniete mit ihrem Ehemann vor dem König nieder und bat um Vergebung. Der König jedoch war nicht böse, sondern unheimlich glücklich, seine verloren geglaubte Tochter wiedergefunden zu haben. Er verzieh den beiden und ernannte den Mann der Prinzessin zum Grafen und schenkte ihm den ganzen Berg, wo der Wirt am Berg eine neue Festung Wirtemberg erbaute,

__Leni Kubasch__ ist 16 Jahre alt. Sie entdeckte das Schreiben als Hobby schon sehr früh und hat bereits eine Geschichte veröffentlicht.

Die verwunschene Stadt Vineta

Von seinem Königreich, dem Himmel, aus beobachtete Gott das Treiben der Menschheit. Sein wachsamer Blick fiel immer wieder auf einen bestimmten Fleck der Erde. Die Ostsee. Genau genommen richtete sich seine Aufmerksamkeit auf die Gegend um Usedom. Hier stand eine große Handelsstadt mit dem Namen Vineta. Sein Blick fiel über einen längeren Zeitraum immer wieder auf diese Stadt. Hin und wieder besuchte Gott die Stadt in unterschiedlichen Gestalten, um sich zu vergewissern, dass er sich in seinen negativen Beobachtungen nicht getäuscht habe. Sein Entsetzen über den Reichtum und die Gottesverachtung der Menschen dieser Stadt wuchs mit jedem Besuch.

So beobachtete er Mädchen, die auf goldenen Spindeln spannen, während in anderen Städten Hungersnöte herrschten. Die Glocken der Stadt waren aus purem Silber. „Welch Verschwendung", dachte Gott.

Er kehrte in unterschiedlichen Kneipen ein. Die Gastfreundschaft ließ zu wünschen übrig. Man beachtete ihn kaum. Gott wartete fast über eine Stunde auf sein bestelltes Essen. Während er wartete, gesellten sich unterschiedlichste Leute an seinen Tisch. Keiner erkannte ihn. Er begann ein Gespräch.

„Wie ich sehe, scheint es euch in Vineta an nichts zu fehlen", bemerkte er gegenüber einem jungen Mann, der Kaufmann war. Insgeheim wusste Gott bereits über jeden hier Bescheid, doch nach außen durfte er sich nichts davon anmerken lassen.

„Wo hast du dich herumgetrieben, dass du solch eine Frage stellst?", lächelte sein Gesprächspartner. Seine hochmütige Antwort gefiel Gott gar nicht. „Hier weiß doch jeder, dass wir die reichste Stadt im ganzen Land sind. Uns fehlt es an nichts."

„Dann dürftet ihr ja dankbar sein für eure reichen Ernten. Eure Felder sind gut bestellt, wie ich festgestellt habe. Ich hoffe, ihr dankt Gott ab und an für euer gutes Wohlergehen."

Bei der Erwähnung von Gott verzog sein Gesprächspartner die Augenbrauen. Prustend stellte er sein Bierglas ab. „Gott", lachte er. „Wer glaubt denn noch an ihn? Alte Ammenmärchen. Wo auch immer du herkommst, Fremder, du bist schon recht seltsam. Ich wechsle den Tisch. Mit Geschichten über Gott verschwende ich meine Zeit."

Über diese Reaktion war Gott leicht enttäuscht. Doch was hatte er eigentlich erwartet? Seine Beraterengel hatten ihn bereits über den Hochmut der Leute in diesem Ort aufgeklärt.

Gott verzichtete auf sein Essen. Er bedankte sich beim Wirt für sein Getränk, bezahlte und ging in Richtung Marktplatz. Dieser war überladen mit Warenangeboten. Emsig boten die Händler feinste Seide an oder teure Pfifferlinge. Gott beobachtete das Treiben mit einem leichten Groll. Das Einzige, was für diese Stadt sprach, war ihre multikulturelle Aufgeschlossenheit. Hier gab es Slawen, Griechen und Sachsen. Doch auch Barbaren machte Gott unter den Bewohnern von Vineta aus. Er beobachtete, wie einem alten Mann sein Geldbeutel entwendet wurde. Auf die Hilferufe des alten Mannes reagierte kein Mensch. Gott hatte genug gesehen. Zeit zu handeln.

Zurück im Himmel überlegte sich Gott einen Plan, um die Menschen von Vineta zu bekehren. Eigentlich wollte er die Stadt komplett im Meer versinken lassen, doch Gott hatte ein gutes Herz. Er überlegte, sichtbare Warnzeichen zu setzen. Wer sie verstünde, dem würde genug Zeit gegeben, sich in Sicherheit zu bringen. Gott entschloss sich, seinen Plan in die Tat umzusetzen.

Als Fischer an einem Tag nach Hause kamen, erschrak der älteste von ihnen sehr. Er rieb sich unglaubwürdig die Augen. Seine Fischerkollegen blieben stehen. „Stimmt etwas nicht, Väterchen?", erkundigte man sich.

„Ich glaub, ich sehe doppelt", stammelte der alte Fischer. „Oder sehe ich das farbige Luftgebilde von Vineta mit all seinen Häusern, Türmen und Mauern als Lichtgebilde über dem Meer?"

Die anderen Fischer lachten lautstark. „Dir ist die See nicht gut bekommen. Wir kehren in die Gaststätte *Zum Alten Hirsch* ein. Vielleicht tut dir ein kühles Getränk gut. Der Tag war heute sehr heiß."

„Ich kann mir nicht helfen", meinte der alte Fischer. „Ich habe ein sehr ungutes Gefühl bei dieser Erscheinung am Himmel. Ich werde mich mit dem Stadtrat darüber beratschlagen. In alten Sagen heißt es, dass es ein Unglückszeichen ist, Luftgebilde dieser Art zu sehen."

Der alte Mann suchte den Rat der Stadt auf. Dieser bestand aus reichen Kaufleuten. Als sie seine Geschichte hörten, prusteten alle vor Lachen laut los. Keiner glaubte ihm.

Als der Fischer einige Wochen später alleine von einer Angeltour zurückkam, sah er eine Frauengestalt aus dem Wasser auftauchen. „Nicht schon wieder ein Hirngespinst", sagte der Alte. „Wer auch immer du bist, verschwinde."

Was der Fischer nicht wissen konnte, war, dass Gott vor ihm stand. Nur in der Gestalt einer Wasserfrau. Als er den Fischer sah, rief Gott dreimal mit lauter schriller Stimme: „Vineta, Vineta, du rieke Stadt, Vineta sall unnergahn, wieldeß se het väl Böses dahn. „Vineta, Vineta, du reiche Stadt, Vineta soll untergehen, weil sie viel Böses getan hat."

Dem alten Mann lief ein eiskalter Schauer über den Rücken. Er drehte sich panisch um und rannte eiligst nach Hause. Seine Angehörigen glaubten ihm. Sie packten ihr Hab und Gut zusammen und verließen die Stadt.

Der Heilerin des Dorfes erschien Gott ebenfalls in ihrer eigenen Gestalt. Die Heilerin wusste, das Zeichen zu deuten. Sie wusste, sobald sich Städte, Schiffe oder Menschen doppelt sehen ließen, so bedeutete das den sicheren Untergang. Auch sie versuchte, ihre Mitmenschen zu warnen. Zwecklos. Die Heilerin packte ebenfalls ihr Hab und Gut und kehrte Vineta den Rücken.

Hätten das mal mehr Leute gemacht!

Genau drei Monate, drei Wochen und drei Tage nach den ersten Lufterscheinungen erhob sich ein starker Sturm in der Nacht. Der Sturm wurde so gewaltig, dass er das Wasser gegen die Stadtmauern peitschen ließ. Die Wassermassen stiegen immer höher und höher und vergruben die ganze Stadt unter sich.

Hunderte Jahre später.

Ein Schäferjunge trieb seine Schafe vor sich her. Während er seiner Arbeit nachging, tauchte plötzlich eine ganze Stadt aus den Ostseefluten auf. Vorsichtig durchquerte er das reich verzierte Tor der Stadt. Im Inneren der Stadt bot sich ihm ein gewöhnliches Markttreiben, so wie es für einen Sonntag üblich war. Doch was seltsam war ... keiner der Händler sprach auch nur ein Wort. Dabei waren deutlich Lippenbewegungen zu sehen. Die Händler boten ihm Ware an, doch er konnte sich aus Armut nichts von der Ware leisten. Aus Angst über die seltsamen Leute lief der Junge zum Strand zurück. Als er sich umdrehte, war die Stadt wieder verschwunden. Später erklärte ihm sein Großvater, dass er die Stadt Vineta gesehen habe. Diese würde nur alle hundert Jahre erscheinen und nur von Sonntagskindern am Ostermorgen erkannt werden.

Wir schreiben nun das Jahr 2021.

Eine Familie machte auf der Insel Usedom Urlaub. Sie genossen einen Strandurlaub zur Osterzeit, als ihre jüngste Tochter eine Insel aus dem Meer auftauchen sah. Ohne ihren Eltern zu verraten, wohin sie ging, versuchte sie, sich dieser merkwürdigen Erscheinung zu nähern. Sogar das Stadttor öffnete sich für sie. Es war, als würde die Stadt sie einlassen wollen. Neugierig setzte das Mädchen seinen Weg fort. Irgendwann kam es zu einem Markt mit vielen Händlern. Ihr gefiel die Seide, die man ihr anbot. Sie griff in ihren Geldbeutel und bezahlte. Und die Stadt löste sich vor ihren Augen in Luft auf. Zurück blieb der Seidenschal.

Vanessa Boecking aus Düren, Kauffrau im Außenhandel, Kleindarstellerin beim Fernsehen, Extremwanderin bis 100 Kilometer. Pilze sammeln, Essen, Singen, Schreiben – ihre Hobbys.

Bauernjunge Reineke

Eine Sage aus Bremerhaven

Die Seestadt Bremerhaven an der Wesermündung wurde in der Neuzeit gegründet, um von dem für Schiffe leicht zugänglichen Hafen Handel zu treiben. Auswanderer reisten von hier aus in gelobte Länder jenseits des Ozeans. Sagen aus uralten Zeiten vermutet niemand in der neu gegründeten Stadt, der es nicht besser weiß. Doch es gibt sie. Eine davon ist unübersehbar an einer Weggabelung am Rand des Forstes Reinkenheide in eine Marmortafel eingraviert.

Ritter Trutbert, Herr über Viehland, hatte im Jahre 1245 nach Christus vier Dörfer – Brameloh, Schippthorpe, Gestenthorpe und Wolesthorpe – als seinen Besitz in die Urkunden des Herzogtums Bremen eintragen lassen. Viehland war ein bescheidener Besitz. Der Wind pfiff über die ungeschützte Landschaft, meist frei von Baum und Strauch, und plättete Gras und Getreide. Das Bauernvolk verkroch sich in strohgedeckten Lehmhütten. Es war arm und hatte nur wenig zu beißen. Ein paar Stück Vieh, ein Hühnerhof, nasse Weiden, einige schmale Felder, mehr war es nicht, was sie ihr Eigen nennen konnten.

Trutbert hielt Hof in der Gemarkung zwischen Gestenthorpe und Schippthorpe, in einem in die Jahre gekommen Burgfried. Der Burggraben war an vielen Stellen verlandet und schützte allenfalls durch Morast vor dem Besuch ungebetener Gäste. Das Burgtor war windschief und drohte, aus den Angeln zu fallen. Im Rittersaal hatten Ratten und Mäuse das Parkett erobert und wer weiß, welch anderes Gesindel sich dort noch herumtrieb.

Trutbert bekam nichts davon mit. Der Bierkeller im untersten Gewölbe aus gebrannten Ziegelsteinen war ihm zum Wohnzimmer geworden. Dort zechte er mit seinen Leuten nach Lust und Laune. Schon früh am Morgen stießen die Herren mit Bierkrügen an, dass der Schaum nur so spritzte. Oder sie füllten bauchige Gläser aus Fässern mit Rotspon aus Burgund. Bei ihren Gelagen sangen sie aus vollem Halse:

„Bist du voll, dann leg dich nieder,
Steh früh auf und füll dich wieder.
Wasser gibt dem Ochsen Kraft,
Diese schöpfen wir allein aus Bier und Rebensaft.
Bier macht lustig, weise der Wein,
Wir trinken beides, um beides zu sein."

Trutbert war in die Jahre gekommen. Jahresringe hatten sich um seine Hüften gelegt, einer nach dem anderen, und verschafften ihm einen mächtigen Umfang. Mit einem solchen Bauch gelangte er nicht mehr aus eigener Kraft aufs Pferd. Seine Leute mussten ihm in den Sattel helfen. Zusammen ritten sie los und taten, was zu ihrem bevorzugten Geschäft gehörte: Raubritterei. Reisende auf dem Weg zu den Handelsplätzen an der Wesermündung sollten bluten. Dazu versteckten sie sich an Wegkreuzungen und überfiel die Nichtsahnenden. „He, ho, Geld oder Leben", war die Parole.

Waffen wurden gezogen, sirrten und klirrten. Meistens machten die Reisenden – sie waren ja Handelsleute, nicht Kriegsleute – nicht viel Federlesen und ergaben sich der Übermacht, verloren Waren, Pferd und Geld. Aber wollte sich einmal jemand widersetzten, kannte Trutbert keine Gnade.

Das Bauernvolk von Viehland verpflichtete Trutbert, für ihn und seine Leute zu sorgen, und zwar regelmäßig und reichlich: ein Mastschwein jeden Monat sowie Hühner und anderes Federvieh. Fette Karpfen zu Weihnachten und Karfreitag sowie zum Patronatsfest Sankt Martin einen Mastochsen. An Bier, das die Bauern für ihn brauen mussten, sollte es niemals mangeln.

Sonntags war Kirchgang, die heilige Pflicht galt auch für Trutbert. Allerdings unter einer Bedingung: die Glocken von Sankt Martin in Schippthorpe, Mitte des viehländischen Kirchspiels, durften nicht eher zum Gottesdienst rufen, bevor er, der Grundherr, die Gemarkungsgrenze überschritten hatte. Dadurch sollte sichergestellt werden, dass er sich pünktlich zu Beginn der Heiligen Messe im Chorgestühl an seinem angestammten Platz niederlassen konnte. Das Bauernvolk versammelte sich im Kirchenschiff, die Kinder vorne in den ersten Reihen, die Frauen links – verschleiert und behütet, die Männer rechts hinter ihnen mit entblößtem Haupt, alles Gott zur Ehre.

Eines Sonntags ließ Trutbert lange auf sich warten. Geschlagene drei Stunden harrte das Bauernvolk schon aus. Rutschen auf Knien, Scharren mit Füßen, Hüsteln und Räuspern über die Bänke hinweg. Der Priester faltete die Hände vor dem Altar. Von Zeit zu Zeit bekreuzigte er sich. Dann erhob er sich und rief den Gläubigen zu: „Genug des Wartens! Lasst uns die Glocken läuten und den Gottesdienst beginnen."

Das Läuten von Sankt Martin erreichte von Ferne auch Trutbert in seinem Burgfried. Mit jedem Glockenschlag traten ihm die Augen aus den Höhlen, dröhnten seine Ohren. Er fasste sich an die vom vielen Zechen zerknitterte Stirn. Er fuhr mit der Hand über den prall gefüllten Bauch. Auf einem Eimer ließ er Winde und Wasser ab. Am Abend zuvor hatte er mit seinen Kumpanen ein Fass geleert.

Ungewaschen und ungekämmt ließ er sich auf seinen Wallach hieven. Mit dem Schwert in der Scheide galoppierte er auf Sankt Martin zu. Dort wendete er seitwärts, stieß das Tor mit einem kräftigen Fußtritt auf und ritt bis vor den Altar. Er zückte das Schwert und schlug den ungehorsamen Priester mit einem einzigen Hieb nieder. „Herr erbarme dich unser", betete dieser und schloss die Augen.

„Wer sich mir widersetzt, dem wird es genauso ergehen", donnerte Trutbert wie ein röhrender Platzhirsch. Im Galopp verließ er die Kirche.

Frauen weinten. Männer ballten die Fäuste und bissen die Zähne zusammen. „Möge Gott ihn richten", murmelte einer.

Kopfnicken über die Bänke hinweg. Aber nichts geschah. Stille kehrte ein. Man hätte eine Stecknadel fallen hören. Nach einer Weile reckte sich der sechzehn Jahre alte Bauernjunge Reineke. Er lief puterrot an und rief lautstark in das Kirchenschiff: „Wie könnt ihr es wagen, die Hände einfach in den Schoß zu legen? Das Urteil müssen wir selbst fällen! Auf Erden hat Gott keine Richterbank."

Seufzen der Frauen, Aufstöhnen der Männer. Das Bauernvolk zwängte sich aus den Kirchbänken, strömte nach und nach aus dem Gotteshaus. Frauen kehrten mit zusammengepressten Lippen an den heimischen Herd zurück. Kinder verkrochen sich in den Alkoven, steckten ihre Gesichter in die Kissen wie um das Schreckliche, dessen Zeuge sie gewesen waren, zu ersticken. Männer suchten Gerät heraus, das sowohl zum Angriff als auch zur Verteidigung geeignet war: Äxte, Sensen, Schaufeln und Forken. Sie sammelten sich um den Bauernjungen Reineke. Zusammen eilten sie zum Burgfried.

Trutbert empfing das Bauernvolk am Burgtor mit gezogenem Schwert, umringt von seinen Leuten, bereit, jeden Eindringling in sein Hab und Gut abzuwehren. Reineke erhob einen Knüppel, nicht zum Angriff, das hatte er nicht vor, sondern als Mahnung an die Männer aus dem Bauernvolk, Vorsicht walten zu lassen. Die Übermacht des Grundherrn war allzu deutlich.

Trutbert nahm den jungen Anführer ins Visier, hob das Schwert, um auch ihn niederzustrecken, kam dabei ins Wanken und stürzte in den Burggraben. Von seinem mächtigen Bauch beschwert, versank er in der Tiefe des Morasts. Niemand seiner Leute reichte ihm die rettende Hand. Stattdessen nahmen sie in alle Himmelsrichtungen Reißaus. Dem Bauernjungen Reineke fiel ohne sein Zutun der Sieg über Trutbert zu. Auf Händen trugen ihn die Männer des Bauernvolks heim. Der Burgfried wurde geschleift und verschwand vom Erdboden. Auf einst kriegerischem Grund wuchs bald ein friedvoller Wald.

Wer heute nach steinernen Zeugnissen der Grundherrenherrlichkeit sucht, findet sie nicht. Von dem Namen Trutbert weiß kaum jemand. Der Forst erinnert noch heute an den jungen Helden, den Bauernjungen Reineke, der einst dem wüsten Treiben des Grundherrn ein Ende setzte.

Volkmar Trepte, Jahrgang 1947, Diplom-Psychologe, lebt in der Seestadt Bremerhaven und in Thiéfosse (Vogesen, Frankreich), schreibt Gedichte und Kurzgeschichten, hat in Anthologien und literarischen Zeitschriften veröffentlicht, mag den salzigen Duft und den unerbittlichen Gegenwind am Deich an der Nordseeküste, wie auch die unzähligen unterschiedlichen Ansichten, die sich bei Bergwanderungen eröffnen.

Ewiges Glück
und Unsterblichkeit

Eine Sage aus China

Am 15. Tag des achten Monats nach dem Mondkalender saßen nachts Hunderte von Elfen am Waldrand auf einer Wiese und betrachteten seit Stunden fasziniert den goldgelb gefärbten Vollmond am Himmelszelt. Die Elfen tranken Wein, spielten auf Saiteninstrumenten und sangen meditative Lieder, rezitierten Mondgedichte und verzehrten genüsslich selbst gebackenen Mondkuchen.

Alle Tiere im Wald kamen herbei und freuten sich über das Ereignis. Die wenigsten kannten aber den Anlass. Eine Elfe ergriff deshalb das Wort: „Heute feiern wir das Mondfest."

Die Tiere legten sich ins Gras und lauschten erwartungsvoll der Elfe, die mit sanfter Stimme fortfuhr: „In dieser Mondnacht kann man am deutlichsten die schöne Fee namens Chang-E im Mond sehen. Im Palast der Ewigen Kälte hat sie ihren Wohnsitz. Chang-E war die Frau des Bogenschützen Ho-Yi. Dieser beendete einst eine tödliche Dürre auf der Erde. Er bestieg den Gipfel des Kunlun-Berges und schoss neun der damaligen zehn Sonnen mit seinem mächtigen Bogen vom Himmel ab. Er befahl der letzten Sonne, jeden Tag pünktlich auf- und unterzugehen. Chang-E und Ho-Yi lebten glücklich miteinander, bis Ho-Yi eines Tages beschloss, den Unsterblichkeitstrank von der Königin des Westens zu erbitten. Er wollte ewiges Glück. Nach mancherlei Abenteuern erhielt er das Zauberelixier. Chang-E und Ho-Yi sollten den Trank am Vollmondabend des 15. Tages im achten Monat zu sich nehmen. Am Nachmittag dieses Tages wurde aber Ho-Yi von einem seiner Bogenschützen-Schüler hinterhältig erschossen. Der Mörder wollte die schöne Chang-E besitzen und den Zaubertrank stehlen. Voller Panik lief Chang-E um ihr Leben. Bestürzt schluckte sie den Trank. Nun war sie unsterblich. Während sie flüchtete, hob sich ihr Körper vom Boden. Sie wurde leicht wie eine Feder und begann wie eine Wolke zu schweben. Sie stieg empor, bis sie zum Mond kam. Auf dem Mond lebten bereits zwei Wesen: ein weißer Jadehase und ein Holzfäller. Beide hatten ein prächtiges Schloss aus Schnee und Eis gebaut. Sie luden Chang-E in das Schloss ein. Seitdem wohnte auch sie dort. Chang-E widmete sich der Aufgabe, mit jedem Strahl des Mondscheins den Menschen Trost, Fröhlichkeit, Liebe und Glück zu bringen. Seither wird überall im Reich der Mitte, aber auch bei uns im Elfenland das Mondfest gefeiert. Kommt alle und esst mit uns den Mondkuchen. Der runde Kuchen soll uns allen den Zusammenhalt schenken und uns mit Glück und Liebe erfüllen bis zum nächsten Jahr."

Begeistert schlemmten die Elfen und alle Tiere des Waldes den köstlichen Mondkuchen. Sie blickten zum Mond hinauf bis in die tiefe Nacht hinein. Chang-E und der Jadehase winkten der Festgesellschaft zu und schickten Sternschnuppen zur Erde.

Der Mond wurde immer blasser und der Tag brach an. Es blieb jedoch der Duft von Harmonie und des Friedens, bis sich genau in einem Jahr die Elfen und die Tiere des Waldes am gleichen Ort wieder trafen.

Hermann Bauer, geboren 1951, lebt in seiner Geburtsstadt München. Seit 1988 Veröffentlichungen von Kurzgeschichten, Reisereportagen, Märchen und Lyrik in Büchern, Anthologien, Zeitschriften, Zeitungen und Kalendern in Deutschland, Österreich, der Schweiz, Frankreich und als Übersetzung in Vietnam. Seit 2014 schreibt er auch Theaterstücke. Tritt gelegentlich auch als Kabarettist und Gospelsänger auf. www.shen-bauer. de.

Das Symbol von Almeria

Eine Sage aus Spanien

Das Symbol.
Symbol aus Almeria.
Almeria in Südspanien.
Südspaniens Saga.
Saga aus Andalusien.
Andalusien und dieses Symbol.
Symbol des Glücks.
Glück aus der Neandertalerzeit.
Neandertalerzeit in Huercal Overa.
Huercal Overa in Almeria.

Monika Spiess, geboren 2001 in Berlin. Schriftstellerin, Dichterin, Leinwand-Künstlerin.

Wie die Stadt Berlin
zu ihrem Namen kam

Eine Sage aus Berlin

Da, wo Havel und Spree sich begegnen, gibt es unübersichtliche Moore, eine wilde Gegend. Natürlich lebt dort auch Wild. Und so geht Albrecht, genannt *Der Bär*, Markgraf von Brandenburg, dort um 1150 mit seinen Gefolgsleuten jagen.

In der Hitze der Jagd – und ungestüm wie Albrecht ist – prescht er weit voraus. Er verliert den Anschluss an seinen Tross und findet sich allein in dieser sumpfigen, unwirtlichen Gegend wieder. Unwirsch sucht er nach seinen Leuten, findet aber keinen von ihnen.

Was er entdeckt, ist eine kleine Siedlung von Pfahlbauten. Hier wohnen also Wenden.

Es beginnt bereits zu dunkeln und Albrecht weiß recht gut um die Gefahren, in die er sich begibt, wenn er weiterhin versucht, unbeschadet aus dieser Wildnis herauszukommen. Wie gefährlich das Moor ist, möchte er nicht ausprobieren. Aber zu den Wenden gehen? Er fühlt, wie alles in ihm dagegen ist.

Die Wenden sind von Osten her eingewanderte slawische Völker. Hier in dieser ungastlichen, sumpfigen Gegend ließ man sie unbehelligt siedeln.

Sie um Hilfe bitten? Diese Heiden?

Schließlich fasst Albrecht sein Schwert, steckt es unter seinen Umhang und geht auf eine der Hütten zu. Sie steht auf Pfählen im seichten Moor. Ein Laufsteg aus Holz umgibt sie und sie hat eine Brücke zum festeren Land. Albrecht macht sich bemerkbar, indem er laut ruft.

Der Hausherr tritt vor seine Hütte. Er entdeckt Albrecht auf der Brücke und geht ihm entgegen. Man begrüßt sich misstrauisch.

Albrecht begehrt Einlass. Dieser wird ihm mit Zögern gewährt.

„Ich bin Horislaw", sagt der Hausherr. „Wer bist du?"

„Ich heiße Albrecht", erwidert unser Held schnell, um weiteren Fragen vorzubeugen.

Die Mitglieder der Familie sind nicht zu sehen. Sie haben sich offensichtlich verstecken. Um sich sicherer zu fühlen, verlangt Albrecht von seinem Wirt, er möge ihm das Gastrecht gewähren. Offensichtlich fühlt sich Horislaw gezwungen, Albrechts Wunsch nachzukommen.

Beide teilen Brot und Salz miteinander. Damit versprechen sie sich gegenseitigen Schutz und Friedfertigkeit.

Nach dem gemeinsamen Essen geben sich die beiden die Hand. So ist das Ritual besiegelt.

Albrecht beobachtet, dass die Familienmitglieder vorsichtig zum Vorschein kommen und sich wie zu einem Ausgang ankleiden. Sein Wirt zeigt Albrecht seine Schlafstätte und bedeutet ihm, dass er im Haus bleiben solle, während die Familie fortgeht.

Damit ist Albrecht nun gar nicht einverstanden. „Nein", sagt er laut und deutlich. „Ich begleite euch." Der Wirt widersetzt sich. Aber man begreift, dass Albrecht wohl keinen Widerspruch dulden würde.

Albrecht: „Wir haben Brot und Salz geteilt. Du wirst mir den Wunsch nicht abschlagen können." Der Wirt ist unsicher. Schließlich holt er einen großen Fellmantel hervor und reicht ihn Albrecht. Dieser zieht ihn an und streift sich die Kapuze über den Kopf.

Der Wirt mustert ihn prüfend und zieht ihm die Kapuze noch tiefer ins Gesicht. „Die andere sollen möglichst nicht bemerken, dass du ein Fremder bist", sagt er.

Albrecht stapft mit der Familie durch die Dunkelheit. Der Vater trägt eine Laterne. Alle müssen im Gänsemarsch hinter ihm bleiben. Rechts und links neben dem Pfad ist das Moor. Albrecht sieht, dass sich auch andere Laternen von allen Seiten durch die Dunkelheit bewegen.

Schließlich erreichen sie einen größeren Bau, wohl einen Tempel. Es sind schon viele Menschen hier versammelt. Sie alle stehen schweigend und haben die Augen nach vorne gerichtet. Albrecht folgt ihren Blicken.

Aus der Dunkelheit ragen drei riesige Köpfe, sie gehören dem Gott Triglaw. Er steht auf einer Empore. Aus dem dunklen Raum erhebt er sich leuchtend und geisterhaft. Seine Köpfe blicken in alle Richtungen, mit weit aufgerissenen Augen, mit aufgerissenen Mündern, riesigen Nasen. Albrecht erschaudert. Dann gleitet sein Blick am Körper der Gottheit entlang und mit Entsetzen erkennt er, dass dieser ein Käfig ist. Drei Gestalten kauern gefesselt darin. Jede hält ein Kreuz in den Händen. Ihre Gesichter sind angstverzerrt.

Albrechts Blick folgt dem Priester im langen Gewand. Er trägt ein Schwert und steht vor einer Art Altar. Drohend hebt er das Schwert gegen die drei Männer im Käfig. Diese schütteln die Köpfe und strecken ihm ihre Kreuze beschwörend entgegen. Albrecht begreift, was sich vor seinen Augen abspielt. Vor Wut schnaubend ballt er seine Hände, seine rechte sucht den Griff des Schwertes. Kann er die Christen vor ihrem Opfertod retten?

Er zieht sein Schwert unter dem Umhang hervor, streift das Fell ab und stürzt zum Altar. Horislaw versucht, ihn aufzuhalten. Ohne Erfolg. Albrecht richtet sein Schwert auf den Priester, der sich verschreckt duckt. Dann dreht er sich mit dem Schwert zu den Menschen, die zum Altar drängen und ihn angreifen wollen.

Horislaw stellt sich mutig mit schützenden Armen vor Albrecht. Er schreit in die wütende Menge: „Er ist mein Gast. Ich habe mit ihm Brot und Salz geteilt." Und dann: „Komm mit mir, Albrecht. Hier bist du deines Lebens nicht mehr sicher."

Albrecht will sich wehren, doch Horislaw ergreift fest seine Hand. „Du bist mein Gast. Ich muss dich schützen! Und du bist mir verpflichtet! Gefährde nicht unser beider Leben!" Er zerrt Albrecht durch die Menschenmassen, die vor ihm, ihrem Landsmann und Glaubensbruder, zurückweichen.

Kurz vor dem geöffneten Tor aber reißt sich Albrecht von Horislaw los. Er dreht sich zum Altar und schreit: „Ich schwöre, dass ihr hier keine Christen mehr opfert." Er holt tief Luft und brüllt: „Ich werde euch ein Bärlein in eure Sümpfe setzen. Das wird euch mit seinen mächtigen Tatzen niederdrücken." Er atmet schwer.

Die Menge steht starr und schweigt. Mutig führt Horislaws Albrecht aus dem Tempel. Beide bleiben unbehelligt.

Albrecht findet keine Ruhe in dieser Nacht, wälzt sich hin und her. Beim ersten Morgendämmern verlässt er leise das Haus. Niemand folgt ihm und er findet den Weg zurück zu den Seinen.

Bald darauf gründet er in der Gegend eine Stadt. Ihr Name: Berlin.

Renate (Rana) Welk *verbrachte ihre Kindheit in Berlin, ihre Jugend in Duisburg. Sie studierte Sozialpädagogik in Berlin und später noch Soziologie und Volkswirtschaft in Köln. Berufliche Erfahrungen sammelte sie auf verschiedenen Gebieten der Kinder-, Erwachsenen- und Behinderten-Arbeit.*

Maui und die Sonne

Eine Sage aus Hawaii

Heute sollte ich euch etwas über Sagen erzählen. Lange habe ich überlegt, welche Sage oder Legende mich besonders berührt – und dann war die Wahl ganz einfach. Ich bringe euch an einen Ort des hawaiianischen Archipels. Auf die wunderschöne Insel Maui. Diese durfte ich einmal erleben, 16 fantastische Tage lang. Man sagt, dass auf Hawaii die Sonnenauf- und Sonnenuntergänge die schönsten der Welt seien. Und vielleicht stimmt das sogar. Eine der vielen fantastischen Dinge, die ihr auf der Insel erleben dürft, ist der Besuch des Haleakala, was auf Hawaiianisch *Haus der Sonne* bedeutet. Der Legende nach war der Halbgott Maui verärgert, dass die Sonne zu schnell auf- und unterging. In manchen Erzählungen trockneten die selbst hergestellten Tücher seiner Mutter Hina einfach nicht, was ihn noch ärgerlicher werden ließ. Also nahm er eines Tages das Schicksal selbst in die Hand, ging auf den 3055 Meter über dem Meeresspiegel liegenden, inaktiven Vulkan und schuf seinen Plan. Er flocht sich ein Lasso und als die Sonne auftauchte, fing er sie ein und band sie fest. So lange, bis sie ihm versprach, für immer nun länger da zu bleiben. Danach band er sie wieder los und seitdem hat sie ihr Versprechen gehalten. Besonders auf Hawaii. Diese Legende wurde mir damals erzählt, als ich im Morgengrauen auf dem Haleakala stand und auf den Sonnenaufgang wartete. Als die Sonne aufkam, verfeinert von den Wolkenbändern des Vulkanes, war es das erhabenste Schauspiel, was ich jemals erleben habe. Dies sagte auch schon der berühmte Schriftsteller Mark Twain über diesen ganz besonderen Ort. Als ich dort war, spürte ich es: Dass die Legenden, Sagen, Geschichten, die Nationen, Kulturen, Familien weitergeben, noch Jahrzehnte weiterhin bestehen, immer auch einen wahren Kern innehaben.

__Ramona Wesselow-Krystosek__ schreibt in ihrer Wahlheimat Zürich.

Am weißen Stein

Eine Sage aus dem Schwarzwald

Adalbert wusste, wie riskant das war, was er vorhatte. Doch er hatte keine andere Wahl. Das war nun einmal seine Aufgabe als Spion. Er musste sofort zu den kaiserlichen Truppen zurück, um sie vor dem Angriff der Protestantischen Union unter Führung der Schweden zu warnen. Gelang es diesen, den Schanzbühl zu erobern, war der Weg ins Wiesental endgültig frei. Er musste schnell handeln. Noch hatten ihn die Protestanten nicht bemerkt.

Eilig wandte er sein Pferd um. Jetzt nur keinen Fehler machen. Hoffentlich hatte ihn keiner bemerkt. Langsam ritt er herum und gab seinem Pferd die Sporen. Er musste sich beeilen, ehe man ihn noch entdeckte. Zügig, aber nicht zu schnell, damit etwaige Beobachter keinen Verdacht schöpften, ritt er den Schanzbühl hinauf in Richtung des Lagers der kaiserlich-katholischen Truppen. Er hatte genug gehört. Plötzlich erscholl ein Horn. Oh nein! Sie mussten ihn entdeckt haben! „Hüa!", schrie der Offizier seinem Pferd in die Ohren. Das arme Tier wieherte laut und stieg. Schon jagte es in hohem Tempo davon, Richtung kaiserliches Lager.

Er musste durchkommen. Es ging nicht nur um das Wiesental und um ihn, nein, das ganze Reich stand auf dem Spiel. Das würde er nicht riskieren. Wenn er jetzt versagte, würde er sich das nie verzeihen. Doch da hörte er schon wildes Hufgetrampel hinter sich. Schnell hob Adalbert seine Arkebuse und zielte. Schon erklang ein Schrei. Er hatte getroffen! Doch zu seinem Entsetzen erblickte er eine ganze Kavallerieeinheit des schwedischen Heeres. Wütend versuchte er, sein Pferd voranzutreiben, doch das arme, brave Tier gab schon alles, was es konnte.

Im selben Moment peitschte ein Schuss. Fürchterlicher Schmerz durchfuhr Adalbert. Verdammt, er war getroffen! Wütend riss er nun seinen Stoßdegen heraus. Das konnte doch jetzt nicht wahr sein! Er war auf einer gottgefälligen Mission, er durfte einfach nicht scheitern, nicht gegen diese verdammten Häretiker aus Schweden! Verzweifelt versuchte er, sich zu wehren, aber es waren einfach zu viele. Das Letzte, was er wahrnahm, war das verdammungswürdige Gesicht des schwedischen Offiziers und einen weißen Findling, neben dem er zusammenbrach.

Kunibald blickte sich furchtsam um. Der Junge kannte, wie alle Schweigmatter, die Legende vom Geisterreiter nur zu gut. Wie oft schon war sie abends am Feuer erzählt worden. Leise und voller Furcht raunte man vom Wald oberhalb Schweigmatts, in dem des Nachts die Geister umgingen. Schanzbühl nannte man den Ort, auf dem, so erzählte man sich, der Geist eines Soldaten umgehen sollte. Jeder, der in der Umgebung von Schanzbühl und Edelsberg lebte, kannte die Geschichte. Warum nur hatte er sich von Engelbert zu dieser Wette überreden lassen?

„Ich war mal auf dem Schanzbühl, das war gruselig, aber ich habe trotzdem keine Angst gehabt. Du traust dich das bestimmt nicht", hatte Engelbert großspurig getönt.

Da konnte er doch nicht kneifen! Er und sich nicht trauen! Wofür hielt Engelbert ihn? Was war das? Irgendwo raschelte es. Woanders heulte ein Wolf. Sein Herz schlug bis zum Hals. Doch nein! Er würde keinen Rückzieher machen und vor Engelbert als Feigling dastehen. Das würde er sich nie verzeihen. Schnell musste er jetzt sein. Düster war es. Der Mond war hinter dichten Wolken verborgen. Der dichte Wald machte es auch nicht gerade einfacher. Mit weichen Knien stolperte der Junge durch das Unterholz.

Plötzlich spürte Kunibald, wie ihm die Beine wegsackten und er der Länge nach hinfiel. Mühsam rappelte er sich wieder auf. Verdammt, warum musste er auch so ungeschickt sein? Was war das? Er war direkt neben einem weißen Findling hingefallen. Merkwürdig. Der Fels war gar nicht vom Wald verschlungen worden. Es sah aus, als habe hier jemand gerodet. Was sollte denn das? Warum sollte sich jemand die Mühe machen und hier das Unkraut jäten?

Während sich Kunibald noch wunderte, verzogen sich mit Mal die Wolken und gaben die große silberne Mondscheibe frei. Da hörte der Junge Hufgetrappel. Was war denn das? Wer ritt denn mitten in der Nacht durch den Wald? Mit einem Mal erschien wie aus dem Nichts ein altertümlich gekleideter Ritter. Er blickte sich wild um. Plötzlich zog er ein Schwert. Dann erschienen weitere Reiter. Mit lautem Schrei stürzten sich diese auf der ersten. Waffen klirrten, Schüsse fielen. Blut spritzte.

Voller Grauen mussten die Jungs mit ansehen, wie die schwedischen Soldaten den Fremden niederstachen. In diesem Moment verzogen sich die Wolken und die Geister lösten sich auf. Im selben Augenblick begann etwas an dem Stein zu leuchten. Ein merkwürdiges Symbol, ein Kreis, durch den ein Pfeil ging, glomm auf und erlosch wieder. Starr vor Schreck blickten Kunibald und Engelbert auf die Markierung am Stein. Als sie endlich aus ihrer Erstarrung erwachten, sahen sie sich an.

„Hast du das gesehen, Engelbert?", flüsterte Kunibald immer noch ängstlich.

Sein Freund nickte nur. „Los weg hier und kein Wort zu niemandem, bevor uns der Fluch des Geisterreiters trifft!", meinte dieser bleich vor Entsetzen. Niemand durfte hiervon erfahren.

Natürlich hatten weder Kunibald noch Engelbert dichtgehalten. Bis heute erzählen sich die Menschen, die in der Umgebung von Schweigmatt und im Wiesental leben, die Legende von dem Geisterreiter, der Nächtens die alte Grenze zwischen der Katholischen Liga und der Protestantischen Union abschreitet, immer auf der Suche nach dem Lager der Katholiken, um sie vor der Gefahr durch die Protestanten zu warnen. Und manchmal, wenn man sich im Wald oberhalb von Schweigmatt in der Nähe des weißen Steins befindet, so vernimmt man den Lärm des Kampfes, den der Geisterreiter mit seinen protestantischen Gegnern geführt hat, und sieht die geisterhaften Gestalten in ihrem ewigen Kampf um Wiedergutmachung. Nur sein Name liegt für immer vergessen im Nebel der Geschichte.

Florian Geiger wohnt in Lörrach im Wiesental und wurde 1982 in Heidelberg geboren. Er schreibt schon seit seiner Kindheit gerne Geschichten, besonders in den Bereichen Science-Fiction und Fantasy. Bisher konnte er Kurzgeschichten in verschiedenen Verlagen veröffentlichen.

Der Nachtgeist von Kendenich

Eine Sage aus Kendenich

Liebes Wandertagebuch,

für heute Nacht habe ich mein Zelt im regendurchnässten Rheintal aufgeschlagen, nur zwei Stunden von Köln entfernt. Die dicht gewachsenen Sträucher und die baldachinartigen Trauerweiden bieten mir am Rand des Sumpfes einen verlässlichen Schutz gegen den eisigen Herbstwind. Mittlerweile ist es schon vollkommen dunkel geworden, was in mir ein bedrohliches Gefühl von unheimlicher Einsamkeit hier draußen weckt.

Dieser Ort mit dem gespenstisch winkenden Schilf am Ufer des kleinen Sees und dem rastlosen Rauschen der Blätter über mir sah bei Tageslicht so einladend und verzaubert aus, dass ich beschloss, für eine Weile zu bleiben. Doch immer mehr spüre ich, dass ich hier nicht alleine bin. Vielleicht bin ich auch schon zu lange auf mich gestellt, habe wenig Kontakt zu anderen Wanderern gehabt. Der letzte Typ, dem ich bei Köln am Parkplatz begegnet bin, hatte scharf nach Luft geschnappt, als ich ihm im kurzen Small Talk erzählte, ich wolle nach Kendenich. Etwas in die Vergangenheit eintauchen und mir als Geschichtsstudentin die mittelalterlichen sowie alten römischen Ruinen und Höfe anschauen.

„Bist du jeck!", hatte er nicht gerade schmeichelhaft ausgerufen. „In Kendenich zelten? Dat krijje ich nit in de Kopp!" Als hätte er einen Geist gesehen, drehte er sich auf dem Absatz um, zog seinen Hund, der neugierig an meinen Schuhspitzen geschnüffelt hatte, ruckartig zu sich herüber und eilte, mir Unverständliches murmelnd, zu seinem Auto. Und jetzt sitze ich hier im Licht meiner Taschenlampe auf dem Zeltboden und fange an zu erahnen, warum dieser Ort unter den Ein-

heimischen gemieden wird. Es wird immer kälter und ich spüre den Nebel, der nachts vom Sumpf heraufzieht, in die Falten meines Pullovers kriechen. Das Rauschen der Bäume wird immer lauter und von draußen dringen merkwürdige Geräusche. Wie die eines Tieres, das auf breiten Pfoten schmatzend über den durchweichten Waldboden schleicht. Das Geräusch wird immer lauter. Wer oder was ist da? Fürchte ich mich gerade wirklich vor einem Marder? Oder einem Fuchs auf seiner nächtlichen Jagd? Nun hat es auch noch begonnen, an der Zeltbahn zu kratzen. Es hört sich eindeutig an wie das Geräusch von langen Fingernägeln, die mit immer stärkerem Nachdruck über den Stoff fahren. Das Tier scheint Krallen zu haben und größer zu sein, als ich dachte. Jemand macht sich am Eingang zu schaffen ...

Es war spät geworden. Der Beamte schob das braune Büchlein in die Mitte des Tisches. Für ein paar Minuten sagte niemand etwas. Sie ließen ihre Blicke nochmals über die Tatortfotos gleiten, in der Hoffnung, mit dem gehörten Inhalt des Tagebuches nun endlich die Puzzleteile zusammensetzen zu können.

„Ich bin verwirrter als zuvor", meldete sich Hauptkommissarin Brücker zu Wort und fuhr sich mit der Zunge über ihre trockenen Lippen. „Das Mädchen wurde am nächsten Morgen in einer Art komatösem Zustand kilometerweit von ihrem Lager aufgefunden. An ihrem Zelt selber waren keine Spuren eines Tieres zu erkennen, jedoch die Spuren nackter Füße, die dort mehrfache Runden gedreht haben müssen."

„Und dann endeten sie direkt vor dem Zelt, wo sie von den Spuren des Mädchens fortgesetzt wurden. Unser Opfer scheint kopflos durch die Nacht gerannt zu sein, während ihr nächtlicher Besucher wie vom Waldboden verschluckt ist", ergänzte ihr Kollege.

„Keine fremden Fingerabdrücke oder Haare, nur diese sonderbaren Fußabdrücke. Wo ist dieses Wesen geblieben?"

Brücker fuhr zusammen, als ihr Kollege eher unbewusst den symbolischen Begriff *Wesen* benutzte. Ein kalter Windhauch ließ die Vorhänge wie schwarze Vögel unruhig aufflattern und verteilte die Fotos im gesamten Raum. Das Wetterleuchten tauchte die Szene in unwirkliches Licht.

„Der Nachtgeist von Kendenich", flüsterte Meiser jetzt, der bisher geschwiegen hatte. „Kennt ihr nicht die Sage von der Nonne? Nachts sucht sie sich ihr Opfer, dem sie auf den Rücken springt und das sie dann die ganze Nacht, bis es in Ohnmacht fällt, tragen muss."

Das Fenster schlug mit einem gewaltigen Krachen zu und ein heller Blitz zerriss den schwarzen Nachthimmel. Feuchter Nebel kroch über den Boden.

__Leandra Och__ erblickte im Jahr 2000 in Oberhausen das Licht der Welt. Heute studiert sie Psychologie in Essen und liebt es, mit Wörtern verträumte Welten zu erschaffen. Bereits als Kind war es ihre Leidenschaft, Geschichten und Gedichte zu schreiben und manchmal so sehr darin zu versinken, dass die Realität sie feste am Ohrläppchen zupfen musste, um sie wieder in die Gegenwart zu bringen.

Rübezahl oder
der Berggeist vom Riesengebirge

Eine Sage aus dem Riesengebirge

Zwischen den Bergen des Riesengebirges lebte seit vielen, vielen Jahrhunderten der Berggeist namens Rübezahl. Er hatte magische Kräfte und die meisten beschrieben ihn als eher mürrisch, doch immer gerecht! Er war großzügig und sehr hilfsbereit, wenn die Menschen lieb, nett und verständnisvoll miteinander und der Natur umgingen. Viele Menschen dachten, dass sie wüssten, wie er aussah, doch er wechselte so häufig sein Aussehen, dass selbst er nicht mehr wusste, wie er früher einmal ausgesehen hatte. Rübezahl mochte die Menschen, deshalb spielte er ihnen oft Streiche und amüsierte sich darüber köstlich.

Wundert euch also nicht, wenn ihr dort im Wald spazieren geht und plötzlich Vogeldreck genau auf eurem Kopf oder der Schulter landet. Oder ihr habt doch euren Fuß angehoben, als ihr über den Ast gestiegen seid? Warum seid ihr dennoch gestolpert? War der Ast vorher schon so groß?

Doch wenn er sah, dass die Menschen ungerecht, raffgierig, bösartig oder untreu zu Tieren oder anderen Menschen waren, konnte er auch anders. Seine Rache war früher weit und breit gefürchtet.

Als es aber den Menschen immer besser ging und auch ihre Umgangsformen untereinander höflicher wurden, verschwand er mehr und mehr und zog sich in sein Gebirge zurück. Die Menschen glaubten bald nicht mehr an Zauberer und Wunder und so vergaß man Rübezahl. Dieser streifte nun einsam durch die Natur und lebte glücklich unter den Tieren im Riesengebirge.

Bis heute lebt Rübezahl in den Gewölben seines Gebirges und ist der Beschützer der Natur. Daran hat sich in den Jahrhunderten nichts geändert.

Dort vermehrte er stets die Schätze der Berge und beobachtete, wie sich der Mensch in der Natur verhielten. Er half den Tieren, wenn sie im Dickicht festhingen, oder zauberte Futter, wenn der Winter zu hart war. Doch immer öfter musste Rübezahl Tieren helfen, die durch den Menschen in Gefahr geraten waren. Er half, wenn sie im zurückgelassenen Müll der Menschen stöberten und so durch Plastik oder Glas in Gefahr gerieten. Oder er beruhigte sie, wenn die Menschen durch ihre Lautstärke beim Wandern die Tiere total verängstigten oder sie in Panik verfielen.

Rübezahl hatte schon seit vielen Jahren keinen direkten Kontakt mehr mit den Menschen gehabt, aber der Umgang der Menschen mit seiner heiß geliebten Natur ließ ihn zweifeln, ob er das ändern müsse. Er grübelte, ob seine Streiche von früher da noch helfen würden oder ob er zu härteren Methoden greifen müsste. Er beschloss, dass der Zeitpunkt gekommen war, wo die Natur, natürlich mit seiner Hilfe, zurückschlagen müsse.

So kam es, wenn eine Wandertruppe mit dröhnender Musik, lautem Geschnatter und schallendem Gelächter durch den Wald lief, dass plötzlich ein wilder Schwarm Hornissen auf diese Störenfriede losging. Natürlich benutzte er dafür keine Tiere, er war ja ein Zauberer und war einfach selbst der Schwarm.

Auch dass die Förster immer öfter an den Profit, den sie mit dem Wald verdienen wollten, dachten, ärgerte Rübezahl. Früher gab es im Wald eher Mischwaldkulturen und heute aus Profitgier nur noch Monowaldkulturen. Also holte er alle Borkenkäfer zu sich und zusammen beschlossen sie, dass die Menschen keinen Profit mehr aus den Bäumen holen konnten, denn durch den Borkenkäferbefall wurden diese unbrauchbar.

Aber am meisten störte ihn die Rücksichtslosigkeit, mit der die Menschen in Wald und Natur unterwegs waren. Überall, wo Menschen die Natur betraten, hinterließen sie Dreck, Müll und zerstörte Flächen. Rübezahl überlegte lange, wie er diese Unart der Menschen bestrafen sollte, doch bei all seinen Überlegungen bemerkte er, dass nicht nur seine Region betroffen war, sondern dass es ein weltweites Phänomen war. Die Menschen waren einfach rücksichtslos und respektlos im Umgang mit der Natur. Sie schätzten nicht, was die Natur ihnen bot, sondern beuteten sie gnadenlos aus oder zerstörten sie.

Also beschloss Rübezahl, ihnen diese Natur zu entziehen, er sorgte für Waldbrände, die ständig wieder angefacht wurden oder die sich weltweit so schnell ausbreiteten, dass den Menschen angst und bange wurde. Einige waren so heftig, dass all das Hab und Gut der Menschen einfach so zerstört wurde. Aber es half, es gibt nun Initiativen zum Schutz des Waldes oder Gesetze, die den Tierschutz voranbringen sollten und vieles mehr.

Natürlich muss Rübezahl die Menschen oft noch daran erinnern, wie wichtig die Natur für uns sein sollte, doch sind wir auf einem guten Weg.

Susanne Kühn ist 47 Jahre alt und lebt in Berlin. Sie arbeitet ehrenamtlich an der Mildred-Harnack-Schule und leitet dort mit einer Kollegin den Buchclub und die Kreativ AG.

Baron Münchhausen

Eine Sage aus dem Kurfürstentum Braunschweig-Lüneburg

Ich erzähle euch hier, liebe Leut',
die Sage von Baron Münchhausen heut'.
Er log, dass sich die Balken biegen
und träumte doch ständig nur vom Fliegen.

Heutzutage heißt er nicht mehr so,
auch ist er nicht mehr nur männlich, jo.
Sie lügen, bis sich die Balken biegen,
ohne ein Schamgefühl zu kriegen.

Im Internet machen sie sich breit
auf jeder sozialen Plattform weltweit.
Sie lügen, bis sich die Balken biegen,
ihre Art ist wie die der Katzen, die sich anschmiegen.

Ein Klick hier und einen dort,
schon ist all' die Menschlichkeit fort.
Sie lügen, bis sich die Balken biegen,
dabei haben sie kein spezielles Anliegen.

Im Hintergrund ist gar nichts echt.
Sie sind zu Haus und täuschen frech.
Sie lügen, bis sich die Balken biegen,
obwohl sie gar nicht am Strand liegen.

Doch erkennt man sie nicht gleich,
denn nicht mal Lügen machen sie bleich.
Sie lügen, bis sich die Balken biegen,
doch hätten sie mal besser geschwiegen.

Sie denken, dass sie damit immer siegen
und haben nicht mal Angst, aufzufliegen.
Sie lügen, bis sich die Balken biegen,
auch ohne sich ständig zu bekriegen.

Unterstützend sitzen wir am Telefon
und schauen zu, den Lügenbaronen.
Sie lügen, bis sich die Balken biegen
und werden dafür auch noch Geld kriegen.

Wir werden sie wohl niemals los!
Keine Chance!
Was machen wir bloß?

Susanne Kühn ist 47 Jahre alt und leitet ehrenamtlich mit einer Kollegin den Buchclub der Mildred-Harnack-Schule. Sie hat das Gedicht mit ihrem Schüler Bryan Gerhardt, er ist 15 Jahre alt, zusammen verfasst.

Der Kaiser und die Schlange

Eine Sage aus Aachen

Es war spät geworden im *Domkeller zu Aachen*. Die Tische waren klebrig von Bierschaum und die Stimmung ausgelassen und sorglos.

„Auf uns!" Mo, der längste der vier Freunde, riss sein Bierglas in die Höhe wie eine Trophäe.

„Auf uns und auf Manni!", rief sein Sitznachbar mit heiserer Stimme in den mit Zigarettendunst und in schummriges Licht gefluteten Kneipenkeller hinein, als ein kleiner rundlicher Mann mit grau meliertem Schnurrbart zu ihnen trat.

Manni hatte die längste Zeit seines Lebens in diesem Keller verbracht und konnte schon gar nicht mehr zählen, wie viele Studenten er an den Ohren zur Tür hinausgeschleift hatte, um noch vor Sonnenaufgang aus diesem Loch herauszukommen. Und doch hatte er es nie bereut, die Brauerei seiner Eltern übernommen zu haben. Feine Lachfalten kräuselten sich freundlich um seine Augen, als er mit gespielter Strenge zum Aufbruch ermahnte. „Jungs, austrinken und dann ist Feierabend. Ihr könnt noch so oft auf mich anstoßen, ich werde pünktlich dichtmachen."

„Komm schon, eine Runde noch. Setz dich doch zu uns, ist gemütlicher, als hier rumzustehen."

Manni stemmte entschlossen seine kurzen Arme in die Hüften und dachte gleichzeitig, dass es ganz nett wäre, sich für eine kleine Zeit zu setzen, nachdem den ganzen Abend über seine Füße ihren Dienst mehr als erfüllt hatten. „Na gut, aber nur für ein kurzes Weilchen." Die alte Holzbank knarrte unter seinem Gewicht und von beiden Seiten wurde ihm wohlgesonnen die Schulter getätschelt.

„Wie wär's mit einer deiner verrückten Geschichten? Mo hat sie letztens verpasst, musste ja ganz dringend noch einen nächtlichen Besuch machen", grinste einer der Freunde. Der Erwähnte wand sich verlegen auf seinem Hocker.

„Wie eine Schlange", dachte Manni und seine Augen begannen zu glänzen, als ihm eine fabelhafte und wahrhaft ziemlich verrückte Geschichte einfiel, die ihm schon sein Großvater erzählt hatte. Obgleich die Aufmerksamkeit bereits gänzlich auf ihm ruhte, räusperte er sich laut, fuhr sich vornehm über den Bart und ließ seine Gedanken in längst Vergangenes hinübergleiten.

Vor langer Zeit, das war, als Kaiser Karl der Große in Zürich lebte, hatte der Kaiser die blendende Idee, eine Säule zu errichten, welche zum Mittagessen geläutet werden konnte, wenn einer seiner Untertanen seine Rechtsprechung forderte. An einem Tag aber läutete es ununterbrochen, die Petersilienkartöffelchen blieben der Hoheit beinahe im Halse stecken, und er schickte seine Diener, um nachzusehen, wer da so hartnäckig am Seil zog.

Verwundert kehrten diese zurück, weil sie niemanden gefunden, dafür aber bald eine große Schlange entdeckt hatten, die ihren kräftigen Körper um das Seil wand und in einem Fort die Glocke klingeln ließ. Trotz seiner Kopfschmerzen wollte Karl sich selber von den Worten seiner Diener überzeugen und ging zu der Glocke, an deren Seil eine riesige Schlange schwang. Er fand, man müsse dem Tier genauso zu seinem Recht verhelfen wie den Menschen. Schon allein aus dem Grunde, weil das Tier sich höflicher benahm als manch einer seiner Untertanen. Es verbeugte sich ehrerbietig und führte den Karl an das Ufer eines Sees. Dort hatte die Schlange ihr breites Nest errichtet, in welchem feine Eier lagen. Doch nicht nur diese lagen da, sondern auch eine fette, übergroße, hässliche Kröte. Nach sorgfältiger Untersuchung des Falls entschied der Fürst, dass die Kröte zur Strafe verbrannt wurde und die Schlange recht bekam.

Einige Tage nach der Vollstreckung des grausamen, aber gerechten Urteils tauchte der große Wurm wieder am Hof auf, verbeugte sich höflich und kroch zu aller Entsetzen auf den Tisch. Auf dem Tisch stand ein Becher, dessen Deckel das Tier abhob und klirrend auf ein Silbertablett fallen ließ. Als wäre das nicht schon genug der Absurditäten, legte es nun einen kostbaren Edelstein aus seinem Mund hinein. Dann neigte es höflich den Kopf vor der erstarrten Tischgesellschaft, wünschte einen sonnigen Sonntag und kroch davon.

Zur Erinnerung an diese merkwürdige Begegnung baute der Kaiser an dem Ort, an welchem das Nest der Schlange gestanden hatte, eine

Kirche. Den Stein schenkte er seiner geliebten Frau. Diese bemerkte bald, dass er eine geheime Kraft in sich verbarg, die das Sehnen des Kaisers nach ihr hervorrief, wenn sie die Kostbarkeit bei sich trug. War er einmal getrennt von seiner Gattin, heulte er wie ein kleines Kind und konnte nichts essen und trinken, bis sie wieder vereint waren. Das gefiel der Frau so gut, dass sie den Diamanten unter ihre Zunge legte, um ihn immer bei sich zu haben. Außerdem hatte sie die Sorge, dass, sobald der Stein in andere Hände geriet, der Kaiser sie vergessen könnte.

Als die Arme eines Tages starb, wurde sie mit dem Stein unter der Zunge zusammen ins Grab gelegt. Der Karl aber ruhte nicht, bis ihr Leichnam wieder ausgegraben wurde und er weiterhin mit seiner toten Ehefrau zusammen sein konnte. Aber ein schlauer junger Mann, der als Ritter an dem Hof des Kaisers diente, ahnte, dass diese beinahe überirdische Zuneigung einen magischen Grund haben musste. Er hatte den Kaiser sehr gern, hatte aber nie den Mut gehabt, es ihm zu zeigen.

Als der Fürst seinen Mittagsschlaf hielt, schlich sich der Höfling auf Zehenspitzen zu der toten Kaiserin, die Karl stets neben sich bettete. Aus dem schon halb verwesten Mund glitzerte es rot in der Nachmittagssonne und vorsichtig streckte der Mann seine Finger nach dem Edelstein aus. Furchtsam erwartete er, dass er für seinen Diebstahl von einer höheren Macht bestraft würde, doch nichts geschah. Gutgelaunt begann er zu pfeifen und vergaß ganz den Kaiser, der in seinem Bett friedlich schlummerte.

Dieser erwachte davon und blickte verwirrt um sich. Als er den verfaulten Leichnam neben sich im Bett liegen sah, sprang er voller Ekel auf, stieß ihn auf den Boden und warf sich gleich darauf hingebungsvoll in die Arme des überraschten Höflings, der den Stein noch immer umklammert hielt. Karl versprach ihm seine Liebe und sein Leben, vergaß ganz seine tote Frau und folgte seinem neuen Angebeteten von nun an auf Schritt und Ritt.

Einmal, als sich der Ritter mit seinem nun lästig gewordenen Anhängsel auf einer Reise nach Köln befand, wurde er der Anhänglichkeit Karls so überdrüssig, dass er den Stein kurzerhand in eine der heißen Quellen warf, bei denen sie Rast machten. Erleichtert dachte er, dass nun jeder für immer von der Last dieser magischen Kostbarkeit befreit war, weil nun niemand mehr Zugang zu ihr hatte. Doch der Kaiser fühlte sich von diesem Tag an zu dem Ort der Quelle besonders hingezogen und wollte sich nicht mehr von jenem Stück Land trennen. Und ob ihrs glaubt oder nicht, so entstand unser schönes Aachen, der Lieblingsaufenthalt Karls des Großen.

Im Raum war es ganz still geworden, nur das leise Summen der Deckenleuchte war zu hören. Dann brach einer der Zuhörer in lautes Gelächter aus. „Das ist ja das komischste Märchen, was ich je gehört habe, mein Lieber. Aber sehr unterhaltsam!"

Auch die anderen begannen amüsiert zu grinsen. „So einen Stein bräuchte ich auch", seufzte Mo mit gespielter Verzweiflung, was zu weiterem Gekicher führte.

Nachsichtig lächelnd erhob sich Manni, stellte die leeren Gläser zusammen und schlurfte Richtung Küche. Die Freunde halfen ihm unter lautem Gepolter dabei, Stühle und Tische zusammenzustellen, und verschwanden dann nach draußen, in die nächtliche Dunkelheit der Aachener Straßen.

Als Manni die Stiegen zu seiner kleinen Obergeschosswohnung hinaufstieg, in der sein Freund auf ihn wartete, dachte er daran, dass er glücklich war, um seiner selbst willen geliebt zu werden. Er brauchte keinen Stein, der die wahre Kostbarkeit der Liebe nur vortäuschte.

__Leandra Och__ erblickte im Jahr 2000 in Oberhausen das Licht der Welt. Heute studiert sie Psychologie in Essen und liebt es, mit Wörtern verträumte Welten zu erschaffen. Bereits als Kind war es ihre Leidenschaft, Geschichten und Gedichte zu schreiben und manchmal so sehr darin zu versinken, dass die Realität sie feste am Ohrläppchen zupfen musste, um sie wieder in die Gegenwart zu bringen.

Das Lied
aus Licht und Schatten

Eine Sage aus Worms

Blut rann über sein Gesicht, strömte an seinem Hals herab, blieb in seinem Schlüsselbein stehen.

Langsam und schwerfällig öffnete er die Augen. Der Geschmack von Eisen lag auf seiner Zunge, seine Wimpern waren verklebt. Blut rann an seinen Schultern herab, glitt seinen Körper hinunter, glitt bis über seine Beine, bis zur Erde und sickerte in den moosigen Boden ein. Üppige Baumkronen wippten über ihm, leise raschelten ihre Blätter im Wind. Wie in Trance beugte er sich vornüber, seine Hand schimmerte verschmiert im warmen Sonnenlicht, das strahlenartig durch die Baumkronen zu ihm herabgeworfen wurde, als er das schwerfällige Lebenselixier über seiner entblößten Haut verteilte. Er spürte, wie sein Herzschlag hörbar durch die Halsschlagader pulsierte. Das Drachenblut zog in seine Haut ein, verlieh ihm Stärke und verlieh ihm Macht.

Bleiern und wie von Sinnen trugen ihn seine Schritte zum Fluss, vorbei am gigantischen Drachenkadaver, dessen Blut wie ein dunkler Schicksalsstrom dahinrann, vorbei an den spalierstehenden Linden, die ihre Baumwipfel über ihm wie im Siegeszuge kreuzten. Das Rauschen des reißenden Baches klang wie tosender Applaus in seinen Ohren, wie Jubel, wie Triumph. Wasser glitt über seine Schultern, glitt seinen Körper hinunter, glitt bis über seine Beine, spülte das Blut den Flusslauf entlang und verteilte es in allen Landen. Seine Haut war erhärtet, widerstandsfähig, undurchdringbar geworden, das wusste er und unter seinen Fingernägeln spürte er keinen Schmerz, als er sie hart und bestimmt über seine linke Schulter zog.

Ein feines Lächeln legte sich um seine Lippen und er wiederholte den Vorgang, der ihm bestätigte, unverwundbar geworden zu sein. Unverhofft aber zuckte er zusammen und zarte Schweißperlen traten ihm auf die Stirn, als er zwischen seinen Fingern einen Fremdkörper spürte, seine Halsschlagader pulsierte schmerzhaft und ein Schauder lief ihm über den Rücken, der ein gezacktes Lindenblatt von seiner Haut löste. Herzförmig lag es in seiner Hand, unschuldig glänzend vom klaren Wasser des Flusses. Seine Hand formte sich zur Faust, begrub das Blatt darin, bohre die harten, kantigen Fingernägel durch die zarte, ädrige Oberfläche, als wolle er das Geheimnis, das es ihm geschenkt hatte, aus ihm herauspressen.

Niemals dürfte es jemand erfahren. Es wäre sein Ende, wenn jemand von seiner verwundbaren Stelle erfuhr. – Verfluchtes Lindenblatt zwischen seinen Schulterblättern!

Baumkronen aus unzähligen Lindenblättern tuschelten über seinem Kopf, die Stimme des Waldes klang melodisch, fast wie ein Lied in seinen Ohren. – Ein Lied des Sieges und des Verlustes, ein Lied aus Licht und Schatten. Der Wald würde sein Geheimnis in die Winde wispern und dieser würde es in alle Lande tragen, dachte er.

Ein schneidender Wind ließ ihn frösteln, trieb ihm eine Gänsehaut über die Arme, verdunkelte den Himmel und zog durch die Wipfel. Blätter tanzten im Windhauch zu Boden und er war sich sicher, sie könnten ihn verhöhnen – diese herzförmigen Verräter, die ihm im Licht Unschuld und Schutz vorgegaukelt hatten. Er schwor sich, stets auf der Hut zu sein.

Rasch wandte er der Lichtung den unvollkommenen Rücken zu, warf sich seine Kleider über, glättete das nasse Haar mit den Händen und schwang sich auf den muskulösen Rücken seines Pferdes. Schwerfällig schnaufend setzte sich der Rappe in Bewegung, die Satteltaschen waren zum Bersten voll, er hatte den gesamten Drachenschatz schwer und wuchtig in ihnen verladen. Nur das Wertvollste trug er eng am Körper: einen fein gewebten Umhang, der den Träger unsichtbar machte – ein magisches Relikt aus vergangenen Zeiten, das Jahrhunderte lang zwischen den Goldmünzen unter dem wachsamen Drachen geruht hatte.

Die Sporen seiner schweren Stiefel drangen tief in die Haut des Hengstes ein, fein glänzend trat Blut ans Tageslicht. Der siegreiche Held wollte schleunigst die schicksalsbehaftete Waldschneise hinter sich lassen, den eisigen Wind, der sich wie winzige Nadeln in seine Haut bohren wollte, spürte er nicht. Doch ein ungutes Gefühl beschlich ihn und haftete an ihm, wie die Dämmerung ihm auf den Fersen war. Erneut schwor er sich, stets auf der Hut zu sein.

Stark und mächtig zog er durch die Lande, sein Name war bald in aller Munde, sie gaben ihm den Titel Drachentöter, Ritter verehrten ihn, feine Damen stellten ihm nach. Doch Siegfried hatte nur Augen für eine – die schönste aller Damen, Schwester des Königs von Worms. Ihre zierliche Gestalt mit der feinen Taille hatte ihn vom ersten Augenblick an verzaubert, ihr Blick war wild und herausfordernd, und wenn sie ihn beobachtete, dann legte sich ein warmes Lächeln um ihre Lippen, das augenblicklich auf ihn übersprang.

Viele Monate umgarnte er sie, besiegte alle Gegner in den königlichen Turnieren, nur um sie lächeln zu sehen, nur um ihre Aufmerksamkeit zu bekommen, und machte sich einen Namen zu Hofe. Bewundernde Blicke folgten ihm, wenn er über die Plätze schritt, selbst der König blickte zu ihm auf. So bat dieser ihn eines Tages um einen Gefallen. Der siegreiche Drachentöter sollte helfen, die Königin von Island zu einer Hochzeit mit dem König zu überreden, sodass die beiden Reiche vereinigt würden. Siegfried zögerte und erinnerte sich an sein Versprechen, stets auf der Hut zu sein. Denn ein ungutes Gefühl beschlich ihn, und haftete an ihm. Die dunklen Augen seines gerissenen Gegenübers aber sprachen Bewunderung aus, schienen in beinahe zu verzaubern, hüllten ihn in Lob und schöne Worte und gaben schließlich das Versprechen, die geliebte Schwester mit ihm zu vermählen, der er schon so lange nachstellte. Vor seinem inneren Auge erschien ihr Gesicht mit den hohen Wangenknochen, den vollen Lippen und dem tiefen, unergründlichen Blick hinter den schwarzen Wimpern. Verlangen erfüllte ihn, vom ersten Tage an hatte sie sein Herz höherschlagen lassen, so hoch, dass sein Herzschlag hörbar durch seine Halsschlagader klang.

Er verdrängte jeden Zweifel, erfreute sich seiner Stärke und seiner Macht, ließ die schönen Worte in seine Seele niedersinken und nickte schließlich. Ein durchtriebener Plan erreichte seine Ohren: Unschuld verlieh der Königin von Island Stärke und Macht. Sieben Männer vermochten sie nicht zu besiegen, eine unsichtbare Macht pumpte durch ihre Adern, die nur Siegfried selbst verstehen konnte. Vereint in der schieren Vollkommenheit kannte er die hochgewachsene Schönheit von früher und er wusste, niemand würde sie je besiege können, niemand Gewöhnliches.

Doch der Drachentöter war nicht gewöhnlich. Die Legende besagte, nur ein einziger Mann auf der Erde könne ihre Kräfte zügeln, nur ein einziger Mann konnte mehr Stärke und mehr Macht besitzen und nur dieser eine Mann vermochte sie zu heiraten.

Stiller Verrat durchdrang das Herz des Wormser Königs und quoll schließlich über. Er wusste, Siegfried war dieser Mann. Doch dass Siegfried seine Schwester heiraten wollte, kam ihm und seinem durchtriebenen Herzen gelegen. Der heimliche Verrat wurde laut, wurde flüsternd, wurde zum Geheimnis beider. Der Drachentöter würde die isländische Königin besiegen, ungesehen vor allen Augen– er würde sie für Gunther, den schwächlichen, kleinen Wormser König besiegen, er würde die Verbindung ermöglichen.

Siegessicher warf sich Siegfried den Tarnumhang über die starken, mächtigen Schultern, sein Stolz hatte ihn selbstsicher werden lassen, er wusste, er konnte alles erreichen und er mochte diesen Gedanken. Hochmut pumpte durch seine Adern, er verspürte Stärke und Macht und er wollte nicht mehr darauf verzichten. Und so half er Gunter, die wilde Schönheit von Island vor den Augen ihres Volkes im Kampfe zu besiegen. Die Magie war gebrochen, sie war verpflichtet, Gunther zu heiraten, der ihr Unschuld und Schutz vorgaukelte und sich selbst im Stillen schwor, stets auf der Hut zu sein. Niemals dürfte jemand erfahren, was dort auf der Insel weit entfernt vom Wormser Hof geschehen war, und rasch wandte er den nebelumhangenen Küsten von Island den unvollkommenen Rücken zu. Er wollte nie wieder zurückkehren, wollte das Geschehene tief in seinem Herzen vergraben, Siegfried allein kannte sein Geheimnis und er würde ihm vertrauen müssen.

Freude und Jubel erfüllte die Luft, als die Hochzeiten gefeiert wurden, die gesamte Festung war hell beleuchtet und bis in die tiefe Nacht klang Lachen, Musik und das helle Licht der Fackeln durch die Dunkelheit. Das Sternenzelt leuchtete verheißungsvoll über ihren Köpfen und Siegfried und seine Ehefrau waren die glücklichsten Menschen unter dem weiten Himmel. Ein fahler Mond warf zarte Schatten, als sich die beiden davonstahlen und den Feierlichkeiten den Rücken kehrten. Die Welt mit all ihren Geheimnissen war nicht mehr wichtig, sie hatten nur Augen und Ohren füreinander. In ihr fand Siegfried eine Seelenverwandte und schließlich brach er sein Versprechen, stets auf der Hut zu sein. Er vertraute sich ihr an, er schenkte ihr die Wahrheit und weihte sie in alle Geheimnisse ein und sein Herz wurde leicht und still. Jede Bürde war nur noch halb so schwer, jetzt, da sie auch diese Last mit ihm teilte. Zum ersten Mal in seinem Leben fühlte er sich frei, und als er in ihren Armen einschlief, sank er in einen tiefen, erholsamen Schlaf.

Das Leben an ihrer Seite erfüllte ihn mit Freude und Glück und wäre nicht die Welt mit all ihren Geheimnissen gewesen, hätte er für immer glücklich sein können.

Doch die Königin von Island ahnte, dass ihr Unrecht widerfahren war. Gefangen im Betrug und gefangen in einer Ehe, die sie nicht wollte und die sie verabscheute, versuchte sie, sich zu wehren. Ihre Kräfte aber waren ihr bei ihrer Niederlage und der anschließenden Eheschließung verloren gegangen. In der Nacht wälzte sie sich von einer Seite auf die andere und fand keinen Schlaf. Vor ihrem inneren Auge glitten die Bilder des Tages vorbei, es gab nur eine einzige Erklärung für alles. Hart biss sie die Zähne aufeinander, als sie zu begreifen begann.

Mit der Sonne erhob sie sich, trat durch die Säulen und Flure des Palastes und suchte die Königsschwester, die ihr als Freundin zur Seite stehen sollte. Ihr fehlten Verbündete und Heimweh breitete sich in ihr aus. Sie liebte Island. In den frühen Morgenstunden, wenn der Tau über den Gräsern lag, schien es, als würde der Wind den Baumkronen die Geheimnisse der Welt zuflüstern und wenn man genau hinhörte, konnte man ganz in ihren Geschichten versinken. Sie liebte es, auf dem Rücken eines Pferdes durch die erwachende Landschaft zu reiten und sich Wind und Wald hinzugeben, sie liebte es, ganz eng verbunden mit der Natur zu sein.

Doch hier war der Morgen kalt und einsam und der Tau schmolz augenblicklich unter der Morgensonne dahin. Lindenblätter säumten ihren Weg und holten ihre Gedanken in die Realität zurück. Hoffnung lag in ihrem Herzen, doch ihre Gedanken kreisten um die Frage, ob jemand ihr glauben würde. Sie ahnte, dass dem nicht so war, und doch würde sie sich alle Mühe geben, denn das Unrecht, das ihr widerfahren war, ließ ihr Herz zerbrechen und legte ihre Hände in unsichtbare Ketten.

Kaum war es Mittag, verschloss sich der König in seinen Gemächern. Etwas musste geschehen, die Königin wusste Bescheid und war nicht weiter willens, ihm zu gehorchen. Wie ein Tier im Käfig schritt der König auf und ab, er fühlte sich wie in unsichtbaren Ketten gefangen. Seine Handflächen waren schweißnass, in dunkle Gedanken gehüllt verbarg er das Gesicht in den Händen. Er hätte es ahnen müssen, hätte sich vorbereiten müssen – verfluchte Frau! Sie war stärker und schlauer als gedacht, ihm überlegen und sie wollte sich partout nicht fügen. Sie wusste, was er getan hatte, und wenn Siegfried ihn verraten würde, so würde alles, was er erreicht hatte, zusammenbrechen. Verfluchter Siegfried! Neid beflügelte sein Herz, er wünschte, er wäre wie er. Wie hatte er je sein Glück in die Hände eines so hochmütigen, arroganten Gefolgsmannes legen können? Konnte er ihm vertrauen? Alles drohte einzustürzen, alles würde ihm verloren gehen. Hart biss er sich auf die Lippe, er allein war der König, er allein wollte stark und mächtig sein. Der Drachentöter warf ihm Tag für Tag ein Spiegelbild eines Mannes entgegen, der er selbst nie sein konnte. Zutiefst verabscheute er die Macht und Stärke und die Arroganz, mit der Siegfried durchs Leben ging, und er bemerkte, dass er in seinem eigenen Glück von ihm abhängig geworden war.

Stiller Hochverrat durchdrang das Herz des Wormser Königs und quoll nach reichlicher Überlegung über. Er rief einen ergebenen Diener, Hagen, einen skrupellosen Hünen, zu sich und wieder erschuf er ein Geheimnis, eines, das so dunkel war, dass es bis an beider Lebensende gehütet werden musste.

Hagen, ein gerissener Soldat, im Kampfe erprobt und mit hellwachem Verstand, versetzte die Schwester des Königs in ungestüme Sorge, in dem er ihr überzeugend erklärte, ihr Ehemann müsse an seiner Seite in den Krieg ziehen. Die junge Frau wurde augenblicklich krank vor Sorge und flehte den treuen Diener des Königs an, acht auf ihren Mann zu geben. Dieser versprach in listiger Absicht, sein Leben für Siegfrieds zu geben, ihn zu schützen und zu verteidigen, egal was kommen sollte. Unter Tränen der Sorge verriet die liebende Frau ihm, an welcher Körperstelle ihr Mann verwundbar war, und bat Hagen, auf diese Stelle zu achten.

Das Schicksal nahm seinen Lauf, als das königliche Heer in einen Krieg ausschwärmte, den es nicht gab, als sie dahinritten mit wehenden Bannern und glänzenden Rüstungen, um ein Reich zu verteidigen, das in Wahrheit nur durch ein dunkles Geheimnis bedroht wurde. Sie alle waren bereit, zu kämpfen, waren bereit, zu töten.

Doch nur einer sollte sterben.

Siegfried, der tapfere Drachentöter, war in Gedanken bei seiner Frau, als er seinem Hengst die Sporen gab und in die Ferne zog. Der Wind rauschte durch den Wald und die Sonne trat allmählich durch die Baumwipfel, um die Welt, seine Laune und schließlich auch sein Herz zu erhellen. Ihre wärmenden Strahlen durchdrangen den kalten stählernen Panzer, den er über seinem Oberkörper trug, und seine Gedanken glitten zu jenem Tag im Wald, zu jenem schicksalhaften Tag unter den Linden am Fluss. Wie ein Kloß lagen die Geschehnisse der letzten Wochen in seinem Magen. Der Wind kannte seine Geheimnisse, der Himmel hatte sie gesehen und die Bäume hatten all seinen Schandtaten gelauscht.

Als sie rasteten, flogen seine Gedanken hastig weiter, innerlich aufgewühlt versuchte er, sich zu beruhigen. Die Natur würde Ruhe bringen, Frieden und Schutz, sagte er sich, als er seine Rüstung ablegte und seinem Rappen über die Nüstern strich. Sein Hengst tänzelte nervös, Wind erfasste seine Mähne, es war, als hätte die Natur dem empfindsamen Tier das bevorstehende Leid zugeflüstert.

Siegfried wollte in der Natur allein sein, wollte sich dem Wald und dem Wind hingeben, aber Hagen begleitete ihn zur Wasserstelle. Schnellen Schrittes versuchte er, ihn hinter sich zu lassen, flüchtete in den Wald, der ihm Unschuld und Schutz vorgaukelte. Die Bäume wurden dichter, der Wind in den Baumkronen klang immer bedrohlicher, Dämmerung legte sich wie ein dichtgewebter Mantel über den Wald und bleiern trugen seine schweren Stiefel ihn zum Fluss, weit weg vom Lager der anderen, weit weg von ihren Stimmen und dem Licht ihrer Feuer. Von Hagen gefolgt ging er über den moosigen Boden, ging über gefallene Lindenblätter, ging durch spalierstehende Bäume, deren Wipfel zu Flüstern begannen. Es klang, als würden sie ihn verhöhnen, diese herzförmigen Verräter, dachte er. Seine Kehle wurde trocken und seine Gedanken kreisten weiter um das Geschehene, kreisten wie der Wind durch die Welt voller Geheimnisse.

Schatten legten sich über die Welt und ihre Geheimnisse und im Herzen des Drachentöters regte sich Reue. Der Wind strich sanft über sein Gesicht, er schloss die Augen. Verflucht sei das Streben nach Macht und Stärke! Zum ersten Mal in seinem Leben fühlte er sich schwach und unbedeutend und er beugte sich hinunter, um sich im klaren Wasser reinzuwaschen. Sein Atem stockte, als sein Brustkorb von einem hölzernen Speer durchbohrt wurde, er taumelte, erstarrte. Eine Welle der Hitze folgte dem Einschlag der Kälte. Blut rann an seinen Körper herab, glitt bis über seine Beine, bis zur Erde und sickerte in den moosigen Boden ein. Langsam und schwerfällig schloss er die Augen. Verflucht sei der Hochmut! Verflucht die Lüge und der Betrug!

Er spürte, wie sein Herzschlag hörbar durch die Halsschlagader pulsierte, und er spürte, wie er schwächer wurde. Entkräftet sank er nieder in den Fluss, der ihm sanft rauschend Unschuld und Schutz zusprach. Wasser glitt über seine Schultern, glitt seinen Körper hinunter, glitt über seine Beine, spülte das Blut den Flusslauf entlang und verteilte es in allen Landen.

Der Geschmack von Eisen lag auf seiner Zunge und dann hörte er aus weiter Ferne, wie die Baumkronen aus Lindenblättern über seinem Kopf zu tuscheln begannen. Die Stimme des Waldes klang melodisch, fast wie ein Lied in seinen Ohren. Ein Lied des Sieges und des Verlustes.

Der Wald würde seine Geheimnisse in die Winde wispern und dieser würde es in alle Lande tragen, dachte er und fühlte sich plötzlich von allen Lasten befreit. Der Wald um ihn herum versank im Nebel und aus weiter Ferne erklang noch immer das Lied in seinen Ohren. Leicht und frei. – Das Lied aus Licht aus Schatten.

Ramona Elena Herbst ist im Oktober 1994 auf der Schwäbischen Alb geboren und liebt ihre Arbeit als Gymnasiallehrerin mit den Fächern Deutsch und Geografie. Sie liest und schreibt gern und schon im Germanistikstudium mochte sie das Nibelungenlied ganz besonders.

Von der Entstehung der Welt, Kopfgeburten und Sizilien

Eine Sage aus der Mythologie

Steil schlängelte sich die schmale Landstraße den Berg empor. Niedrige Steinmauern, dahinter dicht gedrängt Bäume mit Zitrusfrüchten und Feigen, Hibiskus, Pistazien- und Olivenbäume, säumten den Weg und dazwischen blühten üppig verschiedene Wildblumen. Weiter entlegen von der Straße wurde die Vegetation dichter und Pinien, Eichen, Buchen und Kiefern bildeten dichte Wälder.

Rosario sehnte den Sommer herbei, dann kamen wieder die Touristen und ihr verschlafenes kleines Dorf erwachte wieder zu Leben. Der Frühling war für ihn immer eine Durststrecke, denn nur langsam lief das Geschäft an und von den wenigen Verkäufen konnten sie noch nicht gut leben.

Traurig saß er am Randstein und blickte die leere Straße entlang. Er hatte keine Lust, mit den anderen Kindern zu spielen, er wollte etwas erleben, ein richtiges Abenteuer. Gedankenverloren betrachtete er das dicke, schon stark abgegriffene Buch in seinen Händen und dachte daran, wie es wohl wäre, ein Held zu sein wie in diesen Geschichten. Die unaussprechlichen Namen der Götter faszinierten ihn, die Schönheit der Frauen und die mutigen Taten der Halbgötter.

„Wäre ich ein Held, ich würde meine Stadt vor den fürchterlichen Ausbrüchen des Ätna beschützen", murmelte Rosario und korrigierte sich dann selbst. „Aber wäre ich ein Gott, würde ich alles Geschehene rückgängig machen, alle besänftigen und ein friedliches Miteinander fördern."

In der Ferne erschien eine Gestalt. Sie schritt gemütlich die Straße entlang, hielt immer wieder kurz inne und kam dann auf Rosario zu. Es war ein Mann, der aufgrund seiner buschigen Augenbrauen und den langen weißen Haaren greisenhaft wirkte, doch er war von kräftiger, durchtrainierter Statur. Dennoch hatte Rosario das Gefühl, dass der Unbekannte hier nicht hergehörte. Vorsichtig trat er einige Schritte zurück und betrachtete ihn verstohlen. „Komm her Junge", sagte der Mann freundlich und ließ sich auf der Kante des Gehsteigs nieder, „setz dich zu mir und leiste mir Gesellschaft. Zu lange habe ich schon mit keinem Menschen mehr gesprochen."

Langsam kam der Bub näher, setzte sich aber mit einigem Abstand daneben.

„Weißt du, wie es früher hier ausgesehen hat?", fragte der Fremde, ohne den Blick vom endlosen Meer zu lösen. Er inhalierte die salzige Luft und sein Blick wurde verklärt. „Alles war flach, es war so langweilig, keine Hügel oder Berge, am Anfang war nur das Chaos, ein schwarzes Nichts ohne Beginn und Anfang."

Rosario rückte etwas ab und überlegte, ob er gehen sollte, denn der Alte machte ihm ein wenig Angst. Was meinte er damit, dass es keine Berge gab, die waren doch schon immer hier, seit er denken konnte.

„Du musst wissen, Gaia erhob sich aus diesem Nichts und erschuf aus sich den Himmel", fuhr der Mann fort, schirmte seine Augen gegen die Sonne ab und betrachtete den blauen Horizont.

Rosario schüttelte verständnislos den Kopf.

„Du weißt nicht, wer Gaia war?"

Rosario schüttelte abermals den Kopf.

„Die Erde, der Anfang, auf ihr entstand alles Leben." Der Fremde machte eine ausladende Handbewegung und zeigte aufs Meer. „Dort, wo der Ozean endet und der Himmel beginnt, dort war Gaia mit ihrem Liebsten, dem Himmel, verbunden. Aber Uranos war auch ihr Sohn, ach, eine komplizierte Sache, weißt du."

Freundlich sah der Mann zu Rosario und fuhr fort. „Gaia liebte Uranos sehr und unter dessen Umarmungen bildeten sich Hügel und Berge und sie erschufen auch Eros, den Geist der zeugenden Liebe."

„Der spinnt", dachte Rosario, blieb aber dennoch sitzen, da ihn die Geschichte sehr interessierte. „Wie ging es dann weiter?", hakte er nach.

„Aus den Hügeln stiegen die Titanen empor, Riesen in Menschengestalt, die fortan die Erde besiedelten. Hundertarmige Riesen und Zyklopen, abscheulich aussehende Riesen mit nur einem Auge in der Mitte der Stirn, streiften ebenfalls umher."

„Zyklopen kenne ich. Man sagt, sie würden Menschen fressen."

„Du kennst sie? Hast du sie in der Gegend gesehen? Ich suche Polyphem."

„Niemand hat ihn gesehen", entgegnete Rosario.

Nachdenklich rieb sich der Fremde das Kinn. „So, so, du meinst *Niemand* kann mir bei der Suche helfen?"

Der Junge verstand nicht, was der Unbekannte wollte. Er wusste nicht, dass der Fremde über die damalige List von Odysseus wusste, der sich als *Niemand* ausgegeben hatte und damit den Zyklopen Polyphem, seinen Neffen und somit Sohn seines Bruders Poseidon, besiegte.

Gedankenverloren starrte der Mann wieder auf das Meer und erzählte dann, dass Poseidon ein guter, aber manchmal zu emotionaler Herrscher gewesen war. Er ließ sich von seinen Gefühlen zu sehr lenken, was er wohl von seinem Vater Kronos geerbt hatte.

Rosario war fasziniert von dem Wissen des Alten und lauschte andächtig seiner Erzählung. Er kannte sehr wohl die Legenden über Poseidon, der so ungestüm und unberechenbar wie das Meer war und mit seinem Dreizack Stürme, Seebeben und Überschwemmungen entstehen lassen konnte. Woher der Fremde aber den Gott des Meeres kannte, überlegte er und meinte dann, dass sie sich wohl in einer Hafenkneipe getroffen haben könnten.

Er erfuhr, dass viele Titanen, die zwar Geschwister waren, aber keinen Graus vor Inzest hatten, eine Vielzahl von Kindern zeugten. Der Unbekannte nannte Okeanos und seine Schwester Tethys, die gemeinsam die Ozeane beherrschten und Flussgötter, Meeres- und Quellnymphen hervorbrachten.

Als er von der Nymphe Metis erzählte, wurde er ganz schwermütig und Sehnsucht lag in seinem Blick. „Metis war schlau und sie war eine Formwandlerin. Sie konnte alles werden, egal ob Pflanze oder Tier, aber sie hatte nicht mit der Weisheit und List ihres Geliebten gerechnet." Die Mimik des Alten versteinerte, verbittert und verächtlich waren seine Worte, als er von der Geburt der gemeinsamen Tochter Athene erzählte, die, wäre sie ein Junge geworden, laut Weissagung des Orakels seinem Vater gefährlich geworden wäre. So aber, als Tochter, verursachte sie ihm zwar Kopfschmerzen, war aber keine Gefahr.

Rosario saß nur daneben mit offenem Mund und hörte ganz genau zu. „Mein Vater sagt auch immer, dass ihm meine Schwestern starke Kopfschmerzen bereiten", erzählte Rosario eifrig.

„Wirklich?" Der Fremde riss überrascht die Augen auf. „Waren sie auch Kopfgeburten?"

„Meinst du damit, dass sie immer irgendwelche ausgedachten Geschichten erzählen, die es in Wirklichkeit nicht gibt?"

„Hm, nennt ihr das heute also so?", grübelte der Alte. „Zu meiner Zeit entsprang meine Tochter tatsächlich aus meinem Kopf, Hephaistos spaltete mir den Schädel und …"

Rosario wirkte schockiert, erschrocken starrte er den Mann an. Wer war er und warum war er hier?

„Vergiss, was ich gesagt habe." Der Alte richtete den Blick nun auf den Berg hinter sich. „Weißt du, was das für ein Berg ist?"

„Natürlich, jeder weiß das, das ist der Ätna. Er ist ein Vulkan."

Seufzend richtete sich der Fremde auf. „Das ist gut, dann bin ich zum Glück bald am Ziel. Seit meinem letzten Besuch hat sich hier einiges verändert."

„Möchten Sie hinauf zum Krater? Ich kann Sie führen, ich kenne mich hier gut aus."

Lächeln tätschelte der Alte dem Jungen die Schulter. „Bleib lieber hier, oben kann es gefährlich werden."

„Aber der Berg ruht, es gab schon lange keinen Ausbruch mehr."

„Das kann sich schnell ändern. Wenn Hephaistos wütend wird, bleibt nicht viel Zeit, um sich in Sicherheit zu bringen. Schuld daran ist Aphrodite. Er bekam sie als Belohnung zur Frau, doch keiner konnte ahnen, dass sie mit ihrer untreuen Art ihn dermaßen erzürnt, dass er sein Feuer und seine Schmiede nicht mehr unter Kontrolle hatte und so alles zum Brodeln und Ausbruch bringt."

„Sie meinen den Gott des Feuers?"

Nickend stimmte ihm der Mann zu und begann zu erzählen, dass die Beziehung zwischen Vater und Sohn schwierig war, jedoch noch angespannter sei die zwischen Mutter und Sohn gewesen. Hera, die Göttermutter, hatte Hephaistos als Baby verstoßen und vom Olymp geschleudert, da er nicht ihren Vorstellungen entsprach.

„Heute würde man vermutlich sagen, er war ein Schreibaby", ergänzte der Alte und senkte betroffen den Blick zu Boden, „Hera hat ihn aus sich selbst geboren und war mit ihrem Werk unzufrieden." Er erklärte, dass Hera eine bösartige Frau war, von Eifersucht zerfressen und ständig auf Rache aus, wenn es um ihren Ehemann ging, der es mit der Treue nicht so genau nahm. „Welch Ironie, dass gerade sie die Schutzgöttin der Ehe und natürlich der ehelichen Treue, aber auch der Familie und der Geburt war", kicherte der Alte und wirkte nicht mehr greisenhaft, sondern ganz jugendlich. „Weißt du, wir haben wirklich viel gestritten."

Rosario hob beschwichtigend die Hände. „Das ist ganz normal, das kommt in vielen Familien vor. Auch bei uns."

Zustimmend nickte der Mann. „Weißt du, streiten konnten wir, dann ging es richtig rund. Athene zum Beispiel hatte pausenlos Streit mit ihrem Onkel Poseidon und als dieser mit seiner Geliebten Medusa ihren Tempel entweihte, verfluchte sie sie."

„Aber Medusa war doch hässlich und jeder erstarrte zu Stein, wenn er ihr in die Augen blickte. Das weiß doch jeder!", rief Rosario ganz aufgeregt und der Fremde besänftigte ihn wieder.

„Damals war Medusa eine wunderschöne Frau, die eine Priesterin in Athenes Tempel war. Sie war eine der drei Gorgonen Schwestern, die ihm Atlasgebirge lebten, das ist ungefähr das heutige Marokko. Poseidon war ihr sofort verfallen, als er sie das erste Mal sah."

Rosario verstand noch immer nichts.

„Athene war so erbost über die Schandtat ihres Onkels, dass sie Medusa in ein schreckliches Wesen mit Schlangenhaaren verwandelte und jeder wurde bei ihrem grausigen Anblick zu Stein verwandelt. Du kannst dir vorstellen, dass Poseidon nicht gerade glücklich darüber war." Pflichtbewusst stimmt der Junge zu.

„Nicht unbedingt dem Frieden förderlich war ein weiterer Wettstreit zwischen Poseidon und Athene, welchen sie gewann. Zur Belohnung wurde ihr die Stadt Athen zugesprochen, welcher sie auch ihren Namen gab." Gedankenversunken strich sich der Fremde durch das graue Haar. „Athene war eine kluge Frau, leider aber zu stolz und schnell gekränkt. Sie hat mir viel Kummer bereitet, etwa als sie Pallas, die Tochter ihres Ziehvaters Triton, in einem Streit erschlug und zur Wiedergutmachung ihren Namen annahm. Fortan hieß sie Pallas Athene."

Der Junge verstand nun einige Geschichten besser in seinem Buch, welches er immer noch fest an sich gedrückt umklammerte.

„Oder als sie die Weberin Arachne als Strafe, da sie sie in einem Weber-Wettstreit besiegte, in eine Webspinne verwandelte. Sie war eben leider sehr schnell in ihrer Ehre gekränkt und furchtbar nachtragend." Der Alte seufzte und schüttelte nachdenklich den Kopf. „Aber sie war nicht immer so. Als sie dem Titan Prometheus bei der Erschaffung des Menschen half, setzte sie die Seele in Gestalt eines Schmetterlings ein und gab all ihre guten Eigenschaften und ihr Wissen und ihre Weisheit hinsichtlich Strategie, Kampf, die Kunst des Handwerks und der Handarbeit weiter."

Dem Jungen schwirrte der Kopf. So viele Geschichten hatte er nun schon über seine Helden und Götter gelesen, doch noch nie das große Ganze vollinhaltlich erfassen können. So viele neue Namen kamen hinzu, von denen er noch nie gehört hatte. „Wer war Prometheus?", erkundigte er sich interessiert, nicht sicher, ob er noch mehr Informationen verarbeiten konnte.

„Dieser Schuft", entfuhr es dem Fremden, „genau genommen war er mein Cousin, ein Sohn meines Onkels Iapetos und seiner Schwester und zugleich Frau Klymene."

Der Alte erzählte von Prometheus und seinen Geschwistern: Atlas, der stets trotzig war, dem gewalttätigen und geltungsbedürftigen Menoitios und dem törichten und naiven Epimetheus, der immer zuerst handelte und dann erst nachdachte. „Von den vier Brüdern war er mir der liebste und wir kämpften Seite an Seite gegen die Titanen."

Rosario war verwirrt, wer war der Mann und warum er das alles wusste. „Warum wissen Sie das alles?", platze es aus dem Jungen heraus.

„Du hast doch schon von Zeus gehört, oder?", forschte der Alte nach und sah Rosario eindringlich an.

Anstrengt überlegte der Junge, ob ihm eine gute Anekdote dazu einfiel, schließlich nickte er, schlug sein Buch auf und las vor: „Zeus war der Göttervater, der am Olymp wohnte. Ihm wurde nachgesagt, dass er ein wohlwollender und fürsorglicher Gott war, doch aufgrund seiner Bestimmung, welches die Bestrafung und Eindämmung des Bösen war, ebenfalls die schlechten Eigenschaften annahm und machthungrig, selbstsüchtig und verräterisch wurde."

Der Alte zog verächtlich seine buschigen Augenbrauen hoch und man sah ihm an, dass er dem nicht zustimmen konnte.

„Wirke ich denn so auf dich? Böse und hinterlistig?"

Rosario verneinte.

„Ihr Menschen seid mir ein eigenartiges Volk. Da gibt man Prometheus einmal eine Aufgabe, nämlich die, euch zu erschaffen, und dann lässt er sich von seinem dümmlichen Bruder Epimetheus reinpfuschen." Verärgert legte sich die Stirn des Mannes in tiefe Falten. „Dieser Menschenfreund war immer schon stur, wenn es darum ging auf andere zu hören. Aber er erhielt seine gerechte Strafe, als er glaubte, er können die Götter überlisten."

„Was ist passiert mit ihm?" erkundigte sich Rosario besorgt.

„Prometheus war ein Menschenfreund und schon immer mehr ihnen zugetan als den Göttern. Hinterlistig, wie er war, überlistete er den Olymp bei der Darbringung von Opfergaben und fortan erhielten die Götter nur die Knochen und die Fettränder, während die Menschen das gute Fleisch behielten. Dafür wurde den Menschen das Feuer verwehrt und sie konnten das Fleisch nicht genießen." Zufrieden verschränkte der Alte die Arme vor der Brust, nur um im nächsten Moment aufbrausend die Faust in die flache Hand zu schlagen.

„Doch er schlich in den Olymp und stahl das Feuer und schenkte es den Menschen. Innerhalb kürzester Zeit hatte er die Götter zweimal überlistet und ins Lächerliche gezogen. Hephaistos wurde mit der Erschaffung von unzerstörbaren Ketten beauftragt, mit welchen Prometheus zur Strafe angekettet wurde. Und da die Götter viel Wert auf gute Unterhaltung legten und im Grunde genommen alle ein wenig nachtragend waren, schickten sie jeden Tag einen Adler, der von seiner nachwachsenden Leber fraß."

„Wie fürchterlich", entfuhr es Rosario, „das war ein qualvoller Tod."

„Nein, das war es nicht, denn als Gott war er unsterblich." Hämisch grinsend und belustigt schlug er sich auf die Schenkel.

„Doch auch ihr Menschen bekamt eure gerechte Strafe. Hephaistos erschuf eine wunderschöne Jungfrau und jeder der zwölf Götter im Olymp stattete sie mit besonderen Gaben aus. Zur Draufgabe erhielt sie eine Büchse, welche niemals geöffnet werden durfte. Und hier kam der törichte und naive Epimetheus ins Spiel, der schließlich das Verderben über euch brachte. Er war der Jungfrau, wir nannten sie Pandora, sofort verfallen und öffnete diese Büchse. Alles Übel, Krankheit und Tod überschwemmten die bisher von Unheil verschonte Welt."

Entsetzt weiteten sich Rosarios Augen.

„Wer sind Sie?", hakte Rosario nochmals nach.

„Erkennst du mich nicht?", erwiderte der Alte, nahm dem Jungen das Buch aus der Hand und schlug eine Abbildung der Götter am Olymp auf.

Lange besah sich Rosario das Bild und konnte, ja, wollte nicht glauben, dass ihm der Göttervater Zeus gegenübersaß.

„Die Griechen nannten mich Zeus, die Römer, diese Nachmacher, die einfach zu wenig Fantasie für eigene Geschichten hatten, machten aus mir Jupiter, aber ihm Grunde bin ich der Beginn der Menschheit und nur durch mein Wohlwollen dürft ihr hier noch auf der Welt verweilen."

Entgeistert sah ihn der Junge an und wusste nichts zu erwidern.

Der Alte erhob sich lächeln und blickte auf den Ätna. „Die Geschichte vom Riesen Typhon erzähl ich dir ein anderes Mal. Sollte wieder einmal die Erde erzittern, dann fürchte dich nicht, es ist nur Typhon, welchen ich vor ewiger Zeit unter dem Ätna eingeschlossen habe, als Strafe, weil er uns alle mit seinem fürchterlichen Geschrei so erschreckt hat."

Rosario saß wie versteinert da und wagte sich nicht zu rühren. Gemächlich ging Zeus die Landstraße Richtung Krater entlang und verschwand bald aus Rosarios Sichtfeld.

Sein Buch hielt er fest umschlungen, als er aufsprang und nach Hause lief. „Mama, Papa, ich habe gerade Zeus getroffen", erzählte er aufgeregt und wurde sofort von seinen Geschwistern verspottet und verlacht.

„Welch dämliche Kopfgeburt trägst du denn nun wieder vor? Nur Spinnereien hat der Junge im Kopf", murrte sein Vater verächtlich und verließ verärgert das Zimmer.

Sabine Syrch-Müller, geboren 1982 in Wien, aufgewachsen in Niederösterreich, studierte Umwelt- und Sicherheitsmanagement. Sie schreibt neben Ihrem Beruf leidenschaftlich gerne Kurzgeschichten. Seither mehrere Veröffentlichungen in Fachzeitschriften und Anthologien. Ihr erster Roman „Mini-Me auf Kreuzfahrt: Hamburger, Einhörner und Caipirinka." erschien im November 2021. Derzeit arbeitet sie an einer Fortsetzung von „Mini-Me auf Kreuzfahrt". Mitglied im Verband Österreichischer Textautoren. Weitere Informationen zur Autorin und ihren Projekten unter www.facebook.com/S.M.Syrch.

Die Blüemlisalp

Eine Sage aus dem Berner Oberland

Es liegt in der Natur der Dinge, dass es im Herzen der Schweiz gelegenen Berner Oberland hohe Berge gibt. Prominente wie das Dreigestirn Eiger, Mönch und Jungfrau. In dieser Geschichte geht es aber nicht um berühmte, sondern um sagenhafte Berge: die Blüemlisalp, den Niesen und den Harder, bei denen sich vor langer Zeit – richtig – Sagenhaftes abgespielt haben soll.

Über 3600 Meter ragt der Gipfel der Blüemlisalp in den Himmel. Wenn die Sonne scheint, glitzern Schnee und Eis wie Diamanten einer Krone. Es gab aber eine Zeit, da sah die Blüemlisalp ganz anders aus. Vermutlich auch in der Form, aber ganz sicher in der Beschaffenheit. Von unten im Tal bis hoch zum Gipfel war sie mit fruchtbarer Erde bedeckt. Gras und andere Pflanzen sprossen, dass es eine wahre Pracht und Freude war. Die Blüemlisalp stand im Ruf, die weit herum fruchtbarste Alp zu sein. Entsprechend gut ging es dem Sennen, der sie bewirtschaftete. Er mochte sich des Reichtums, zu dem er dadurch kam, kaum zu erwehren. Ein Beispiel soll die paradiesischen Zustände zeigen. Seine schwarze Lieblingskuh musste jeden Tag drei Mal gemolken werden. Aus der Mich konnte Rahm, Butter und Käse in Hülle und Fülle hergestellt werden.

Aber wie so oft, Reichtum verdirbt den Charakter. So war es auch dem Sennen ergangen. Als neureicher Schnösel hatte er einerseits den Reichtum verschwendet. Damit sich seine Geliebte beim Gehen nirgend stieß, ließ er eine Treppe aus Käselaiben bauen. Mit Butter musste der Maurer diese zusammenfügen. Und täglich musste der Knecht des Sennen die Treppe mit süssem Rahm reinigen.

Anderseits wurde er hartherzig. Als seine arme Mutter um etwas zu essen bat, rührte er einen Brei aus Sand und sauer gewordener Milch zusammen.

Diese Schandtat wurde ihm aber zum Verhängnis. Die Mutter ging hungrig nach Hause und verfluchte ihren Sohn. Mit unsäglichen Folgen. Kaum war der Fluch ausgesprochen, verfinsterte sich der Himmel. Stürme fegten über die Blüemlisalp. Donner rollten, Blitze zuckten und die Abgründe der Erde taten sich auf und Felsen brachen hervor. Am nächsten Tag zeigten sich die Spuren der Verwüstung. Die fruchtbare Blüemlisalp war für alle Zeiten unter dem ewigen Eis des Blüemlisalpgletschers begraben.

Bei Vollmond hört man noch heute das Klagen der verlorenen Seelen des Sennen und seiner Geliebten. Sie zu erlösen, ist bis heute niemandem gelungen. Dazu müsste jemand die ebenfalls herumgeisternde Lieblingskuh des Sennen einfangen und melken.

Der Klimawandel zeigt, dass auch das Eis des Blüemlisalpgletschers nicht von ewiger Dauer ist. Ob das am Schicksal der Protagonisten etwas zu ändern vermag und die vorherige Blüemlisalp wieder aufersteht, darüber wagt niemand eine Prognose zu machen.

Hans Peter Flückiger, *geboren 1952, aus Solothurn (Schweiz). Erst Heimleiter/Spitalverwaltungsfachmann. Später freischaffender Journalist. Erst literarische Texte 2016.*

Die Goldkammer

Eine Sage aus dem Berner Oberland

Nicht weit entfernt von der Blüemlisalp steht der Niesen pyramiden-förmig am Ufer des Thunersees. Es war eines der am besten gehüte-ten Geheimnisse, dass es in diesem Berg eine große, mit Gold gefüllte Kammer gibt. Weil sich einer der wenigen Mitwisser einst verplapper-te, wurde es bekannt. Eine weise Macht sorgt dafür, dass die Kammer bis heute unentdeckt blieb.

Die Geschichte nimmt ihren Anfang mit drei Männern. Diese wa-ren, es ist schon Jahrhunderte her, in der Gegend des Niesens geboren worden und aufgewachsen. Als junge Männer wurde es ihnen im Ber-ner Oberland zu eng und sie beschlossen, auszuwandern.

Lange lebten sie als Expads in der Ferne und waren darob zufrieden und glücklich. Sie vergaßen sogar, woher sie eigentlich kamen. Mit der Zeit erwachte aber die Sehnsucht, wieder in die Heimat zurückzukehren. Aber wo war diese nun?

Sie begannen, sich zu erkundigen, ob jemand wisse, wo sie herkommen würden. Einer der vielen Angesprochenen wusste es zwar auch nicht. Aber er kannte jemanden, der es vielleicht wissen könnte. Und so war es.

Ein freundlicher Greis empfing die drei und sagte: „Ha, natürlich weiß ich, wo eure Heimat ist. Ich erinnere mich noch gut, als ihr voller Tatendrang von dort hierhergekommen seid." Er sprach ihnen Mut zu. Sie sollten immer dem Sonnenaufgang entgegenmarschieren und sich als Lotsen auf ihre Herzen verlassen. Diese würden ihnen sagen, wenn sie in der Heimat angekommen seien. Sie sollten sich auch nicht Sorgen machen, wovon sie dort leben könnten. Dafür sei gesorgt. Mitten in der Heimat stehe eine große Tanne. An dieser baumle an einem dürren Ast ein Schlüssel. Mit diesem lasse sich an einem noch geheimen Ort eine Goldkammer öffnen. In dieser dürften sie sich bis an das gute Ende ihrer Tage bedienen.

Unter zwei Bedingungen, schärfte er ihnen ein: „Nehmt einmal täglich so viel, dass es für ein redliches, bescheidenes Leben reicht." Und wenn sie dann wüssten, wo die Kammer verborgen ist, müsste das ihr bestgehütetes Geheimnis bleiben."

Bald machte sich das Trio auf den Weg und erreichten frohgemut seine Heimat. „Ja, das ist unsere Heimat", freuten sie sich, als ihre Herzen sie am Fuße des Niesens aufforderte, anzuhalten. Schon bald fanden sie auch die Tanne. Ja, und an einem dürren Ast hing etwas Silbernes. Der Schlüssel. Sie behändigten diesen und schauten sich um.

„Wo müssen wir jetzt hin?", fragten sie sich.

Da kam eine Meise geflogen und zeigte ihnen den Weg zum Niesen, in dessen Grundfesten sich die Goldkammer befand.

Die drei freuten sich des Lebens und hielten sich an die beiden Regeln. Aber wie das Sprichwort sagt. Es gibt keine größere Plage als eine Reihe guter Tage. Ein trügerischer Gedanke setzte sich in den Köpfen von zweien fest.

„Was macht es aus, nur ein einziges Mal zweimal in die Kammer zu gehen und etwas mehr zu nehmen, als wir nötig haben – wen schert das schon?"

Es dauerte nicht lange und der Gedanke wurde zur Tat. Der zweite Besuch in der Kammer hatte fatale Folgen. Sie kamen zu Tode dabei. Der dritte tat sich schwer mit dem Tode seiner Freunde und saß nur noch im Wirtshaus und trank mehr, als ihm zuträglich war. Da war es für einen Saufkumpan ein Leichtes, ihm das Geheimnis der Goldkammer im Niesen zu entlocken. Als sie gemeinsam zur Tanne aufbrechen wollten, um den Schlüssel zu holen, fiel dem Plauderer nicht mehr ein, wo sie stand. So erlebte er ein doppeltes Schicksal. Überall wurde er als Angeber verspottet, der nicht zu seinem Worte stand. Und er erinnerte sich nie mehr daran, wo die Tanne und die Kammer waren. Um ein Auskommen zu haben, musste er sich bis ans Lebensende für einen Hungerlohn bei einem Mann verdingen, der am Niesen drei Mühlen betrieb und steile Äcker bestellte. Dass es diesen gegeben hat, bezeugen die Mühlsteine, die noch heute am Niesen zu finden sind.

Bis heute wird darüber gesprochen, dass es im Niesen eine Goldkammer geben muss, und gerätselt, wo sie sein könnte. Aber niemand hat die Tanne mit dem Schlüssel bisher gefunden. Und die Meise ist davongeflogen.

Hans Peter Flückiger, geboren 1952, aus Solothurn (Schweiz). Erst Heimleiter/Spitalverwaltungsfachmann. Später freischaffender Journalist. Erst literarische Texte 2016. Diverse Publikationen in Anthologien und für Blogs. www.geschichten-gegen-langeweile.com.

Das Hardermannli

Eine Sage aus dem Berner Oberland

Am östlichen Ende des Thunersees steht der letztgenannte des Berg-trios. Der Harder. Im Vergleich zu den beiden anderen ein bescheide-neres Exemplar. Eigentlich ein bewaldeter Hügel mit einem Restaurant drauf, zu dem die Gäste mit einer Standseilbahn transportiert werden. In einer Beziehung ist der bescheidene Harder aber einmalig. Aus der Mitte des Harderwaldes guckt ein steinernes Gesicht ins Tal. Mund, Schnurrbart, Nase und Augen sind klar zu erkennen. Das Harder-mannli. Wie dieses dorthin gekommen ist, darüber werden seit Jahr-hunderten Geschichten kolportiert.

Zwei haben mit dem Kloster Interlaken zu tun. Eine einst einfluss-reiche und wohlhabend gewordene Institution. Je reicher das Kloster wurde, desto erbärmlich soll es um die Moral der Mönche bestellt gewesen sein. Ein ganz übler Geselle soll Abt Leonhardus, der kurz

von allen Harder genannt wurde, gewesen sei. Dieser soll sich in eine Fischertochter verguckt haben. Er ließ keine Chance entgehen, dem Mädchen den Hof zu machen.

Als dies nichts fruchtete, stellte er ihr in bösartiger Weise nach. In der Folge wurde die Fischerstochter schwanger. Ein Trauma, ein Drama! Das Mädchen wusste keinen anderen Ausweg, als sich zu vergiften. Kurz vor dem Tod sagte es dem Vater den Grund für ihr Tun. Ein großer Zorn erfasste ihn. Er ergriff eine Axt, ging zum Abt Harder und spaltete ihm den Schädel. Als dieser barst, ließen Blitz und Donner den Berg Harder erzittern. Als sich der Sturm gelegt hatte, erkannten die Menschen als Mahnmal gegen Gewalt das Gesicht des Abtes in der Felswand des Harderwaldes.

Nach einer zweiten Version war ein Mönch aus dem Kloster Interlaken im Harderwald unterwegs. Aus welchem Grund auch immer, jedenfalls nicht, um zu beten. Denn als er ein älteres Mädchen beim Holzsammeln sah, näherte er sich ihm mit unredlichen Absichten. Das Mädchen riss sich von ihm los und floh. Er sprengte auf dem Waldweg hinter dem Mädchen her. In seiner Verzweiflung sprang es in einen tiefen Abgrund und kam dabei zu Tode. Zur Strafe verwandelte Gott als allmächtiger Richter den Mönch in das Abbild an der Felsenwand.

Nach einer anderen Version soll das Gesicht am Harder schon zur Zeit des Klosters dort zu sehen gewesen sein. Jahrtausende früher sei es dorthin gekommen. Zu einer Zeit, als es noch Riesen und Zwerge gab.

Auf dem Harder soll ein übler Kerl die dort wohnenden Wichtel arg drangsaliert und geplagt haben. Deren Leiden soll unermesslich geworden sein, dass die sonst friedliebenden, kleinen Waldbewohner entschieden, sich zur Wehr zu setzen. Sie vermischten den Wein des Riesen mit einem Zaubertrank. Der ließ ihn in Ohnmacht fallen. Als der Riese regungslos am Boden lag, sägten die Waldwesen dem Riesen den Kopf ab und hängten ihn an die Felswand im Harderwald. Nicht als Zeichen des Triumphs, sondern zur Erinnerung, dass sich Kleine wehren dürfen, wenn sie von Großen bedrängt werden.

Zu recht, wie die Weltlage auch 2022 noch zeigt.

Hans Peter Flückiger, geboren 1952, aus Solothurn (Schweiz). Erst Heimleiter/Spitalverwaltungsfachmann. Später freischaffender Journalist. Erst literarische Texte 2016. Diverse Publikationen in Anthologien und für Blogs. www.geschichten-gegen-langeweile.com.

Der Schusterjungengeneral

Eine Sage aus Bernau

Der 16-jährige Joseph war der einzige Junge einer armen Familie aus Bernau. Seine Mutter, eine Wäscherin, und sein Vater, ein Stallknecht, schickten ihn nach Berlin in die Lehre eines Schuhmachers. Dort mussten die Lehrlinge nicht nur Werkstattarbeiten verrichten, sondern auch der strengen Meisterin in der Küche zur Hand gehen

Nun hatte sich eines Tages Besuch angemeldet. Also rief die Meisterin Joseph zu sich, gab ihm zwei Silbertaler, einen großen Zinnkrug und schickte ihn aus, um Bernauer Bier zu holen.

Leider kannte sich Joseph mit den Gewohnheiten der Berliner Bierschenken nicht aus und so kam es, dass der Junge nach Bernau lief. Als Joseph nach Stunden nicht zurück war, wurde die Meisterin ungeduldig und schickte deshalb einen anderen Lehrjungen nach Bier für die Gäste. Der Meister schimpfte Joseph einen Nichtsnutz und die Meisterin jammerte so laut, dass die ganze Nachbarschaft es hörte. „Mein schöner Krug. Er war ein teures Stück meiner Aussteuer. Wenn das meine Mutter wüsste. Dieser verflixte Dieb!"

Joseph, in Bernau angekommen, nutzte die Gelegenheit und besuchte seine Eltern, die er schon mehrere Wochen nicht gesehen hatte. Sein Vater schalt ihn einen dummen Jungen, dass er, anstatt das Bier im Berliner Ratskeller zu holen, den weiten Weg nach Bernau auf sich nahm.

Am nächsten Morgen brachte der Vater Joseph ein Stück des Weges und half ihm, den Krug zu tragen.

Als der Vater umkehrte und Joseph allein weitermusste, begegnete er einem anderen Schusterlehrjungen. „Wo kommst du denn jetzt her?", fragte dieser.

„Vom Bier holen aus Bernau", antwortete Joseph.

„Sie werden dich mit dem Knieriemen empfangen. Aus dem Ratskeller in Berlin solltest du das Bier holen. Und weil du nicht wiederkamst, dachte der Meister, du wärst mit dem Geld und dem Krug durchgebrannt. Wie die Meisterin schimpfte, kannst du dir wohl denken."

„Nur weil ich mich nicht auskannte, will man mich jetzt auch noch bestrafen. Das fehlte noch. Erst plage ich mich mit dem schweren Krug nach Bernau und zurück und dann bekomme ich noch Schläge. Ich werde nicht zu meinem Meister zurückgehen, aber nach Hause gehen kann ich auch nicht." So beschloss Joseph, dass er sein Glück anderswo versuchen wolle. Also machte er sich auf den Weg in die weite Welt.

Den Krug versteckte er unter einer Linde, die am Wegrand stand. Er grub mit seinen Händen ein Loch, stellte den Krug hinein und bedeckte ihn mit Erde und Steinen, damit kein Tier sich daran zu schaffen konnte.

Joseph wanderte weiter. Es war Heuernte, sodass er immer ein Nachtlager im Freien fand. Wenn er hungrig war, klopfte er bescheiden an eine Tür. Die Leute hatten Mitleid mit ihm und immer ein Stück Brot übrig und manchmal sogar ein Stück Speck dazu. Nach sechs Tagen Wanderschaft kam er in Böhmen an. Dort kreuzte eine Reitergruppe seinen Weg, dessen Offiziere Joseph nach dem Weg fragten.

„Hey, du da, Junge, sag uns den Weg nach Prag", forderte einer der Offiziere Joseph auf.

„Es tut mir leid, ich kann euch nicht helfen, denn ich komme nicht aus dieser Gegend. Aber ich kann etwas anderes für euch tun. Wenn ihr mich mitnehmt, so könnte ich eure Pferde versorgen. Ich bin ein fleißiger Schusterlehrling aus Berlin, doch aus Angst vor Schlägen kann ich nicht dorthin zurück."

Die Männer überlegten nicht lange, nickten sich zu und ließen Joseph auf einem der zusätzlichen Pferde aufsitzen.

Bald wurde aus dem fleißigen Pferdejungen ein Reiter bei den Kaiserlichen. Er zeichnete sich aus und wurde Wachtmeister, Rittmeister und schließlich General in der Armee des Kaisers von Wien.

Als Wallenstein, ein großer Feldherr im Dreißigjährigen Krieg von Bernau nach Berlin ritt, war auch Joseph, der Schusterjungengeneral, wie er hinter seinem Rücken genannt wurde, in seinem Gefolge. Da erinnerte sich Joseph an den Krug, seinen Meister und die Meisterin.

Sein Quartier bezog er im Gasthaus *Zum schwarzen Bären*. Er schickte seine Leute aus, um zu erkunden, ob der Schuhmachermeister und seine Frau noch am Leben waren. Als diese zurückkamen und ihm berichteten, dass es die Werkstatt noch gab, machte sich der General auf den Weg zu ihnen. Er fand die Straße und das Haus und so trat ein. „Ich möchte ein Paar Stiefel, aber vom Besten, was es gibt", sagte Joseph zu dem alten Meister.

Als der Meister beim Maßnehmen war, fragte der General ihn: „Sagt, habt ihr nicht vor zwanzig Jahren einen Lehrjungen namens Joseph aus Bernau gehabt?"

Dem Meister fiel es schwer, sich zu besinnen, doch die Meisterin, die auf der Ofenbank saß und ihm zusah, erinnerte sich sofort. „Ja, Herr General, so lange ist es bestimmt schon her. Ein Dieb war er und wer weiß, an welchem Galgen der hängt. Ich hatte ihn nach Bier geschickt und der Junge ist mit meinem besten Krug und dem Geld auf und davon."

Da konnte sich Joseph nicht zurückhalten. „Dieser Lehrjunge aus Bernau, der bin ich."

Die Meisterin war starr vor Schreck und dem Meister fiel das Maß aus der Hand. Der General erzählte den beiden, wie es damals war. Dass er Angst hatte, bestraft zu werden und deshalb nicht zurückkam. Sie erkannten Joseph zwar, konnten jedoch seiner Geschichte nicht ganz Glauben schenken. Um den Beweis der Wahrheit zu erbringen, bot der General ihnen an, den Krug, der sich noch an Ort und Stelle befinden müsste, zu holen. Der Meister und die halbe Nachbarschaft zogen durch das Georgentor der Stadt Berlin gen Norden. Am Weg standen noch die Weiden und die Linde, deren Äste sich inzwischen über dem Steinhaufen ausgebreitet hatten. Die Männer räumten die Steine und die Erde zur Seite. Da kam der Krug zum Vorschein, er war also noch da. Die Meisterin freute sich, dass sie einen Teil ihrer Aussteuer zurückbekam. Als sie voller Erwartung den Deckel aufklappten, stellte der General fest, dass sogar noch Bier im Krug war. Nachdem er einen Schluck probiert hatte, musste er feststellen, dass es über alle Maßen gut schmeckte. Er reichte den Krug herum und alle tranken davon. Sogar die anderen Männer waren der Überzeugung, dass es viel besser schmeckte als irgendein Bier auf der Welt – das Bier aus Bernau.

Heike Krause wurde 1962 im schönen Thüringen geboren. Heute lebt sie mit ihrer Familie in Bernau bei Berlin. Als Finanzbuchhalterin hat sie sich den Zahlen verschrieben. Doch auch die Buchstaben kommen zu ihrem Recht. Seit 2008 schreibt sie Kurzgeschichten. Neben Schreiben und Lesen zählen Stricken, Malen und Puzzlen zu ihren Hobbys.

Der magische Kirschbaum

Eine Sage aus Japan

Es war einmal ein Kirschbaum: gerade gewachsen, schlank, mit dunklem, fast schwarzem Stamm und sich mehrfach gabelnden Ästen, die sich bis weit in den Himmel emporstreckten, so als wollten sie tagsüber die Sonne kitzeln oder in der Nacht die Sterne vom Himmel pflücken.

Vor etlichen Jahrzehnten war er von einem Hobbygärtner am Rande eines beschaulichen Dorfes in Bayern gepflanzt worden, gehegt und gepflegt, wertgeschätzt und geliebt. Gärtner kamen und gingen, lebten und starben. Aber der Baum blieb, überdauerte sie alle. Er wuchs, durchlebte jedes Jahr aufs Neue Frühling, Sommer, Herbst und Winter, Sonnenschein und Regenguss, Schnee, Hagel, Wind und Nebel. Er bereitete vielen Menschen Freude, die es verstanden, ihm Gehör zu schenken, denn obwohl der Baum fernab von der Heimat seiner Ahnen, dem Inselland Japan, lebte, wusste er allerlei wunderbare Geschichten zu erzählen. Sein raschelndes Laub berichtete von Fuchsdämonen, Gestaltwandlern, Geistern und feuerspeienden Drachen und jedes Jahr im Frühling verzauberte er seine Zuhörer – unter einem sanften Regen aus rosafarbenen Blütenblättern – mit Geschichten über nie endende Liebe, Prinzen und Prinzessinnen, magische Tiere und die Sterne, die unser aller Los bestimmen. Unerschöpflich schienen seine Weisheit, Magie, Schönheit und Fantasie.

Und doch gab es jemanden, der ihm nach dem Leben trachtete: Josef. Aufgrund des japanischen Baumes auf seinem Grundstück hatten ihm seine Nachbarn den Spitznamen Yoshi verpasst, obwohl er so gar nicht japanisch aussah mit seinem hellbraunen Haar, den kristallblauen Augen und dem welligen Vollbart.

Eines sonnigen Tages im Spätherbst stand Yoshi mit seiner Digitalkamera in der Hand neben dem Baum und schüttelte den Kopf. „Schade um ihn. Aber es nützt nichts. Woanders hätte eine Garage keinen

Platz. Und ich brauche diese Garage, und zwar bevor der Winter anbricht. Der Baum muss weg!", dachte er. Er schoss ein paar letzte Fotos von der japanischen Kirsche, die bereits nahezu ihr gesamtes Laub abgeworfen hatte, um sich auf die kalte Jahreszeit vorzubereiten.

Wenige Minuten später rückten der bestellte Bagger, ein Wagen mit großem Anhänger und zwei Männer mit Kettensägen an. Nach einem kurzen Wortwechsel ging es los. Der Zeitplan der Baumfäller war knapp bemessen. Es musste schnell gehen. Das sollte kein Problem sein, denn sie waren Experten. Einen Baum fällen? Für sie: Routine. Keine große Sache.

Keine große Sache? Für den Kirschbaum ging es um Leben und Tod! Er wurde verfrüht aus dem Winterschlaf gerissen, regte, wehrte sich. Sein Stamm bestand aus dicht gewachsenem Holz, war hart, wollte nicht nachgeben, zerstörte sogar eine der beiden Kettensägen und rammte Yoshi einen Spreißel tief ins Fleisch, als dieser den Baumfällern zur Hilfe eilen wollte. „Aua!" Sein Daumen blutete stark. Er zog einen Holzsplitter heraus, allerdings nicht vollständig. Ein kleiner Teil verblieb in der Wunde. Das hielt Yoshi und die anderen jedoch nicht von der grausigen Tat ab. Die zweite Kettensäge gab nicht klein bei und der einstig prachtvolle Baum knackte, knirschte in einem letzten Aufschrei und sank bald gebrochen nieder. Ein paar Blätter segelten auf den Erdboden: ein letztes Seufzen des Baumes. Danach: kein Rascheln mehr, kein Knistern, kein magisches Murmeln. Nichts. Verstummt waren seine Geschichten über Sagen und Legenden aus dem fernen Japan.

Er war tot.

Yoshi schluckte und faltete die Hände. Das Sterben des Baumes belastete ihn mehr, als er vermutet hatte. In der Ferne bellte ein Tier. Höher, schriller, als ein Hund es vermocht hätte. Insgesamt dreimal. Dann verstummte auch dieses. „Ein Fuchs", meinte einer der Männer und Yoshi fragte sich, ob er einen Fehler begangen hatte. Gänsehaut prickelte an seinem Rücken und Nacken. Er überkreuzte die Arme vor der Brust, rieb sich die Schultern, trotzdem wurde ihm nicht mehr warm.

Die Baumfäller zersägten den Stamm, stapelten die Teile auf dem großen Anhänger. Lediglich eine Scheibe vom unteren Teil des Stammes behielt Yoshi für sich und drückte sie fest an die Brust, als handele es sich dabei um einen Schutzschild gegen die Kälte. Ein weiterer Mann grub währenddessen mit dem Bagger die Wurzel des Baumes aus.

Es ging nicht anders. Das war die einzige Möglichkeit. Der Baum musste weg. Yoshi wiederholte diese Gedanken so oft, bis er erneut daran glaubte. Außerdem: Das war ein Baum! Nur ein Baum, der im Weg stand.

Nachdem alles verladen war, nickten die Männer einander zu. Die Arbeiter fuhren davon. Yoshi blieb an der Stelle stehen, wo die japanische Kirsche sich vor ein paar Stunden noch gen Himmel gereckt hatte. „Jetzt ist sie weg. Und ich bin schuld daran", überlegte er. Erst als die Kälte unerträglich wurde, riss er sich von dem Anblick des aufgewühlten Erdreichs los und verkroch sich ins Haus, in sein Büro, wo er sich einen Tee kochte und die Heizung aufdrehte. Dabei vermied er, seinen schmerzenden Daumen zu benutzen. Er setzte sich an seinen Schreibtisch und schaltete den PC an. Die Holzscheibe platzierte er neben sich. Er fummelte die Chipkarte aus der Digitalkamera und steckte sie in den entsprechenden Schlitz am Laufwerk.

„Ich lade mir die Fotos von der Kirsche auf den Computer und das schönste mache ich zum Desktop-Hintergrundbild", dachte er.

Wie gesagt, so getan. Yoshi entschied sich für ein Frühlingsbild. „Meine japanische Kirsche", murmelte er und berührte das Foto mit der rosafarbenen Blütenpracht. Eine kleine Träne kullerte über seine Wange. „Ah!" Ein Feld am rechten unteren Rand des Bildschirms war aufgepoppt:

Sie haben eine neue Nachricht.

„Hä?" Yoshis zitternde Hand legte sich um die Maus. „Aua!" Aus Versehen hatte er sich den Daumen angestoßen. Stechender Schmerz jagte durch den Finger. Er kniff die Augen zusammen. Erst nachdem der Schmerz ein wenig abgeebbt war, fühlte er sich dazu in der Lage, die Nachricht aufzuklicken. Er las:

Hallo, Josef!

Er stierte auf den Namen. „So hat mich lange niemand genannt. Josef. Ja. Ich habe keine japanische Kirsche mehr. Ich bin nicht länger Yoshi. Ich bin wieder Josef", ging es ihm durch den Kopf.

Neue Worte erschienen in dem Textfeld:

Was hast du heute gemacht? Wie fühlst du dich dabei?

Und Josef begann zu tippen. Er musste mehrfach unterbrechen, da er seinen Daumen nicht benutzen konnte, beziehungsweise nicht wollte. Er schrieb:

Wer bist du? Kenne ich dich?

Das Pulsieren in seiner Daumenkuppe wurde schlimmer, obwohl er sie gar nicht benutzte. Er schwitzte. „Ich muss die Heizung ausmachen", dachte er, konnte sich jedoch nicht dazu durchringen, aufzustehen. „Irgendwas stimmt hier nicht." Er sah zum Fenster. Wo er sonst die japanische Kirsche hatte stehen sehen, erblickte er nun eine leere Stelle im Garten. Fast verängstigt wandte er sich dem Computer zu, wo inzwischen neue Worte zu lesen waren:

Hilf mir!

„Äh?", machte Josef.

Nur du kannst mir helfen.

Hitze- und Kältewogen wechselten einander ab. Josef krallte sich mit beiden Händen am Schreibtisch fest, vergaß kurz, dass er den Daumen nicht berühren wollte und wurde mit einem heftigen Schmerz belohnt, der an seinem Finger nagte.

Wirst du mir helfen?

„Wie denn?", keuchte Josef. Er wollte aufspringen, weglaufen, doch fühlte sich wie an den Stuhl gefesselt. Als seien seine Beine nicht länger Beine, die er bewegen konnte, sondern Wurzeln, die ihn an diesem Ort verankerten. Er war den Schmerzen in seinem Daumen hilflos ausgeliefert, ebenso den Worten auf dem Bildschirm. Auf einmal glaubte er, das Bild auf dem Desktop habe sich bewegt. Der Wipfel des Baumes wiegte sich leicht hin und her. „Das bilde ich mir ein."
Eines der Blütenblätter löste sich vom Baum und segelte sanft herab. Er legte seine Hand an den Monitor. „Was zur Hölle? Das fühlt sich ja

an wie … oh!" Es quoll Blut aus dem Daumen, aber es sah gar nicht rot aus, sondern rosa und … „Das ist kein Blut, das …" Mit seiner anderen Hand pflückte er ein rosafarbenes Blütenblatt von der Fingerkuppe. „Wie kann das sein?" Sein Daumen tat so weh, dass der Schmerz sich bis in den Oberarm erstreckte und ihm das Denken sehr, sehr schwerfiel. Er erschauderte. „Nicht Blütenblatt. Blutblatt! Das Blut der japanischen Kirsche klebt an mir."

Hilf mir! Das bist du mir schuldig. SCHULDIG!

Ihm war nicht länger, als lese er die Worte. Er hörte sie. Eine Stimme sprach zu ihm. Die Stimme einer jungen Frau. Einer verzweifelten jungen Frau. *WER BIST DU?*, hämmerte Josef in die Tastatur.

Sakura.

„Das ist Japanisch", erinnerte sich Josef. „Und heißt Kirschblüte." *Was muss ich tun?*, schrieb er. Und dann geschah es: Etwas packte ihn am Handgelenk und zerrte ihn mit sich. Josef kreischte, schlug um sich. Seine Fäuste trafen nichts und niemanden. Er bekam die Holzscheibe zu fassen, bevor ihm die Stimme versagte. Er erstarrte und …

„Papa?" Josefina öffnete die Tür ins Büro. „Der Kirschbaum ist ja schon weg. Ihr habt ihn tatsächlich gefällt. Ich finde das jammerschade. Hättet ihr nicht …" Sie stutzte, denn der Schreibtischstuhl war leer. „Papa, bist du hier irgendwo? Wir hatten doch abgesprochen, dass ich dich heute Abend besuche."
Stille.
Josefina entdeckte die Tasse mit dem dampfenden Tee auf dem Schreibtisch und einen Schatten, der sich von der gegenüberliegenden Wand löste. „Papa, bist du das?"
Er war es nicht. Ein Mädchen trat ins Licht. Es hatte schwarzes, schimmerndes Haar, eine ebenmäßige helle Haut, eine kleine Stupsnase und ganz feine Gesichtszüge. Es trug ein langes, rosafarbenes Kleid, an dem hier und da Schmetterlingsbroschen angebracht waren, die nahezu lebendig wirkten und in den Farben des Regenbogens schillerten.
„Oooaaah!", staunte Josefina und hielt sich eine Hand an den Mund. Die Schönheit ihres Gegenübers verschlug ihr die Sprache.

Das Mädchen nickte ihr kurz zu und huschte anschließend an ihr vorbei nach draußen. Es machte so anmutige Schritte, dass Josefina glaubte, es würde schweben. Sie wollte ihm nachlaufen, doch ein merkwürdiges Bild auf dem Computermonitor lenkte ihre Aufmerksamkeit auf sich. Der Desktop zeigte ein Foto von Josef, der auf einer Holzscheibe stand, steif wie ein Baum.

„Wieso macht sich Papa so ein komisches Hintergrundbild auf den Computer?" Josefina kratzte sich die Stirn. „Huch!" Rechts unten war ein Kästchen aufgepoppt:

Sie haben eine neue Nachricht.

„Hm." Josefinas Finger schlossen sich um die Maus. „Igitt!", machte sie, nachdem sie ein paar Tropfen Blut darauf entdeckt hatte. „Ob Papa sich verletzt hat?" Sie schaute sich um. „Papa?", fragte sie erneut in den Raum, wandte sich dann wieder dem PC zu. Sie dachte, ihr Vater auf dem Monitorbild habe mit den Augen gezwinkert. „Das kann nicht sein." Sie schluckte. „Soll ich …?" Sie klickte die linke Maustaste, und eine Nachricht öffnete sich:

Josefina, Töchterchen, du musst mir helfen …

In Japan gibt es zahlreiche Sagen, in denen ein Kirschbaum die Hauptrolle spielt. Mal verwandelt er sich in einen Menschen, ein andermal verfügt er über Zauberkräfte oder wird von einem Geist bewohnt. Diese japanischen Sagen dienten für vorliegende Geschichte als Inspiration.

Daniela Gesslein *wurde 1981 in Oberfranken geboren, wo sie auch heute noch lebt. Sie arbeitet im Hauptberuf als Fremdsprachenkorrespondentin und Exportleiterin. In ihrer Freizeit geht sie gerne mit ihrem Hund spazieren oder schreibt Gedichte, Kurzgeschichten und Romane. Am liebsten Tierisches, Historisches oder Fantasy, gemixt mit viel Gefühl und oft mit einer Prise Humor. Als freie Autorin hat sie via Kindle Direct Publishing (Amazon) zwei Fantasy-Romane veröffentlicht. Einige ihrer Kurzgeschichten sind in diversen Anthologien erschienen.*

Prometheus lässt

sich nicht unterkriegen

Eine Sage aus der Mythologie

Frohgemut gehen die zwölf olympischen Götter auf ihren Hausberg zu Tisch. Wieselflink tragen fleißige Nymphen unter Anleitung von Mundschenk Hebe – so wurden Oberkellner damals genannt – Speisen auf. Sich auf den linken Ellenbogen stützend, streckt Zeus mit der rechten Hand seinen Weinkelch in die Höhe.

„Dionysos, mein Sohn und Gott des Weines und der Ekstase", lallt er mit schon schwerer Zunge, „wo bleibst du mit deinem köstlichen Rebensaft." Und an Apollon gewandt: „Ruf deine Musen. Euterpe soll die Flöte spielen und Melpomene und Polyhymnia sollen unsere Herzen mit ihren Gesängen erfreuen."

Aphrodite, Athene und Artemis springen auf. „Ja, spielt zum Tanze auf", kichern sie und fassen sich die Hände zum Reigen.

Am anderen Ende der Tafel ergreift Ares das Wort, nimmt einem Schluck aus seinem Kelch und sagt: „Dass wir zu feiern haben, ist alleine dir zu verdanken, großer Zeus. Du hast die so lang vermisste Ruhe wiederhergestellt und diesem lästigen Menschengesindel definitiv den Garaus gemacht." Wie Donnergrollen hallt das Echo des Applauses von den fünf Gipfeln des Olymps zurück.

Mitternacht ist schon längst vorüber, als sich die reichlich angeheiterte Götterschar im Gänsemarsch auf den Weg in ihre felsigen Residenzen macht. Auf einmal bleibt einer von ihnen, Hephaistos, stehen, schaut in die Tiefe, reibt sich die Augen, guckt noch einmal, und stößt mit einem Ellenbogen Zeus an.

„Was ist?", sagt dieser missmutig. „Geh weiter, ich will jetzt schlafen gehen."

„Chef", lässt sich Hephaistos nicht abwimmeln. „Chef", wiederholt er sich und deutet ins Tal, „ich glaube, es gibt Ärger."

Zeus stutzt, die schwankende Kolonne kommt zu stehen. „Nein", grollen sie im Chor, „dieser Prometheus."

Im fahlen Mondlicht formt Prometheus in einer Lehmgrube Menschen. Hin und wieder stützt er sich auf seine Schaufel, wischt mit dem Handrücken den Schweiß von der Stirn und schaut sich um. Ob ihn bei seinem Tun jemand entdeckt?

Er weiß, das Experiment mit dem letzten Menschengeschlecht ist total danebengegangen. Nicht, dass er gutheißen würde, dass Zeus dieses von der Pest hat dahinraffen und im modrigen Hades verschwinden lassen. Beileibe nicht. Aber diese ungehobelten, hölzernen Gestalten sorgten nur für Probleme. Streit, Häme, Elend und Krieg waren an der Tagesordnung und verursachten ihm als deren Gestalter mehr als nur Kopfzerbrechen.

Dieses Mal versucht er es mit Lehm. Kleine und große Lehmkörper liegen in langen Reihen reglos nebeneinander. Jetzt muss nur noch Rhea, eine Tante aus dem Geschlecht der unsterblichen Titanen wie er, erscheinen. Als Muttergöttin und Lebensspenderin muss sie ihnen den Lebensodem einblasen und sie dadurch zum Leben erwecken.

„Ach, da kommt sie ja." Erleichtert schaut sich Prometheus um – und erschrickt. Nach durchzechter Nacht noch angetrunken, steht Zeus vor ihm.

Geringschätzig schaut dieser zu den am Boden liegenden Lehmgestalten. „Was soll denn das werden?", schnauzt er Prometheus an.

„Eine neue Generation von Menschen, verehrter Zeus", antwortet Prometheus freundlich.

„Das ist wohl der Gipfel der Frechheit", poltert Zeus los.

Prometheus, bestrebt, nicht noch mehr Öl ins Feuer zu gießen, versucht, Zeus zu besänftigen. „Sie haben ja recht …"

„Dann erklär das Mal", schreit ihn Zeus an und versetzt der erstbesten Lehmfigur einen Tritt."

Prometheus geht dazwischen und sagt: „Ja, gewiss, ehrenwerter Zeus … wie gesagt … Sie haben ja recht. Seit die Menschen weg sind, ist Ruhe auf Erden eingekehrt. Wie friedlich das Meer plätschert, die Fische sich darin tummeln, die Vögel in der Luft umherschwirren und was nicht alles auf dem Land kreucht und fleucht, sprießt und blüht …" Prometheus hält kurz inne. „Das ist alles ihr Verdienst, Göttervater, aber …"

„Was *aber* …", fällt ihm Zeus ins Wort. „Was könnte besser sein?"

„Nein", gibt sich Prometheus einsichtig, „aber haben Sie schon daran gedacht, wer auf Dauer die Erde, Ihren schönen Garten, pflegt? Ich denke, das könnte eine Aufgabe für die nächste Generation Menschen sein."

Zeus stutzt, kratzt sich am Hinterkopf und sagt: „Man nennt dich nicht zu Unrecht den Voraus-Denkenden." Und nach einer Pause: „Also nutze die Zeit, um deine", er sagt es mit einem spöttischen Unterton, „irdenen Gärtner und Hirten auf Vordermann zu bringen."

Grußlos stapft Zeus davon, wendet sich nach einigen Schritten noch einmal Prometheus zu und ruft: „Wenn zum sechsten Mal Vollmond ist, komme ich wieder."

Pünktlich zum sechsten Vollmond erscheint Zeus bei Prometheus. Dieser scheint als Lehrer der neuen Menschen ganze Arbeit geleistet zu haben. Ein fleißiges Volk belebt den ganzen Erdkreis. Der Umgang mit Zahlen und Buchstaben bereitet ihnen keine Mühe. Sie kennen den Lauf der Gestirne. Mit Leichtigkeit hegen und pflegen sie Flora und Fauna, können Steine aus den Felsen hauen, Ziegel herzustellen, Holz fällen und feste Häuser bauen. Und auch ins Erdinnere dringen sie vor und finden Erze, Silber und gar Gold.

„Gut, gut", grummelt Zeus. „Dann wollen wir mal versuchen, miteinander auszukommen", zeigt er sich versöhnlich. „Aber etwas ist unerlässlich", fordert er, „schmucke Tempel, in denen mir und meinen fünf Mitgöttern und sechs Mitgöttinnen künftig reichlich geopfert wird."

„Na, wenn es dem einvernehmlichen Zusammenleben dient, dann halt", zeigt sich Prometheus wenig von der Forderung des Zeus erfreut. Wieso sollen die endlichen Menschen, wenn sie schon gratis für die Götter arbeiten, diese noch belobhudeln? Wenn dem so sein soll, sollen die Menschen etwas von der Sache haben, schmiedet er die ersten Ränke im Hinterkopf.

„Abgemacht, ehrwürdiger Zeus", zeigt sich Prometheus kooperativ, „beim nächsten Vollmond führen wir ein Testopfer durch, um zu regeln, wie wir es künftig halten wollen."

Am besagten Abend schlachtet Prometheus einen großen Stier und zerlegt ihn. Er nimmt die Knochen, Gebeine und die sonst minderen Teile des Tiers und schichtet einen großen Haufen auf, den er mit dem glänzenden Fell zudeckt. Daneben macht er einen kleinen Haufen mit dem guten Fleisch und den köstlichen Innereien und bedeckt diese mit dem Magen und dem Fett.

Und Prometheus schätzt Zeus richtig ein. Dieser entscheidet, dass den Göttern künftig immer der größere Teil der Tiere gehören sollen. Triumphierend nimmt er das Fell weg und merkt augenblicklich, dass er von Prometheus zu Gunsten der sterblichen Winzlinge reingelegt worden ist. „Das werdet ihr bereuen", brüllt er zetermordio, „ich werde auch allen zeigen, wer hier das letzte Wort zu sagen hat."

Als erste Strafe nimmt er den Menschen das Feuer weg. „Ho, ho, ho", höhnt er, „jetzt könnt ihr auf euren rohen Filets und Steaks herumkauen, bis euch die Zähne herausfallen." Und trollt sich.

Prometheus ergrimmt, als seine Menschlein ihm erzählen, was ihnen

Zeus angetan hat. „Das Fleischbraten ist nur ein Problem", klagen sie, „aber wir frieren, und überhaupt, ohne Energie gibt es keinen Fortschritt."

„Ihr habt recht, aber nur keine Angst", spricht er ihnen Mut zu, „das Problem ist schnell gelöst." Prometheus ergreift einen Riesenfenchel und fliegt zu Helios hoch, der als Sonne seine Bahn zieht. Er setzt an ihm den Fenchel in Brand und bringt so den Menschen das Feuer zurück.

Diese Tat bleibt vor Zeus nicht verborgen. Radikal sorgt er für Remedur. Er schickt Mitgott Hephaistos, den Gott der Schmiedekunst, mit zwei Helfern los, Prometheus einzufangen und im Kaukasus-Gebirge an der eisigen Spitze, dem Berg Kasbek, mit unlösbaren Ketten festzuschmieden.

Um die Menschen zu plagen, schickt Zeus die eigens geschaffene, wunderschöne Frau Pandora, ausgestattet mit ihrer Büchse, los. Er schenkt sie Epimetheus, dem nicht so cleveren Bruder des Prometheus, zur Ehefrau. Obschon von Prometheus gewarnt, nie etwas von Zeus anzunehmen, das seien stets trügerische Geschenke, lässt sich Epimetheus von Pandora betören.

Die Rechnung von Zeus geht auf. Epimetheus macht seinem Namen als der Nachher-Klugseiende einmal mehr alle Ehre. „Was bin ich für ein Dummkopf", klagte er einmal mehr, nachdem er wider der Warnung, die Büchse der Pandora unter keinen Umständen zu öffnen, heimlich nur raschen einen Blick in diese wirft. Der Inhalt, alle Übel und Krankheiten der Welt, breitet sich augenblicklich über die der Obhut des Prometheus entrissenen Menschenkinder aus. Nur die Hoffnung bleibt in der Büchse zurück. Zuunterst in dieser aufbewahrt, mag sie nicht zu entweichen.

Für die Menschen bricht ein Paradigmenwechsel an. Im Schweiße ihres Angesichts müssen sie jetzt ihr hart erarbeitetes Brot essen.

Dreissigtausend Jahre ist der unsterbliche Prometheus am Berg Kasbek angeschmiedet. Ohne Schlaf, ohne Essen und ohne zu trinken. Nacht für Nacht kommt ein Adler und frisst die Leber aus seiner Lende, welche sich am nächsten Tag immer wieder erneuert. Sein Schicksal wendet sich, als der Held Herakles bei der Lösung seiner zwölf Aufgaben den Kaukasus quert. Er entdeckt den leidenden Prometheus. Er tötet den Adler mit einem Pfeil seines treffsicheren Bogens.

Zähneknirschend billigt Zeus die Befreiung des Prometheus. Als Ersatz lässt sich der lebensmüde Kentaur Cheiron freiwillig als Opfer anketten. Prometheus muss an einer Hand weiterhin einen eisernen Ring mit einem Stück Stein aus dem Kaukasus tragen. So bleibt Zeus die Genugtuung, dass sein Widersacher immer noch symbolisch im Kaukasus angeschmiedet ist.

Hans Peter Flückiger, geboren 1952, aus Solothurn (Schweiz). Erst Heimleiter/Spitalverwaltungsfachmann. Später freischaffender Journalist. Erst literarische Texte 2016. Diverse Publikationen in Anthologien und für Blogs. www.geschichten-gegen-langeweile.com.

Das Beste aus Solingen

Eine Sage aus Solingen

Wie es sich früher wohl einmal zutrug ...

Randolph Köck-von Streck, Unternehmer in Solingen, Hersteller von Qualitätsmessern und von anderen Schneidwaren, wusste schon seit Langem, dass die Messer aus Asien, weit weg von Solingen, eine bessere Qualität als die Solinger hatten. Sie waren zudem preiswerter! Dies betrübte ihn zunehmend. Er musste etwas dagegen unternehmen, denn sonst würde er in Konkurs gehen. Die Konkurrenzfähigkeit des traditionellen Wirtschaftsstandortes Solingen war ja sogar in Gefahr.

Köcks ehrgeiziger Repräsentant Kurt von der Wupper sollte dabei helfen, die Köck-Herstellung im Vergleich zu den Asiaten viel konkurrenzfähiger zu machen. Von der Wupper, der übrigens in Köcks zwanzigjährige Tochter Vanessa – eine angehende Psychologin – verliebt war, wurde deshalb mit umfangreichen Vollmachten ausgestattet, sowieso mit den besten Produkten der Köck-Herstellung, um nach Asien zu fliegen.

„Wenn Sie Erfolg haben, wird das meine Tochter Vanessa bestimmt super finden!", ließ Unternehmer Köck ganz beiläufig verlauten, um zusätzlich zu motivieren. Kurt von der Wupper horchte natürlich auf!

In den folgenden zwei Jahren fruchtete das ganze Engagement für die Köck GmbH in Asien nicht besonders. Immerhin konnte Kurt von der Wupper so von Vanessa ferngehalten werden. Von seinem jungen Angestellten als potenziellem Schwiegersohn hielt der Unternehmer nämlich sehr wenig!

Kurt von der Wupper war aber viel cleverer, als sein Chef vermutete. Er ließ sich nie entmutigen, zeigte immer mehr Engagement für die Solinger Klingen, besonders das weltbekannte Schälmesser mit der gebogenen Klinge, *Zöpken* genannt. Dies stellte er ein ums andere Mal besonders heraus. Und er besuchte oft heimlich seine Vanessa, die genauso wie er fühlte. Vanessa sagte einmal: „Daddy kann mich!"

Also: Die Umsatzsituation der Köck GmbH besserte sich kaum. Doch von der Wupper war nicht nur clever, sondern auch egoistisch bis zur Verschlagenheit, sodass er nicht umhinkam, alternativ zu denken und zu handeln. Um den Sieg im Konkurrenzkampf davonzutragen, suchte er in einer Metropole Asiens nach besonderen Mitteln und Wegen, um an die Industriegeheimnisse der Hersteller dort zu gelangen. Indem er immer wieder bemüht war, neue geschäftliche Kontakte zu knüpfen, traf er in einem Luxus-Hotel einer Metropole auf YOGER, einen kaum bekannten Strippenzieher hinter den Kulissen der Branche der Schneidwaren-Hersteller in Asien.

YOGER wurde zuvor vom Geschäftsfreund von der Wuppers, Emil Konsorten, darüber in Kenntnis gesetzt, dass von der Wupper sogar dazu bereit sei, auch seine Seele zu verkaufen! Allerdings: YOGER brauchte die Seele des jungen Herrn von der Wupper nicht. „Ich bin doch nicht der Teufel, verdammt – oder sonst irgendein blödes Unwesen!"

Als von der Wupper YOGER persönlich gegenüberstand, gab es sofort das, was *auf einer Linie* stehen heißt. Auch die Menschen in Asien kannten das Phänomen ganz gut.

YOGER: „Wenn Sie mir die Information zukommen lassen, wie genau das Zöpken hergestellt wird, dann werde ich Ihnen auch sagen, warum unsere Messer-Herstellung der Ihren so stark Konkurrenz macht!"

„Damit bin ich einverstanden!", lenkte von der Wupper auf der Stelle ein.

Die beiden verabschiedeten sich im schönsten Einvernehmen. Von da an waren die Aussichten des Herrn von der Wupper viel größer als vor der Asien-Reise! Während des Rückflugs nach Deutschland dachte er unentwegt über seinen bedeutenden Deal mit YOGER nach. „Beispiellos! Ich denke, es wird sich alles auszahlen …!"

Von der Wupper schätzte die persönlichen Begegnungen mit Geschäftspartnern. Dennoch – und das war eine absolute Selbstverständlichkeit! – kannte er sich auch im Darknet, dem mysteriösen, verborgenen Teil des Internet aus.

Als er in Solingen in seine kleine, aber feine Eigentumswohnung zurückgekehrt war, wollte er schon eine geheime Mail an YOGER senden, um den Kontakt wieder aufzunehmen.

Auf einmal rief per Handy sein Chef Randolph Köck-von Streck bei ihm an. Spät am Abend. Dieser fragte, warum er denn schon wieder zurückgekehrt sei. In Asien sei noch vieles zu erledigen. Ob er einen unerwartet großen Erfolg eingefahren habe? Unternehmer Köck verlangte viel von seinen Arbeitnehmern. Von der Wupper hatte keine Ahnung, wie er von seiner Rückkehr so schnell hatte erfahren können, es sei denn von Tochter Vanessa. Diese hatte sich mit ihrem geliebten Kurt schon auf dem Flughafen Köln-Bonn getroffen …

„Ich habe eine Vereinbarung getroffen, die uns entscheidend weiterbringen wird, Herr Köck-von Streck!", teilte er seinem Chef verhalten begeistert mit.

„Was denn für eine?" Köck wurde verständlicherweise sehr neugierig.

„Ich habe jemandem das Betriebsgeheimnis bezüglich unseres Zöpkens versprochen. Sobald er es hat, wird er uns alles mitteilen, was wir wissen wollen: Wir werden wieder mehr Erfolg haben! Gegen die Asiaten werden wir künftig bestehen können!"

Der Chef war außer sich: „Wie? Was haben Sie denn getan?! Kommen Sie zu mir ins Büro, wir müssen das alles abklären!"

Gegen Mitternacht im Büro beichtete von der Wupper seinem Chef einfach alles. Köck war verärgert, aber: „Sie meinen es mit Vanessa jedenfalls sehr ernst! Das habe ich jetzt erkannt! Und darauf kommt es im Leben am meisten an – Menschen zu lieben und zu respektieren, sich für sie einzusetzen, alles zu tun, damit sie glücklich sind!"

„Ja!"

„Aber indem Sie sich auf diesen YOGER eingelassen haben, haben Sie mich, mein Unternehmen und Deutschland verraten! Das ist übel! Wir können das nicht weiterlaufen lassen. Es wird YOGER eine Falschinformation übermittelt! Später wird man weitersehen, denn ich werde die Asien-Geheimnisse auf keinen Fall zu meinen Gunsten verwerten, dafür bin ich mir zu schade!"

„Na gut, wie Sie meinen, Sie sind der Chef! Ich werde darüber noch mit Vanessa reden. Sie weiß über die Sache schon Bescheid!"

Sie gingen so auseinander.

Von der Wupper nahm noch am frühen Morgen des Folgetages im Darknet den Kontakt zu YOGER auf. Dieser erhielt das Betriebsgeheimnis der Köck GmbH und dürfte sich in Glücksgefühlen gewogen haben. Im gleichen Zuge bekam von der Wupper die vereinbarte Info aus Asien. Er gab sie an seinen Chef weiter, welcher sie aber nicht normal digital speicherte, zudem er alle digitalen Spuren total zu löschen verstand. Er druckte sie auf Papier aus, um sie bis auf Weiteres in seinem Tresor einzuschließen. Das sollte ganz lange dauern!

Von der Wupper und Vanessa wurden ein Paar, es gab eine Reihe von glücklichen Jahrzehnten und auch Nachkommenschaft. Eusylus von der Wupper, ein Enkel, entdeckte später im alten Tresor Köcks in einem grauen Archivkarton die ausgedruckte Info. Er war clever, sehr clever, wertete alles unternehmerisch im Sinne der Köck GmbH aus. In der Folge wurde das Unternehmen größer und größer, – und die Zeiten des Mittelmaßes waren endlich vorüber!

Neu nacherzählt wurde die Sage
„Wie die Solinger Klingen erfunden wurden"

Kay Ganahl, Jahrgang 1963 mit dem Lebensmittelpunkt Solingen/NRW, von Beruf Diplom-Sozialwissenschaftler und Schriftsteller, begann in jungen Jahren, sich mit Literatur, Politik und Philosophie auseinanderzusetzen, sodass es selbstverständlich war, diese Interessen mit dem Studium der Sozialwissenschaften weiter zu verfolgen.

Psyche und Eros

Eine Sage aus der Mythologie

Auf einem großen Berg in einem großen Schloss in einem großen Bett liegt ein junger Mann, der richtig heiß aussieht. Psyches Handytaschenlampe übergießt seinen an- beziehungsweise ausziehenden Körper mit weißem Licht.

„Oh man", denkt Psyche sich. „Und diese Schlampen wollten mir einreden, er sei ein Monster."

Nur weil Psyche ihren Ehemann Eros niemals ansehen darf, heißt das nicht, dass er hässlich ist – wie ihre lieben Schwestern ihr weismachen wollten. Jetzt hat Psyche zwar ihr Versprechen gebrochen, aber zumindest kann sie vor ihren Schwestern angeben. Ihr Handy piept. Eine Nachricht im Gruppenchat *Schönste Schwestern*:

Und, wie hässlich ist er?

Eros murmelt etwas, rekelt sich wie ein Kätzchen und schlägt die Augen auf. Er blinzelt im Licht von Psyches Handy. Dann: „Du solltest mich doch nicht anschauen." Kurz danach steht Psyche heulend vorm Schloss. Eros hat die Ehe aufgelöst.

Der Blogpost, dass irgendein König eine Tochter namens Psyche bekommen hat, ist für Aphrodite nicht von Bedeutung. Kindheitsbilder des Mädchens sowie ihre ersten Versuche, sich einen Youtube-Kanal zu erstellen, ignoriert die Göttin der Schönheit ebenfalls. Wieso sollte sie sich auch um die Sterblichen kümmern? Und plötzlich geschieht das Unglück. Psyche besorgt sich Instagram – und schlägt alle mit ihrer Schönheit in den Bann. Hektisch scrollt Aphrodite durch die Kommentare. Jeder trifft sie wie ein vergifteter Pfeil.

Bist du eine Tochter von Aphrodite? Hübsch genug wärst du?
Tochter? Das ist Aphrodite! Niemand sonst wäre so schön!

Jemand hat einen Link zu Aphrodites Insta in die Kommentare gestellt und zieht einen Bildvergleich durch.

Aphrodite legt ihr iPhone beiseite, stellt sich vor den Spiegel und betrachtet sich ganz genau. Sie ist perfekt. Perfekter geht nicht. Sie ist die Göttin der Schönheit. Die schönste Göttin – sie hat sogar einen Orden, der dies beweist. „Pff", macht Aphrodite und beschließt, dieses Mädchen einfach zu ignorieren.

Eine Woche später scrollt sie schon wieder durch Insta. Sie hat rapide Follower an Psyche verloren. Den Leuten scheint es nicht mehr wichtig zu sein, einer Göttin zu folgen, wenn sie sich auch an dieses Kind wenden können. Jetzt ist es wirklich genug! Aphrodite ruft ihren Sohn zu sich.

Eros, der Gott der sinnlichen Liebe. Beinahe noch ein Knabe. Wunderschön, mit Flügeln wie weiße Adlerschwingen.

„Töte sie", sagt Aphrodite. „Verunstalte ihr Gesicht. Verwandle sie in die abscheulichste Kreatur dieser Erde."

Dieser Kampf ist persönlich geworden. Er kann nicht in schneidenden Kommentaren und Hackerangriffen ausgefochten werden.

Psyche sitzt mit ihren Schwestern am Strand. Die Mädchen reden, lachen. Eros steht in einiger Entfernung, verborgen durch einen Zauber. Psyche hat ihm den Rücken zugedreht.

„Ich werde niemals mit jemandem ausgehen", sagt sie gedankenverloren. „Ich höre immer nur: Du bist so schön, du bist eine Göttin. Aber dich näher kennenlernen? Bloß nicht!"

Die älteren Schwestern lächeln sich mitleidig an. Ihre Gedanken hängen in der Luft wie schwere Eisen, rauschen auf einer leisen Brise umher. „Sie hat die Schönheit, wir haben die Männer."

Eros legt den Pfeil auf die Sehne. Er zieht den Arm zurück, zielt. Die Sehne knarrt. Psyche muss etwas gehört haben, denn sie dreht sich um. Eros sieht ihr Gesicht. Der Pfeil verfehlt sein Ziel.

Aphrodite schäumt vor Wut. Sie löscht Instagram von ihrem Handy. Sie schreit und flucht und schimpft. Sie bekommt nicht mit, wie Psyche auf ihren Posts immer niedergeschlagener aussieht. Psyche neben ihrer Schwester im Brautkleid. Psyche beim Backen der Hochzeitstorte. Psyche neben strahlenden Brautpaaren. Eine niedergeschlagene Rose. Beinahe welk. Dann ist Psyche plötzlich offline. Der Account ihrer Schwester bestätigt, dass sie nicht tot ist – nur auf einer langen Reise. Ihr Handy hat sie ausgeschaltet. Sie will das Unmögliche tun – ohne Social Media leben.

Sieben Wochen später hört man zum letzten Mal von Psyche. Es ist ein Selfie. Ein Schnappschuss mit dem Orakel von Delphi im Hintergrund. In der Beschreibung folgende Worte:

Du wirst ein Monster ehelichen. Geh zur höchsten Spitze des höchsten Bergs und warte auf deine Verderbnis.

Drei Monate später macht Aphrodite sich auf die Suche nach Psyche. Ihr Sohn sitzt daheim. Heulend. „Ich hab ihr vertraut", wimmert er und scrollt zum wiederholten Male durch die alten Instagrambilder. „Sie hat versprochen, dass sie nicht versuchen wird, mich anzuschauen! Ich war nur nachts da, versprochen! Und dann hat sie einfach mit … mit ihrer Handytaschenlampe … und ich hab ihr vertraut!"

„Denkst du wirklich, du könntest einer Frau einfach etwas befehlen?", will Aphrodite sagen. „Du kannst einer Frau nichts verbieten, Dummerchen!" Sie schweigt und geht.

Eine junge Frau hockt am Fuß eines Berges. Sie hat die Arme um sich geschlungen, die Beine dicht an den Körper gezogen. Ihre Kleidung ist grau vor Schmutz, das Haar kurz geschnitten, weil es sich nicht mehr entknoten ließ. Aphrodite schreitet vorbei und die Frau senkt den Kopf. Verbirgt ihn in ihren Handflächen. Breitet dünne Finger über ihren Augen aus, um nicht ins Antlitz der Göttin zu blicken.

Aphrodite bleibt stehen. „Du dummes Kind."

Der dürre Frauenkörper zittert. Ein winziges Erdbeben.

„Du hast wirklich nicht daran gedacht, dein Handy stummzuschalten?"

Sie flüstert etwas, doch die Worte versinken in der Luft zwischen der Göttin und der Sterblichen. Aphrodite kann sie trotzdem auffangen.

„Warum durfte ich ihn nicht anschauen?"

„Männer mögen es, uns nutzlose Befehle zu geben. Sie wollen ihre Grenzen testen. Schauen, wie weit sie gehen können."

„Arschlöcher", murmelt Psyche.

Ein winziges Lächeln schleicht sich auf Aphrodites Gesicht. Sie denkt an den konstanten Zoff zwischen Ares und Hephaistos, ihrem Geliebten und ihrem Ehemann. „Allerdings." Sie hält Psyche eine göttliche Hand hin. „Komm. Vier Aufgaben. Wie in einem Märchen. Dann sorge ich dafür, dass Eros seine Dummheit einsieht." Dankbar ergreift Psyche die makellosen Finger.

Die erste Aufgabe ist eine Geduldsaufgabe. Sie muss die ganzen Rechnungen des Olymps in bezahlt und unbezahlt einteilen. Dabei erfährt sie mehr über das Privatleben der Götter, als ihr lieb ist. Aber was soll's. Die Unmengen an Seide hat Hera zumindest bezahlt. Mit Zeus' XXL-Kondomen sieht es anders aus.

Die zweite Aufgabe soll ihre Geschicklichkeit testen. Psyche soll die Wolle eines tollwütigen Schafs einsammeln. Dummerweise rennt das Schaf immer weg, wenn sie ihm zu nah kommt – oder es geht zum Angriff über und Psyche muss sich in einen Baum retten. Irgendwann lehnt sie erschöpft gegen einen dicken Eichenstamm. Als sie sich wieder aufrappelt, bleibt eins ihrer Haare an der Rinde hängen. Psyche starrt wie hypnotisiert auf dieses einzelne, kurze Haar. So etwas müsste doch auch bei Schafswolle funktionieren …

Kurz darauf hat sie sich zwei lange Stöcke geschnappt und jagt das Schaf über die Wiese – mit Vorliebe an Büschen und Bäumen vorbei. Im Schein der letzten Sonnenstrahlen kann sie endlich die Wolle von den Büschen pflücken.

Im Schein des Mondes wartet Psyche auf Aphrodite. Immer wieder wandern ihre Hände zu ihrem Bauch, streichen darüber, ertasten die sanfte Wölbung. Fingerkuppen suchen nach Leben unter ihrer Haut. Es ist ihr beim Aktensortieren aufgefallen. Zuerst sind ihre Tage ausgefallen, dann musste sie sich plötzlich übergeben. Als das ungewöhnliche Verlangen nach Spargel mit Schokosoße auftrat, konnte sie sich sicher sein. Und jetzt auch noch die Schwellung ihres Bauches.

Manchmal, wie jetzt, im sanften Mondlicht, wenn die Welt in Schatten gebadet ist, ist Psyche froh, dass es dieses Kind geben wird. In anderen Momenten flucht sie und fragt sich, warum Eros und sie nicht an Verhütung gedacht haben.

Atome stieben auseinander. Aphrodite tritt zwischen ihnen hervor. Wortlos betrachtet sie die Wolle, die Psyche ihr entgegenreckt. Kälte streicht über ihr Gesicht. „Dein nächster Auftrag wird dich in die Unterwelt führen."

Eros lümmelt auf dem Sofa rum und lässt sich von einer Nymphe die Flügel kämmen, als seine Mutter die Tür aufreißt und ins Zimmer stolziert. Ihr eisiger Blick trifft die Nymphe. „Du darfst gehen!"

Das Mädchen zieht den Kopf ein und ergreift die Flucht.

„So treu bist du also deiner ewigen Liebe", schnaubt Aphrodite und dreht sich dem Fernseher zu. Eros wendet den Kopf ab, während Aphrodite durch die Kanäle schaltet. Sie hat wohl gefunden, was sie sucht, denn sie lässt die Fernbedienung fallen und setzt sich neben ihren Sohn. Eine Locke baumelt dekorativ über ihrem Ausschnitt hin und her. „Schau hin", befiehlt sie Eros leise. „Das ist deine Liebste, an den Grenzen des Hades."

Eros' Kiefer mahlen.

„Sie ist nicht tot", fährt Aphrodite fort. „Noch nicht zumindest. Sie muss das Wasser der Unterwelt schöpfen."

Psyche klettert auf einen Felsen und streckt die Hand aus. Das Wasser des Jenseitsflusses Styx fließt über ihre Finger. Sie beugt sich vor, eine Pfandflasche in der Hand.

„Wenn sie die fallen lässt, verklagt Hades sie wegen Umweltverschmutzung. Das wird wieder ein Haufen Papierarbeit – und du weißt, welche Strafe Hades für Verschmutzung ansetzt."

Eros verschränkt die Finger ineinander und lehnt sich gezwungen zurück.

„Oh." Aphrodite lacht ungläubig. „Das hätte ich nicht erwartet."

Eros ist kurz davor, aufzuspringen.

Psyche ist in den Styx gefallen. Sie rudert mit den Armen hin und her, sucht Halt, den es nicht gibt. Eine Welle reißt sie vom rettenden Ufer fort. Sie sucht nach Rettung, ein Stück Treibholz im Sturm. Wasser dröhnt in ihren Ohren, füllt ihren Mund, zieht sie langsam tiefer. Die Umarmung des schwarzen Wassers erwartet sie. Psyche keucht, reckt eine Hand gen Himmel … Ein harter Griff brennt sich in ihre Haut. Jemand reißt an ihrem Arm, zieht sie an sich und wirft sie auf den wackelnden Boden eines Bootes. Holzsplitter kratzen an ihrem Arm. Aphrodite steht auf. „Charon hat sie gerettet. Wie freundlich. Und sie hat diese Plastikflasche noch. Beachtlich."

„Hör auf!" Eros ist aufgesprungen. „Ruf sie zurück! Sie soll nicht in die Unterwelt!"

„Hol du sie zurück." Eros rennt davon. Aphrodite seufzt und schaltet den Fernseher aus.

Charons Boot wankt auf und ab. Psyche zieht sich an den Rand und kotzt in den Styx. In ihrer Pfandflasche gurgelt Wasser auf und ab. Charon nimmt ihr die Flasche ab und schraubt sie zu. Zitternd kommt Psyche auf die Beine und stammelt ihren Dank.

Charon nickt abwesend. Sein Blick ist schon wieder in die Ferne gerichtet. Der Richtung seiner Adlernase folgend, erblickt Psyche die Tore der Unterwelt. „Hier, Liebes." Eine Frau löst sich aus einer kleinen Ansammlung an der anderen Bootsseite und hält Psyche die Haare aus dem Gesicht. „Kotz es alles aus. Dann wird es besser."

Psyche würgt.

Das Boot wackelt und steht still. Beinahe wäre Psyche schon wieder von Bord gefallen. Sie haben angehalten.

„Tote da lang", erklärt Charon und zeigt nach links. Dann wendet er sich Psyche zu. „Du bist lebendig."

Psyche nickt. Dabei war es eher eine Feststellung als eine Frage.

„Soll ich dich zu Hades bringen oder mit zurücknehmen?"

Psyches Zähne klappern. Das kalte Wasser des Styx hat sich an ihrer Haut festgesaugt und hängt in ihrem Haar. Ihr Handy brummt in ihrer Tasche, um sich zu beschweren, dass es keinen Empfang hat. Es ist schon ein Wunder, dass es das Bad im Styx überlebt hat. „Zu Persephone, bitte", bringt Psyche hervor.

Persephone … Sie hat diesen Namen angenommen, als sie Hades in die Unterwelt folgte. Ein halbes Jahr muss sie dort leben, die andere Hälfte verbringt sie mit ihrer Mutter auf dem Olymp. Die Göttin des Frühlings und der Unterwelt sitzt in den Gärten aus Kristall und Diamant, die Hades hat anfertigen lassen. Zu jung, um in der Unterwelt zu wohnen. Mit Augen, die zu alt für die Erde sind.

„Hi." Unruhig tritt Psyche von einem Bein aufs andere.

Persephone dreht sich um. Ihr Gesicht verändert sich, doch niemand kann sagen, ob es Freude oder Enttäuschung auf ihren Zügen ist. Um nicht vollkommen unvorbereitet zu sein, hat Psyche vor dem Treffen ihre letzten Blogposts gelesen. Daher weiß sie, dass dieser Garten Persephones Lieblingsort ist. Außerdem hat sie herausgefunden, dass die Göttin am liebsten dunkle Schokolade isst und grünen Lidschatten über alles liebt.

Persephone erhebt sich. Heute ist ihr Lidschatten dunkellila. „Du musst Psyche sein."

„Ja." Psyche knickst hastig. „Ich … äh … Aphrodite hat mich gebeten, dich um Make-up zu bitten. Also genau genommen hat sie mich nicht gebeten, sondern eher eine Bedingung gestellt, damit sie mich wieder mit ihrem Sohn verkuppelt. Und … äh …"

Persephone hebt eine Hand. „Ich weiß. Aphrodite hat mich bereits unterrichtet. Hier." Sie zieht einen kleinen Beutel hervor und überreicht ihn Psyche. „Aber sag Aphrodite, sie soll vorsichtig damit sein. Die Kräuter der Unterwelt sind nicht ungefährlich."

„Natürlich. Natürlich." Den Beutel in der Hand bedankt sich Psyche immer wieder. Ihr Gestammel wird von vielen Knicksen begleitet. Persephone winkt sie davon und sie lässt sich wieder in ihrem Garten nieder.

„Sei stark, Mädchen", denkt die Todesgöttin. „Das ist ein Test. Du bist auch so schön genug." Aber sie spricht die Worte nicht aus.

Charon hat am Ufer auf Psyche gewartet. Er fährt sie zurück. Währenddessen beobachtet Psyche ihr Spiegelbild im Styx. Kann Eros überhaupt davon überzeugt werden, ein Mädchen, das so aussieht, zurückzunehmen? Vollkommen durchnässt. Ungepflegtes Haar. Die Fingernägel abgebrochen. Das Gesicht vollkommen zerkratzt. Die Augen rot von dauerhaftem Weinen.

Sie wendet sich vom Ufer weg. Und erkennt nicht, dass eine Gestalt an den Styx gerannt kommt. Sie hört nicht, wie jemand ihren Namen ruft. Ein wunderschöner, junger Mann mit weiten Flügeln …

Psyche öffnet den Make-up-Beutel und wirft einen Blick hinein. Sicherlich wird es nicht auffallen, wenn sie einmal Lippenstift aufträgt? Niemand wird es bemerken, am allerwenigsten Aphrodite. Und dann muss sie Eros nicht so unvorbereitet gegenüberstehen.

Charon rudert schneller. Der Lippenstift ist so dunkel, dass er beinahe schwarz ist. Die Farbe sinkt in ihre Lippen. Psyche fällt in sich zusammen. Auf Ufer schreit Eros auf.

Eros hat seine Geliebte sofort in die Notaufnahme gefahren. Dort saugen sie das Gift aus ihrem Körper, während Eros an ihrer Seite sitzt und ihre Hand hält. Aphrodite holt ihren Make-up-Beutel ab und gibt ein paar gehässige Kommentare ab, die sich anfühlen, als würde Eros jede Feder einzeln ausgerissen werden. „Du hast dich ihrer nicht als würdig erwiesen", sagt Aphrodite, die Göttin der Schönheit. „Sie hat alles für dich getan, aber du konntest sie noch nicht einmal davon abhalten, sich zu vergiften."

Eros schluchzt. Er verspricht einer ohnmächtigen Psyche, sein Verhalten zu ändern. „Du bist meine Seele", murmelt er. „Ich will nicht ohne dich."

Psyche erholt sich von dem Gift. Auch ihrem Kind ist nichts geschehen. Einige Monate später hat sie ihren alten Instagram-Account wieder eröffnet. Das erste Bild, das man sieht, ist eine glückliche Familie: Eros mit seinen weißen Flügeln, Psyche mit verwegener Kurzhaarfrisur – und Hedone, ihre neugeborene Tochter.

Hannah-Maria Hornbach wurde 2004 geboren und ist seitdem zwischen Deutschland und England herumgezogen. Mittlerweile lebt sie in Annweiler am Trifels, muss sich aufs Abitur vorbereiten und versucht gleichzeitig, ihre Hobbys – Schreiben, Reiten und Lesen von Fantasy-Romanen – irgendwie unterzubringen. Ihr Lieblingsfach ist Informatik. Sie hat bereits ein paar Kurzgeschichten und einen kurzen Roman namens „Meria – Gesang des Waldes" auf den Buchmarkt gebracht.

Der Unvollendete

Eine Sage aus Wien

Zu den schönsten Bauwerken Wiens gehört wohl der Stephansdom. Er ist das Wahrzeichen der Stadt. Sein Südturm ist mit 136 Metern der höchste seiner Zeit gewesen. In der österreichisch-ungarischen Monarchie durfte kein Kirchturm höher sein als der des Stephansdoms. Den Grundstein für dessen Erbauung legte im Jahr 1359 Rudolf IV. Nach beinahe fünfundsiebzig Jahren wurde er fertiggestellt.

Der Grundriss der Kirche ist ein Rechteck mit einer Länge von 109 Metern und einer Breite von 72 Metern. Schon am Ende des 13. Jahrhunderts baute man an den Ecken des Langschiffes zwei Türme. Sie sind 65 Meter hoch und werden Heidentürme genannt.

Damit besaß der Stephansdom drei Türme und es wurde Zeit, einen vierten zu errichten, der ein Ebenbild des Südturms werden sollte. Mit dem Nordturm sollte der Dom in seinem äußeren Erscheinungsbild vollendet werden. Die Bauarbeiten an diesem Turm begannen im Jahre 1467. Da es der Stadt Wien an Geld mangelte, beschloss der Magistrat, eine Art Ausschreibung zu machen. Derjenige, der in kürzester Zeit den Nordturm errichten konnte und noch dazu die wenigsten finanziellen Mitteln verbrauchen würde, dem sollte der Titel eines Stadtbaumeisters verliehen werden.

Unter unzähligen Bewerbern fand sich auch ein junger Mann namens Hans Puchsbaum. Mit großartigen Worten überzeugte er die Männer vom Magistrat und erhielt letztlich den Zuschlag. Puchsbaum war ein unbekannter Baumeister, der erst wenige Aufträge erledigt hatte, allerdings immer zur größten Zufriedenheit seiner Kunden. Aber er war sich seiner Fähigkeiten bewusst. Er war fleißig, tüchtig und geschickt. Wenn es ihm gelingen würde, diese Aufgabe zur Zufriedenheit der Wiener Bevölkerung und des Stadtmagistrates zu lösen, würde er zu Ruhm und Ehre gelangen, was ihm helfen würde, endlich seine geliebte Maria zu ehelichen. Ihre Eltern waren sehr reich und vornehm und wollten von einer Verbindung mit dem armen Baumeister nichts wissen. Aber Hans Puchsbaum hatte es sich zum Ziel gesetzt, Maria nach Vollendung des Nordturms zu heiraten.

Anfangs ging ihm die Arbeit leicht von der Hand und er kam gut voran. Doch nach ein paar Wochen gab es die ersten Lieferschwierigkeiten beim Material. Dann stimmten die Bauberechnungen nicht und einige seiner Arbeiter wurden krank. Die Hindernisse häuften sich und so gelangte Puchsbaum zur Überzeugung, dass er den einst versprochenen Termin der Fertigstellung wohl oder übel nicht einhalten konnte. Puchsbaum wurde immer verdrießlicher, auch weil er seine Maria nicht sehen konnte, arbeitete er doch tagtäglich bis spät in die Nacht.

Eines Abends saß er am Fuße seines Turmes und war so verzweifelt, dass ihm sogar Tränen aus den Augen rollten.

„Warum weinst du?", fragte plötzlich ein sonderbar aussehendes Männlein, in einer grünen Jacke gekleidet. „Hast du Kummer?", wollte das Männlein wissen.

Puchsbaum war richtig erschrocken und konnte nicht gleich antworten, sondern starrte sein Gegenüber nur verängstigt an. „Wer bist du und was willst du von mir?", wollte er von dem Fremden wissen.

Der aber lachte geräuschvoll und setzte sich neben Puchsbaum auf einen Stein. „Ich will dir helfen!"

Puchsbaum schmunzelte. „Und wie soll das gehen?"

Das Männlein erhob sich vor ihm. „Du wolltest wissen, wer ich bin? Man nennt mich Pelzebub oder auch Fürst der Hölle, manche kennen mich nur unter Teufel! Aber ich kann dir helfen!"

Puchsbaum sprang entsetzt auf. „Mit dir will ich nichts zu tun haben! Scher dich weg!"

Wieder lachte das Männlein laut. „Armer Kerl, ich will dir doch bloß helfen, ich sehe doch, dass du den Bau nicht in der vorgeschriebenen Zeit beenden wirst können!"

Puchsbaums Körper war mit Gänsehaut überzogen.

„Wenn ich dir helfe, den Turm früher fertigzustellen als vereinbart, bist du ein gemachter Mann und kannst deine Maria sicher bald heiraten. Willst du dir diese Chance entgehen lassen? Dein ganzes Glück hängt davon ab!"

Puchsbaum war hin und her gerissen. Was sollte er tun? Schließlich war die Verlockung zu groß und er willigte in den Handel ein. „Was verlangst du für deine Hilfe?", erkundigte er sich bei dem Männlein. „Oh, nicht viel, du darfst nur während des Baus am Turm weder den Namen Gottes noch den der Jungfrau Maria aussprechen oder sonst eines Heiligen!"

Puchsbaum überlegte kurz. Eigentlich waren das keine schwierigen Bedingungen, die konnte er doch leicht einhalten. „Gut, ich bin dabei!", gestand er dem Teufel. Der Pakt war beschlossene Sache. Das Männlein verschwand, wie es gekommen war.

Von dieser Stunde an ging es schnell dahin, eine Ziegelreihe folgte der nächsten und Puchsbaum fühlte sich von Tag zu Tag wohler. Im Geiste sah er sich schon vor Marias Eltern stehen und um die Hand seiner Geliebten anhalten, schließlich würde er sich bald Stadtbaumeister nennen dürfen. Er arbeitete beinahe rund um die Uhr und für die Fertigstellung des Turmes fehlte nicht mehr viel. Als er wieder am Außengerüst stand und in die Tiefe blickte, konnte er auf dem Bürgersteig seine Maria erkennen. Das Herz ging ihm auf, denn er hatte sie schon seit langer Zeit nicht mehr gesehen. Sie ging ihres Weges und blickte nicht nach oben. Da beugte er sich weit vor und rief: „Maria!"

Kaum hatte er gerufen, donnerte es im Gebälk. Krachen und Knistern gingen durch den Turm, die Balken stürzten in die Tiefe, das Gerüst brach zusammen. Die hinabstürzenden Teile rissen Hans Puchsbaum mit sich und begruben ihn unter Schutt und Mauerwerk. Die entsetzten Arbeiter berichteten, dass sie ein lautes Hohngelächter vernommen hatten und ein mit grüner Jacke bekleideter Mann über den Trümmern des Turmes schwebte, gleich einem großen Vogel.

Der Leichnam von Hans Puchsbaum wurde nie gefunden, der Bau des Turmes eingestellt. Mit einer Höhe von 68 Metern steht der Nordturm heute noch unvollendet vis-a-vis von seinem großen Bruder, dem Südturm.

Hannelore Futschek wurde 1951 in Wien geboren. Nach Matura und Studium in Wien heiratete sie 1975. Mit ihrer Familie zog sie 1984 ins Weinviertel. Sie übte mehrere Berufe aus, unter anderem als Bankangestellte, Bestatterin und Angestellte im Arbeitsmarktservice Niederösterreich, wo sie sich vor allem für die Karriere von Frauen und die Gleichbehandlung einsetzte. Seit ihrer Pensionierung schreibt sie Kurzgeschichten, in denen sie meist Selbsterlebtes schildert. Das Spektrum hat sie in den letzten Jahren um Romane erweitert.

Die goldene Blüte
und Luzifer

Eine Sage aus Slowenien

In einem bezaubernden Schlössl südlich der Alpen wohnten Anfang des sechzehnten Jahrhunderts ein Bruder und eine Schwester. Der Bruder war ein Held und wanderte in der Welt herum, um eine Gelegenheit zu finden, seinen Mut unter Beweis stellen zu können. Die Schwester kümmerte sich um das Schlössl und den anliegenden wunderschönen Garten, in dem viele edle Heilpflanzen aus verschiedenen Ecken der Welt wuchsen. In der Mitte des Gartens befand sich ein seltsamer Busch, der nur eine einzige goldene Blüte trug. Betörend war ihr Geruch und heilig ihre Heilkräfte.

Als das Mädchen eines Tages in den Garten ging, erschien plötzlich aus dem heiteren Himmel ein Mann, der auf einem Bein hinkte. Er bat sie um die Blüte von dem Busch. Und noch bevor das Mädchen darüber nachdenken konnte, da hielt der Fremde bereits die wunderschöne Blüte in seinen Händen und verschwand so schnell, wie er auch gekommen war. Jedoch war mit dem Fehlen jener Blüte auch die ganze Schönheit und Freude des Gartens abhandengekommen. Alle Blumen verwelkten und alle Vöglein verstummten. Das Mädchen vergoss bittere Tränen und wartete schweren Herzens den Abend ab, bis ihr Bruder nach Hause kommen sollte.

Als der Bruder kam, fragte er sie: „Mein liebes Schwesterlein, was ist geschehen, dass du vor mir mit Tränen in den Augen stehst?"

Sie erzählte ihm, wie ein Geizhals die schönste Blüte aus ihrem Garten mitgenommen hatte.

„Hör auf zu weinen! Ich bringe dir diese Blüte zurück, auch wenn ich dafür an das Ende der Welt reisen müsste. Ich kehre nicht zurück, bis ich sie auffinde!" Das sagte er ihr, verabschiedete sich und ging in die weite Welt. Er wanderte von einer zur anderen Ortschaft, von einer zur anderen Stadt, jedoch hörte er nirgendwo auch nicht das kleinste Gerücht über die verschwundene Blüte. Letzten Endes erreichte er einen hohen Berg, an dem eine große Burg stand, die auf vier Pfählen erbaut wurde. Hunderte von Untertanen gingen ein und aus. Er fragte sie, wessen Burg das sei.

Und die Leute erzählten ihm: „Die Burg trägt den Namen Stain und ihr Besitzer ist Luzifer. Alles, was man um die Burg herum sieht, gehört ihm."

Er bat sie, ihn zum Burgbesitzer zu bringen. Und so geschah es, aber Luzifer war ein freundlicher, ernster Mann und gab ihm Arbeit. Unser Held erwies sich als treuer und gehorsamer Diener und der Hausherr schätzte ihn sehr.

Ein Jahr verging. Dann ließ der Herr ihn vor sich treten und sagte ihm Folgendes: „Schau, du hast mir ein Jahr und einen Tag treu gedient, nun sag mir bitte, was du dir als Belohnung dafür wünschst!"

Da antwortete der Held: „Ich habe zu Hause eine Schwester und ein Hinkebein hat ihr das Allerliebste, was sie hatte, entwendet, die Blüte des Zauberbusches. Seit diesem Augenblick geht es meiner Schwester schlecht und ich kehre nicht zurück, bis ich ihr die Blüte und somit ihr Gesundheit und Freude zurückbringe. Die Blüte befindet sich irgendwo auf deiner Burg. Bitte hilf mir, sie wiederzufinden! Das ist mein Wunsch für die Belohnung!"

Der Hausherr hörte ihm zu und sagte: „Wenn das, was du mir erzählst, stimmt, dann gehört diese Blüte dir, denn das ist nur gerecht!" Er nahm sein Horn von der Wand und blies in eine der vier Ecken seiner Burg. Plötzlich stürmten so viele Untertanen heran, dass es im Innenhof der Burg kaum noch ein leeres Plätzchen gab. Und jeden von ihnen befragte der Hausherr, ob er etwas von jenen Blüte wüsste, aber keiner wusste etwas davon. Beide, der Hausherr und der Held, traten danach noch zur zweiten, dritten und vierten Ecke der Burg, bei jeder Ecke blies der Hausherr in das Horn und rief seine Untertanen, aber leider erfuhren beide von niemanden etwas davon, wonach sie suchten.

Als sie gerade davon überzeugt waren, die gesamte Befragung sei umsonst gewesen, erschien plötzlich ein kleiner, hinkender Untertan, so befragte auch ihn der Hausherr, ob er etwas von jener Blüte wisse.

Der kleine Mann gab, ohne zu zögern, zu: „Ich habe sie, mein Herr, aber ich gebe sie nicht zurück! Ich habe noch neunundneunzig andere Blüten, alle gebe ich gerne ab, außer diese eine Blüte."

Aber der Hausherr zwang ihn, die Blüte zu bringen. Zornig warf der hinkende Mann sie vor die Füße des Helden.

Der Held wollte sich sofort darauf vom Hausherrn verabschieden, aber dieser brachte ihn noch in die oberen Burgräumlichkeiten. Dort waren alle Möbel mit roten Damast überzogen und alles glänzte im Flammenschein.

Als sie in den Saal traten, in dem der Hausherr für gewöhnlich schlief, berührte der Held unvorsichtig mit seinem kleinen Finger das Bett des Hausherrn. Der Finger begann sofort, Feuer zu fangen, und fiel zu Boden wie eine abgebrannte Kerze. Der Held steckte seine schmerzende Hand in die Manteltasche, in der er die Zauberblüte aufbewahrte und der Finger an der Hand wurde wieder ganz.

Der Hausherr schwieg lange, aber dann sagte er: „Ich sehe, mein Held, dass die Gnade mit dir ist. Sag mir doch, wie ich mich vor dem Leben in der brennenden Burg retten soll! Die Augen schmerzen mir bereits von den ewigen Flammen und der Helligkeit, ich wünsche mir Dunkelheit und Frieden. Schau, eine Blüte welkt, sobald ihre Zeit abgelaufen ist, und das Tier stirbt, nur ich kann das nicht. Verrate mir bitte das Heilmittel dafür, wenn du das kannst!"

Daraufhin antwortete der Held: „Gegen jedes Leiden ist ein Kraut gewachsen, auch für deins! Begib dich zum Berg, dort findest du einen ausgetrockneten Baumstamm, knie dich nieder und halte ihn so lange, bis die Erlösung kommt. Eines Tages kommt sie!"

Daraufhin trennten sie sich voneinander. Der Held kehrte nach Hause zurück, wo er seine Schwester fand und ihr die Blüte aushändigen konnte. In ihren Garten kehrte der Frühling zurück und ihre Seele wurde erfüllt von Freude.

Und der Burgherr tat, was ihm der Held geraten hatte. Er ging auf den Berg, kniete sich nieder und packte den ausgetrockneten Stamm mit seinen beiden Händen fest. Er blieb so sieben Jahre lang, ohne sich zu bewegen.

Eines Tages weckte den Helden in der Früh eine Stimme, die von weit weg kam: „Sag jenem, er soll aufstehen, dem du gesagt hattest, er solle sich niederknien!"

In der folgenden Nacht kam diese gleiche Stimme wieder aus der Dunkelheit zu ihm, dieses Mal noch flehender. Da rief der Bruder seine Schwester zu sich und erzählte ihr, was einst geschehen war.

Sie antwortete ihm: „Hör mir zu: Wenn die Stimme auch heute Nacht zu dir spricht, dann musst du dich ohne Zögern auf den Weg begeben!"

Und tatsächlich hörte er in folgender Nacht wieder dieselbe Stimme, diesmal noch bittender und seufzender: „Sag jenem, er soll aufstehen, dem du gesagt hattest, er solle sich niederknien!"

In der Früh begab sich der Bruder schließlich in jenes Gebiet, in dem er dachte, den Luzifer, den Hausherrn der Burg, zu finden.

Er wanderte lange durch die Welt, dann fand er endlich den Weg zu jenen Wald. Bereits von Ferne sah er einen Baumstumpf – vollkommen überwachsen mit Moos. Der Baumstumpf hatte die Form eines knienden Menschen.

Als er herantrat, hörte er aus dem Baumstumpf eine leise Stimme: „Endlich bist du doch gekommen!"

„Ja, ich bin gekommen. Steh auf!", befahl er.

Der Baumstumpf fing an, sich zu bewegen, sich zu rütteln und zu schütteln, wuchs immer höher, dann brach er plötzlich zusammen und zerfiel zu Staub. Aus dem Staub aber erschien eine weiße Taube und flog direkt zum Himmel. Und der ausgetrocknete Stamm ergrünte daraufhin augenblicklich.

Iris Mesko *stammt aus Slowenien, wohnt seit einigen Jahrzehnten in München und ist leidenschaftliche Ahnenforscherin und Kräuterkundige. Ihr Urgroßvater Jakob Janz, der in Oberkrain als Steinbildhauer arbeitete, kommt aus der Gegend Begunje, so hat sie besonderen Bezug zu der ehemaligen Burg Kamen, die heute in Ruinen liegt und wo sich diese Sage abspielt.*

Die Ballingskellig-Melodie

Eine Sage aus Irland

Mit dem altersschwachen Auto fuhr die in die Jahre gekommene Mary Connor ihren Sohn Maurice über die kurvenreiche Küstenstraße über die südliche Halbinsel Iveragh. Maurice wurde an der Ballingskellig Bay auf einem Fest erwartet. Er sollte am Strand von Trasfraska Dudelsack spielen. In dieser Gegend war er als König unter den Pfeifern bekannt. Mary war sehr stolz auf ihren Sohn. Vielleicht war Maurice so gut, weil er blind war und deshalb ein viel feineres Gehör hatte als andere.

„Da wären wir." Mary seufzte. „Ich hoffe, du trinkst dieses Mal nicht so viel, Junge."

„Ma, du kennst mich doch", erwiderte Maurice grinsend. „Es schmeckt halt so gut und vom vielen Blasen bekomme ich immer eine trockene Kehle."

„Ja, ja, mein Junge." Mary stieg aus. „Ich wollte dich nur daran erinnern, dass ich dich nach Hause fahren muss. Ich werde dieses Mal kein Mitleid haben, wenn dich morgen der große Katzenjammer heimsucht."

„Oh, doch, das wirst du haben. Wie jedes Mal." Maurice lächelte. Er tastete hinter sich nach seinem Blindenstock und stieg auch aus.

Mary hatte schon den Dudelsack aus dem Kofferraum geholt. „Komm, Junge! Ich führe dich." Sie hakte sich bei ihm unter. „Ich möchte nicht, dass du stolperst."

„Ich liebe die Luft hier", schwärmte Maurice. „Sie ist so frisch."

„Ja, sie ist so klar", stimmte Mary zu.

„Das kann ich leider nicht beurteilen", meinte Maurice und lachte. „Aber ich glaube es dir jedes Mal."

Am Strand warteten schon viele junge Leute und klatschten, als sie den König der Pfeifer sahen. Maurice freute sich und bereitete seinen Dudelsack vor. Er spielte einige Lieder. Die Paare begannen, zu tanzen.

Mit der Zeit wurde es immer ausgelassener. Das Gelächter der Feiernden hallte über den Strand. Maurice erwartete sehnsüchtig die erste Unterbrechung. Er brauchte etwas zu trinken. „Ein frisch gezapftes Ale wäre jetzt schon gut", dachte er.

Paddy Dorman, der Veranstalter, trat in der Pause zu ihm. „Maurice, willst du etwas trinken?", fragte er gut gelaunt.

„Ja, ein Glas Whiskey wäre nicht schlecht, Mister Dorman", antwortete Maurice.

„Ein Glas habe ich gerade nicht zur Hand", erklärte Paddy lachend. „Hier ist nur die nackte Flasche."

„Nehme ich auch, Mister Dorman." Maurice nahm einen kräftigen Schluck. Vielleicht auch mehr. Paddy lachte.

„Ah, das ist ein Tropfen, Mister Dorman", sagte Maurice. „Das Bild des Mannes, der ihn gebrannt hatte, sollte aufs Etikett."

Paddy blickte in die Flasche.

„Beim heiligen Frost", rief er. „Jetzt ist nur noch ein kalter Trost in der Flasche. Wir müssen da wohl auf dein Wort vertrauen."

Maurice lachte nur.

Normalerweise konnte Maurice einige Schnäpse vertragen, die man ihm auf den Festen ausgab, doch Paddys ganze Flasche war zu viel für ihn. Plötzlich begann er, die Zaubermelodie zu spielen. Er hatte noch nie jemandem erzählt, woher er sie kannte. Niemand konnte sich dieser schönen Musik entziehen. Selbst seine alte Mutter schwang die Beine wie ein junges Mädchen. Selbst in den Wellen hopsten die Fische auf und nieder. Sie bewegten sich zum Rhythmus. Weiter draußen auf dem Meer drehten sich riesige Krebse auf einer ihrer Scheren. Alles bewegte sich zu dieser wundersamen Melodie. Auf dem Höhepunkt der Melodie erblickten einige Tanzende eine wunderschöne, junge Dame, die sich zwischen den Fischen bewegte. Sie trug einen Hut, unter dessen Krempe das grüne Haar hervorwallte wie die Farbe des Meeres. Ihre Lippen hatte das Rot der Korallen. Ihr langes Kleid erinnerte an den weißen Schaum der Gischt mit Tupfen von purpurnem und rotem Seegras. Mit schwingenden Hüften tanzte sie auf Maurice zu.

„Ich bin Prinzessin Isolde unter der See", sagte sie mit ihrer honigsüßen Stimme und schmiegte sich an seinem Rücken. „Komm mit mir, Maurice Connor, und heirate eine Fee."

Maurice schwirrte der Kopf vom guten Whiskey. Er konnte kaum glauben, was er da hörte.

„Du würdest von goldenen Tellern speisen", säuselte sie weiter. „Wenn du mich erwählst, wirst du wie ein König unter den Wellen leben."

Irgendwie schaffte er es, zu sprechen und gleichzeitig weiter Dudelsack zu spielen. „Gerne würde ich bei dir leben", sagte er, „aber salziges Meerwasser trinke ich gar nicht gerne."

Isolde sah ihn erstaunt an und lächelte geheimnisvoll. „Du Dummkopf, das brauchst du natürlich auch nicht", säuselte sie. „Dir würde es an nichts fehlen in unserem Reich." Sie berührte ihn wie beiläufig am Arm. „Alle würden dich lieben. Dich und deine wundervolle Musik."

„Was würde ich zu trinken bekommen?", wollte er wissen.

„Wir haben die edelsten Tropfen, die würden dir bestimmt munden", säuselte sie. „Komm, ich zeige dir unser schönes Reich!"

Sie lockte ihn tanzend immer näher an den Rand des Strandes. Kleine Wellen schwappten über seine Füße.

Mary sah, wie Maurice mit der bildschönen, jungen Frau zum Wasser tanzte. „Maurice, mein Junge, bleib bei mir!", rief sie ängstlich. „Ohne dich werde ich ganz alleine sein. Dein Vater hat mich doch schon vor Jahren verlassen und liegt in seinem kalten Grab. Du kannst dieses schuppige Wesen nicht heiraten."

Maurice tanzte aber weiter mit Isolde am Wasser herum und spielte auf seinem Dudelsack.

„Ich könnte nie wieder Fisch essen", rief Mary, „da mich der Gedanke quälen würde, ob ich nicht einen meiner Enkel auf dem Teller hätte. Sei ein guter Christenmensch und bleib hier." Sie versuchte, näher an ihn heranzutanzen, doch sie konnte es nicht.

Eine große Welle bildete sich auf dem Meer und rollte heran. Sie drohte, Maurice zu verschlingen. Da er nichts sehen konnte, hatte er auch keine Angst.

„Ma, ich werde König über die Fische", rief er, „und als Zeichen, das es mir gut geht, schicke ich dir jedes Jahr ein Stück verkohlest Holz nach Trasfraska."

Die große Welle schlug über ihm zusammen. Wie ein Umhang mit Kapuzen legte sie sich um ihn und nahm ihn mit sich. Auch Isolde wurde von ihr vom Strand weggeholt.

Unter Wasser sang sie Maurice in den Schlaf und küsste ihn, damit er nicht ertrank. Sie hielt sich dicht bei ihm und schwamm mit ihm zum Meeresgrund.

Als Maurice erwachte, lag er in einem riesigen Bett. Er gähnte herzhaft und wunderte sich über seine trockene Kleidung. Neben ihm regte sich jemand. „Na, mein Liebster, wie gefällt es dir in deinem neuen Zuhause?", fragte Isolde.

„Neben dir aufzuwachen, ist wunderbar", gab er zu und lächelte. „Leider kann ich den Raum nicht beurteilen, da ich ja nichts sehen kann."

Isolde lachte glockenhell und kuschelte sich an ihn.

„Aber das Bett ist schön weich", meinte er. „Das gefällt mir sehr."

„Wenn meinem Vater deine Melodie gefällt, dann gibt er dir bestimmt das Augenlicht", sagte Isolde, „und gemeinsam mit mir siehst du dir dann diese schöne Welt an, ja?"

„Ich habe noch gar nicht gesagt, wie schön ich deinen Namen finde", sagte er.

Isolde lachte wieder. „Normalerweise sagen mir die Männer, wie gut er zu mir passt."

„Es tut mir leid", sagte Maurice geknickt. „Das kann ich leider nicht beurteilen, aber er passt zu deiner Stimme." Er lächelte verlegen, als Isolde lachte.

„Das hat noch keiner zu mir gesagt." Isolde kicherte.

„Darf ich dein Gesicht berühren?", fragte er schüchtern.

Isolde glaubte, er würde sie küssen, und spitze die Lippen. Sachte strich er mit seinen Fingerspitzen über ihre Wangen, Nase und Mund.

„Du bist wunderschön, Isolde", flüsterte er.

„Küss mich endlich, Dummkopf!", forderte sie ihn auf.

Sanft berührte er mit seinen Lippen ihren süßen Mund. „Ihre Lippen sind so weich", dachte er. „Ihre Küsse sind wie süßer Wein!"

Am Abend war Maurice furchtbar aufgeregt. Er sollte im großen Thronsaal vor König Triton spielen. „Mein Herz schlägt so laut, dass es meine Musik übertönen könnte", dachte er besorgt. Seine Hände zitterten. Es war das erste Mal, dass er so nervös vor einem Auftritt war.

Isolde führte ihn zu ihrem Vater. Maurice hörte sehr viele Gäste, die miteinander tuschelten.

„Er ist doch nur ein Mensch", flüsterte eine ältere Meerjungfrau.

„Die können nichts Besonderes", wisperte ein anderer.

„Ich dachte immer, unter Wasser würde es überall nach Fisch riechen", dachte Maurice. „Aber es duftet hier herrlich. Was es wohl zu essen gibt?"

„Vater, ich bringe dir den Musikanten aus der Oberwelt", sagte Isolde. „Er ist in der Lage, eine Zaubermelodie zu spielen, die du noch nie gehört hast."

Ein Raunen ging durch den Saal.

„Das hättet ihr nicht erwartet, was?", dachte Maurice.

„Ha, wer soll das glauben", rief die ältere Meerjungfrau.

„Ich bitte um Ruhe!",rief Triton. „So möge er anfangen."

Maurice begann wieder, die zauberhafte Melodie zu spielen. Ob der König wollte oder nicht, er musste tanzen wie all die anderen Gäste auch. Der ganze Hofstaat schwang die Beine oder die Flossen. Triton lachte laut und drehte sich mit Isolde im Kreis.

„Ach, wie herrlich", rief er begeistert.

Auch zu normalen Melodien wurde später getanzt. Alle waren fröhlich und ausgelassen.

Maurice durfte an Tritons Tafel speisen. Noch nie zuvor in seinem Leben hatte er ein so herrliches Mahl essen dürfen und genoss jeden Bissen. Isolde saß neben ihm und legte ab und zu eine Hand auf seinen Oberschenkel.

„Nun, Maurice, meine Tochter erzählte mir, du könntest nichts sehen." Der König umarmte ihn von hinten und drückte ihm beide Hände auf die Augen. „Nun sieh dir deine Braut genau an! Gefällt sie dir?"

Maurice wollte Ja sagen, doch als er Isolde erblickte, blieb ihm der Mund offen stehen. „Warum sagst du nichts?", wollte Isolde wissen. „Bin ich nicht schön genug?"

„Nein, doch, du … du bist wunderschön", sagte Maurice. „Einfach bezaubernd!" Zum ersten Mal in seinem Leben blickte er sich um. Die Wände schimmerten wie Perlmutt. Die Tische waren aus verschiedenen Korallen geschnitzt. Überall blitzte und blinkte es.

„Auf den besten Musikanten unserer Welt." Die Gäste prosteten ihm zu.

„Spiel noch mal die schöne Melodie", bat eine Meerjungfrau, die in einem Pool saß. „Hat sie einen Namen?"

„Nein, ich glaube nicht", antwortete Maurice und stand auf.

„Dann heißt sie ab heute die Ballingskellig-Melodie", sagte Isolde. „Damit sie uns immer an den Tag erinnert, als ich dich traf."

Maurice nickte und begann, zu spielen. „Ich war noch nie so glücklich", dachte er.

„Auf meinen Schwiegersohn", rief Triton nach dem Lied.

„Auf Maurice", rief der ganze Hofstaat und feierte spontan Hochzeit.

Jedes Jahr schickte Maurice seitdem ein Stück verkohltes Holz an den Strand von Trafraska, um seiner Mutter zu zeigen, dass es ihm gut geht.

Eines Tages stieg Maurice zusammen mit Isolde an den Strand empor. Auf seinem Arm trug er seinen kleinen Sohn. Der Junge fiel mit seinen grünen Haaren auf.

Es wurde wieder das Fest gefeiert. Mary freute sich sehr, Maurice wiederzusehen. Sie umarmte ihn und weinte vor Glück.

„Mutter, das ist Henry, mein Sohn", sagte Maurice stolz.

Mary nahm den Kleinen auf den Arm und drückte ihn herzlich an ihre Brust. „Seht her, Leute, das ist mein Enkelkind", rief sie. „Er ist so hübsch wie seine Mama."

Isolde lachte.

„Maurice, spiel bitte für uns", rief jemand. „Wir mussten lange auf dein Können verzichten."

Das ließ sich Maurice nicht zweimal sagen und bereitete seinen Dudelsack vor. Wieder spielte er seine magische Melodie. Isolde tanzte um ihn herum.

Nicole Gabrys, geboren 1975, aus Duisburg, Mutter von zwei erwachsenen Kindern und Hobbyautorin. Seit einigen Jahren besucht sie den Online Schreibkurs der VHS. Sie hat einige Kurzgeschichten in verschiedenen Anthologien veröffentlicht und ist immer auf der Suche nach neuen/alten mystischen Wesen, die sie in ihren Geschichten lebendig werden lässt. Ihr erster Roman heißt „Okpara – Der Traum von einem Leben nach dem Tod".

Der Ingenieur Lenzen

Eine Sage aus Berlin

Mike Lenzen war ein hoch angesehener Ingenieur. Er hatte schon viele Bauwerke entworfen und gebaut, alte Kirchen erneuert, Museen, Rathäuser, Bürogebäude und vieles mehr. So hatte er sich ein kleines Vermögen angeschafft. Doch hatte er eine kleine Schwäche, denn er liebte das Glücksspiel.

Mike hatte gerade ein neues Bürogebäude fertiggestellt, da bekam er eines Abends einen Anruf.

„Guten Abend, Herr Lenzen. Bürgermeister Müller hier. Ich wollte Sie um einen Gefallen bitten."

„Um was handelt es sich?"

„Sie wissen doch, dass unsere alte Kirche im Bezirk langsam zerfällt. Daher möchte ich Sie bitten, einen Entwurf zu erstellen für eine neue, moderne Kirche. Wenn uns Ihr Entwurf gefällt, würden wir gerne Ihnen den Auftrag erteilen, die Kirche zu bauen."

„Bürgermeister Müller, das ist eine Ehre für mich. Ich werde mich morgen als Erstes daran setzen. Sobald ich den Entwurf fertig habe, komme ich persönlich bei Ihnen vorbei und lege diesen vor."

„Einverstanden. Dann wünsche ich Ihnen noch einen schönen Abend."

Mike legte den Hörer auf. Es erfreute ihn, dass sich der Bürgermeister bei ihm gemeldet hatte. „Schöner kann der Tag nicht enden. Eben ein gutes Geschäft abgeschlossen und schon kommt das nächste", sagte er zu sich. Er nahm seinen Aktenkoffer, verließ sein Büro, stieg in sein Auto und fuhr nach Hause. Doch einige Straßen vor seinem Grundstück blieb er an einer Ampel stehen. Als er auf Grün wartete, schaute er sich um und entdeckte ein neues Spielcasino.

„Das muss ich mir genauer ansehen", sagte er und setzte seinen Blinker. Er fuhr in die Straße, wo sich das Casino befand. Freudig nahm er seinen Aktenkoffer und ging hinein. Mit großen Augen schaute er

sich um. „Prachtvoll", sagte er. Überall standen Pokertische, Spielauto-
maten, Blackjack, Craps und Roulettetische. Seine Schwäche war allerdings das Pokern. So setzte er sich an einen Pokertisch und wechselte
etwas Geld in Chips ein. Die ersten Runden verliefen gut für Mike
und er gewann ein Spiel nach dem andern. Auch nach zwei Stunden
war das Glück noch immer auf seiner Seite. Schließlich verließ er das
Spielcasino.

Am nächsten Morgen setzte er sich gleich an dem Entwurf für die
neue Kirche. Bis zum Mittag hatte er den Entwurf fertig. Er packte
seine Sachen zusammen und machte sich auf dem Weg zum Bürgermeister Müller. „Guten Tag, Herr Müller. Ich bringe Ihnen den Entwurf für die neue Kirche.'

„Herr Lenzen, das ist wunderbar. Ich hätte nicht erwartet, dass Sie
heute schon kommen. Dann zeigen Sie mal her!"

Mike legte dem Bürgermeister den Plan vor die Nase. Seine Augen
funkelten, als er auf den Plan schaute. Mike erzählte ihm dabei, wie er
sich die neue Kirche vorstellte. „Ein großes, längliches Gebäude mit
vielen Fenstern. Die Orgel stellen wir an der Seite vom Eingang. Bänke
reihen sich bis nach vorne. In einer Nische sollte das Kreuz mit Jesus
stehen, die Kanzel sowie das Taufbecken. Moderne Kronleuchter erhellen den Innenraum. Über dem Eingang bauen wir einen kleinen
Dachboden, wo sich die Glocken und die Uhr befinden. Die Fassade
sollte in einem warmen Beigeton gehalten werden."

„Sie ist prachtvolle. Ich lege den Entwurf dem Rat vor. Wenn wir uns
einig sind, werden wir uns bei Ihnen melden, Herr Lenzen."

Mike bedankte sich und verabschiedete sich vom Bürgermeister. Vor
der Eingangstür holte er tief Luft und schaute auf seine Uhr. „Na, es
lohnt sich nicht mehr, ins Büro zu fahren. Dann lieber noch ein kleines Spielchen." Mike überlegte nicht lange und fuhr zum Spielcasino.
Sofort fühlte er sich wohl, als er am Pokertisch saß.

„Waren Sie nicht auch gestern hier?", fragte der Croupier.

„Ja. Ich will sehen, ob ich auch heute Glück habe."

„Na dann. Neues Spiel, neues Glück", antwortete der Croupier und
teilte die Karten aus. Mike gewann wieder. Sein Glück hielt bis zum
späten Nachmittag. „Sie wollen schon gehen?", fragte der Croupier, als
Mike von seinem Platz aufstand.

„Ja. Es ist Zeit für mich, aber ich werde wiederkommen." Er verließ
das Casino.

Die Wochen vergingen und Mike wartete ungeduldig auf eine Nachricht vom Bürgermeister. „So lange kann es doch nicht dauern?", stellte er sich die Frage, als er über seine Papiere schaute. Um die Zeit zu vertreiben, ging Mike regelmäßig ins Spielcasino. Sein Vermögen war in dieser Zeit sehr gewachsen, was ihn anspornte, immer mehr zu spielen. Nach fünf Wochen fuhr er wieder einmal zum Casino.

„Guten Abend, Herr Lenzen. Das Spiel kann beginnen", begrüßte ihn der Croupier. Mike wechselte sein Geld und setzte sein erstes Spiel.

Auch heute hatte er Glück und gewann wieder und wieder. Nach zwei Stunden verließ er das Casino. Als er in seinen Wagen stieg, dachte er sich: „Morgen werde ich das Glück herausfordern. Wollen doch mal sehen, ob ich mein Vermögen nicht verdoppeln kann." Voller Vorfreude auf den nächsten Tag fuhr Mike nach Hause. So neigte sich der Tag dem Ende zu.

Am nächsten Morgen hatte es Mike eilig, ins Büro zu kommen. Er wollte gerade sein Büro aufschließen, da klingelte das Telefon. Mike hatte noch seine Sachen in der Hand, als er den Hörer abnahm.

„Schönen guten Morgen. Ich hoffe, ich rufe nicht allzu früh an."

„Bürgermeister Müller. Nein, es ist nicht so früh. Was kann ich für Sie tun?"

„Mein lieber Herr Lenzen. Der Rat hat sich entschieden und möchte, dass Sie die Kirche bauen. Wir werden Ihnen die finanziellen Mittel zu Verfügung stellen und veranlassen noch heute die Überweisung. Bitte veranlassen Sie alles Nötige, damit der Bau so schnell wie möglich beginnen kann."

„Ja, Herr Müller. Ich denke, nächste Woche können wir mit dem Bau beginnen."

„Ausgezeichnet. Wir bleiben in Verbindung. Noch einen angenehmen Tag für Sie."

Mike konnte sein Glück nicht fassen und so rief er alle Bauleiter zusammen. Die Sitzung ging bis zum Mittag. Als alles besprochen war, verabschiedete sich Mike und wünschte allen ein schönes Wochenende. So schön wie die Nachricht vom Bürgermeister Müller auch war, Mike wollte dennoch seinen Plan vom Vortag unbedingt umsetzen. Zum Abend hin machte er sich zurecht, packte ein paar Geldscheine ein und fuhr zum Spielcasino.

„Ah, der Herr Lenzen, der so viel Glück hat. Willkommen zurück", begrüßte ihn der Croupier.

Mike nahm Platz und sofort gab der Croupier die Karten aus. Im Laufe des Abends wurde das Spielcasino immer voller. Mike gewann ein Spiel nach dem anderen. Doch dann machte das Spiel eine Kehrtwendung. Mike wurde übermütig und setzte fünfhundert Euro auf ein Spiel.

„Tut mir leid, Sir. Sie haben verloren", sagte plötzlich der Croupier.

„Was? Na ja, einmal verloren heißt nicht, dass ich jetzt wieder verliere." So setzte Mike weitere fünfhundert Euro.

„Wieder verloren, Sir."

Mike wurde ruhiger. Irgendetwas in ihm sagte: „Hole dir dein Geld zurück." So setzte Mike erneut fünfhundert Euro. Wieder und wieder. Und jedes Mal verlor er.

„Sir, Sie sollten für heute vielleicht Schluss machen", sagte der Croupier schließlich.

Mike schaute auf die Uhr. „Wir haben es erst drei Uhr. Ein Spiel werde ich noch machen." Mike setzte dieses Mal zweitausend Euro, aber auch dieses Mal verlor er das Spiel. Wortlos stand er von seinem Platz auf und ging zu seinem Auto. „Davon lasse ich mir nicht den Mut nehmen. Morgen probiere ich es erneut. Irgendwann wird das Glück zurückkehren", sagte er zu sich und fuhr nach Hause.

Am nächsten Tag ging Mike erst zur Bank, bevor er zum Spielcasino fuhr. Dort angekommen, eilte er zum Pokertisch.

„Guten Abend, Sir", sagte ein anderer Croupier.

Ohne zu antworten, setzte sich Mike ihm gegenüber. Er wechselte sein Geld ein und setzte zum Anfang fünfhundert Euro. Zu seinem Glück gewann er das erste Spiel. „So kann es weitergehen", sagte Mike und ließ seine Chips auf dem Tisch liegen. „Das ist gleich mein neuer Einsatz." Die Gier stieg in ihm hoch. Er wollte noch mehr. Die nächsten zwei Spiele gewann er ebenso. Und jedes Mal verdoppelter er seinen Einsatz.

„Sir, einen Augenblick. Es ist gerade Schichtwechsel."

Mike schaute zu dem Croupier hinauf und nickte ihm zu. Der nahm seine Sachen und ging vom Tisch weg. Es dauerte nur einen Augenblick, bis der neue Croupier da war.

„Guten Abend, Herr Lenzen. Es sieht so aus, als würde das Glück wieder auf Ihrer Seite sein."

„Ja. Und ich glaube, dass es so weitergeht."

„Dann Ihren Einsatz bitte!"

Mike nahm einige Chips und legte fünf Fünfhunderter-Chips auf den Tisch. Als der Croupier die ersten Karten legte, sah es für Mike gut aus. „Ich setze zwei weitere fünf Hunderter-Chips", sagte er freudig. Als der Croupier die nächste Karte aufdeckte, war Mike nicht mehr so fröhlich. „Ach, was solls. Zwei Karten kommen ja noch", dachte er und erhöhte seinen Einsatz. Doch die nächste Karte brachte kein Glück, auch die letzte nicht.

„Leider verloren", sagte der Croupier und zog die Chips zu sich.

Die nächsten Spiele verlor Mike ebenfalls. Als er sich etwas zu trinken bestellen wollte, bemerkte Mike einen Mann, der ihn von der Bar aus beobachtete. Er lächelte Mike an und erhob sein Glas.

Mike beugte sich zum Croupier und fragte: „Wer ist dieser Kerl? Der in dem gut geschneiderten Anzug."

„Wen meinen sie, Herr Lenzen? Ich kann niemanden sehen."

„Na der ..." Mike sprach nicht weiter, als er zur Bar hinüberschaute. „Wo ist er? Er war gerade noch da." Dabei schaute er sich um. Doch konnte er den fremden Mann nicht mehr erblicken. Mike zuckte mit den Schultern und wandte sich seinem Spiel wieder zu. Auch bei den nächsten Spielen hatte Mike kein Glück. Nach sechs Stunden gab er auf und verließ das Casino.

„Hundertfünfzigtausend Euro habe ich heute verloren. Das Glück muss mich verlassen haben. Aber ich gebe nicht auf. Ich werde es mir wiederholen."

Es verging einige Zeit und der Bau der Kirche war voll im Gange. In der Zeit verlor Mike einen großen Teil seines Vermögens. Doch wollte er nicht aufgeben und weiterhin spielen. Zu groß war die Versuchung, sein Geld zurückzugewinnen.

„Heute muss es endlich klappen. Ich brauche mein Geld zurück. Ansonsten weiß ich nicht, wie ich meine Männer bezahlen soll", dachte Mike verzweifelt, als er über seine Papiere schaute. Er schaute auf seine Uhr. „Erst vierzehn Uhr? Es hat kein Zweck, weiterzuarbeiten. Ich kann mich nicht konzentrieren. Ich werde nach Hause gehen." So verließ Mike sein Büro und fuhr nach Hause. Er nahm ein Bad und entspannte sich auf seiner Couch. Sofort schlief er ein und er fing an, zu träumen. Fürchterliche, glühende Augen starrten ihn an. Von Weitem erklang ein böses Lachen und Hände griffen nach ihm, die ihn in ein schwarzes Loch ziehen wollten. Beinah hätten sie es geschafft, aber Mike wachte in diesen Moment auf.

„Was für ein Traum", sagte Mike zu sich und fasste sich dabei an die Stirn. Nachdem er Luft geschnappt hatte, zog er sich an. „Den Rest des Tages werde ich im Casino verbringen." Er nahm seine Autoschlüssel und fuhr ins Casino.

„Guten Tag, Herr Lenzen. Heute schon so früh hier?", fragte der Croupier.

„Ja. Ich will die Zeit nutzen, bevor das Casino voll wird." Mike tauschte sein Geld um und setzte sich auf sein Platz.

Der Croupier teilte die Karten aus und wartete auf Mikes Einsatz. „Ihr Einsatz bitte!"

Doch Mike reagierte nicht.

„Herr Lenzen?"

„Wie? Was? Ach so. Ja, einen Moment." Mike sah verwundert aus. Denn er hatte wieder diesen fremden Mann gesehen. Noch einmal blickte er zur Bar. „Schon wieder weg."

„Was meinen Sie, Herr Lenzen?"

„Der Mann, den ich schon vor einigen Tagen hier gesehen habe. Dort drüben an der Bar."

Der Croupier schaute hinüber. „Ich kann niemanden sehen. Sind Sie sicher, dass dort ein Mann gestanden hat?"

„Absolut. Vor einer Minute stand er an der Bar und schaute hier rüber." Der Croupier antwortete nicht weiter. Mike setzte seinen Einsatz. „Sie haben gewonnen."

„Endlich ist mein Glück wieder da." Doch sein Glück war nicht von Dauer. Schon nach einigen Runden verlor er wieder. Als Mike nur noch einen Chip in seiner Hand hielt, dachte er: „Wenn ich diesen Chip einsetzte, habe ich mein ganzes Vermögen verspielt. Aber ich muss es wagen. Oder sollte ich es doch lieber lassen?" Mike konnte sich nicht entscheiden.

Plötzlich flüstert eine geheimnisvolle Stimme: „Setze den Chip und hol dir dein Geld zurück."

Mike drehte sich um, doch niemand stand hinter ihm. Er schaute nach links und nach rechts, aber sah noch immer keinen. Sein Blick ging zu seiner Hand hinunter.

„Tu es!", hörte er.

Mike zögerte, doch schließlich setzte er den Chip. Gespannt schaute er auf seine Karten. Doch auch dieses Mal hörte er vom Croupier: „Sie haben verloren."

„Das wars für mich. Ich werde für heute Schluss machen. Auf Wiedersehen. Bis demnächst." Mike stand auf und verließ das Casino. „Was mach ich jetzt? Ich habe all mein Vermögen verspielt. Meine Männer muss ich auch noch bezahlen. Ich muss mir etwas einfallen lassen. Aber nicht mehr heute. Morgen ist auch noch ein Tag." So ging Mike nach Hause und legte sich schlafen.

Am nächsten Morgen wachte er ausgeschlafen auf. „Neuer Tag, neues Glück. Heute werde ich mir etwas einfallen lassen." Mike sprang aus seinem Bett und ging unter die Dusche. Dabei fiel ihm etwas ein. „Na klar. Ich habs. Ich werde mir ein Teil von dem Baugeld nehmen. Und wenn ich gewinne, dann kann ich auch die Männer bezahlen." Fest entschlossen nahm er einen Teil des Baugelds und fuhr zum Casino.

„Guten Abend, Herr Lenzen. Heute ein neuer Versuch?"

„Ja. Denn heute ist das Glück auf meiner Seite." Mike sollte recht behalten und er gewann ein Spiel nach dem anderen. „Endlich. Ich habe es geschafft. Aber heute werde ich nicht mein Glück herausfordern."

„Sie wollen schon gehen?"

„Ja. Ich habe noch eine Verabredung. Aber ich kommen wieder." Mike war glücklich und zufrieden. Jetzt brauchte er sich keine Gedanken mehr machen.

Am nächsten Morgen schaute er auf das kleine Vermögen, das er gestern erspielt hatte. „Warum sollte ich eigentlich nicht das ganze Baugeld nehmen. Jetzt, wo ich das Glück gefunden habe, kann ich mein Vermögen zurückholen. Was soll jetzt noch schief gehen." Mike wurde leichtsinnig. Ihn zog es magisch an, zum Casino zu fahren. Seine Finger wollten die Karten in der Hand halten und gewinnen. So nahm er das ganze Geld. Alles, was er gewonnen hatte und das restliche Geld von der Baufinanzierung, und fuhr zum Spielcasino. Der Tag neigte sich langsam dem Ende, als er dort ankam. Das Casino war schon gut gefüllt, als er zu seinem Pokertisch kam. Er setzte sich auf den letzten freien Platz und bestellte sich etwas zu trinken. Sein erster Blick ging zur Bar hinüber. Er wollte wissen, ob der fremde Mann wieder dort stand und Mike beobachtete. Aber niemand war dort zu sehen. Er tauschte sein Geld um und begann, zu spielen. Aber heute hatte ihn das Glück wieder verlassen. Er verlor immer mehr, bis er zum Schluss kein Geld mehr übrig hatte. Entsetzt und sprachlos ging er zur Bar hinüber. Er bestellte sich noch ein Drink, um seinen Kummer runterzuspülen.

„Ich kann mich so vor dem Bürgermeister nicht blicken lassen. Was soll ich ihm sagen, wenn er nach dem Geld fragt? Wie soll ich die Männer bezahlen? Der Bürgermeister wird mich wegen Betrugs ins Gefängnis stecken. Das halte ich nicht aus. Der beste Weg ist, sich das Leben zu nehmen." Düstere und verzweifelte Gedanken schwirrten in Mikes Kopf herum.

„Ich würde das nicht tun. Bevor du dir das Leben nimmst, biete ich dir einen Pakt an. Sei schlau. Du kannst mit einmal all deine Sorgen los werden. Geh mit mir einen Handel ein und du wirst der reichste und erfolgreichste Ingenieur sein, den es je gab."

Mike blickte auf und sah in das Gesicht des fremden Mannes.

„Woher wissen Sie, was ich vorhabe. Wer sind Sie und was für einen Handel meinen Sie?"

„Das sollten wir nicht hier besprechen. Ich schlage vor, wir besprechen es in einem Nebenraum. Folge mir!"

Mike sagte nichts weiter. Er ging dem fremden Mann nach in einem kleinen Nebenraum. Dort verschloss der Fremde die Tür und sagte: „Jetzt können wir ungestört reden." Dabei leuchteten seine Augen auf.

Mike wich zurück. „Du bist der Teufel."

„Ja, der bin ich. Ich kann dir helfen. Was bietest du mir an?"

Mike überlegte hin und her. „Soll ich mich mit dem Teufel einlassen? Aber wenn nicht, bin ich verloren und es wird mir schlecht ergehen", dachte Mike. „Also gut. Ich biete dir meine Seele, wenn ich doch nur das Baugeld zurückerhalten könnte", sagte er schließlich.

„Nicht schlecht. Aber das reicht mir nicht. Ich will mehr. Du sollst das Baugeld zurückbekommen. Unter einer Voraussetzung. Baue das Dach so, dass es bei der Einweihung zusammenfällt. Dann gehören alle Seelen mir."

Mike wich erneut zurück und sah den Teufel mit großen Augen an. Zögernd sagte er schließlich: „Also gut. Ich gehe auf den Handel ein. Du sollst deine Seelen bekommen."

Der Teufel nickt ihm zu und holte einen Vertrag hervor. „Unterschreibe den Vertrag und du wirst das ganze Geld zurückbekommen." Mike unterschrieb den Vertrag mit seinem Blut. Der Teufel lachte auf und verschwand in den Flammen. Mike wollte nur schnell raus aus dem Raum. Raus aus dem Casino und nach Hause gehen.

Er wurde am nächsten Morgen wach, ängstlich schaute er sich um. „War das nur ein Traum? Oder habe ich wirklich den Teufel gesehen?"

Er ging ins Wohnzimmer und auf dem Tisch standen zwei Koffer mit einer Nachricht:

Hier ist das ganze Baugeld. Denk an unseren Handel
und was du zu tun hast.

Mike ließ vor Schreck den Zettel fallen. „Das war also doch kein Traum. Was habe ich getan?" Er sackte zusammen und fiel auf seine Couch. Ein schlechtes Gewissen stieg in ihm empor. „Ich kann das nicht. So viele unschuldige Menschen sollen meinetwegen sterben? Nein. Ich werde eine Kirche bauen, die so stark ist wie keine andere", dachte Mike. Er fuhr in sein Büro. Dort wies er die Männer an, dass sie schneller arbeiten sollten. Und dass das Mauerwerk so stark sein müsste, dass selbst ein Erdbeben die Kirche nicht vernichten könne.

Die Zeit verging und Mike beendete nach drei Monaten den Bau der Kirche. Sie war prachtvoll. Am Tag der Eröffnung gab es eine große Einweihungsfeier. Die Leute kamen von überallher. Jeder von ihnen wollte die neue Kirche bestaunen. Als die Feier langsam zu Ende ging, bekam Mike ein merkwürdiges Gefühl. Er schaute sich um, ohne dass der Bürgermeister etwas mitbekam. Da erblickte er einen seltsamen Schatten an einem der Fenster. Er wisch zurück.

„War das der Teufel? Das kann nicht sein. Aber ein kalter Schauer läuft mir den Rücken entlang. Irgendetwas lauert draußen", dachte Mike und stand wie erstarrt an seinem Platz.

„Herr Lenzen, was ist mit Ihnen? Sie sehen aus, als hätten Sie einen Geist gesehen."

„Was? Wie?", sagte Mike stotternd und schaute erschrocken zum Bürgermeister.

„Ich fragte, ob alles in Ordnung ist? Sie sehen kreidebleich aus."

„Ja, alles bestens. Der ganze Trubel war anstrengend."

„Aber dafür haben Sie jetzt alles überstanden. Die Kirche ist großartig geworden. Ich hätte nie erwartet, dass sie so prachtvoll wird. Großartige Leistung."

„Danke, Bürgermeister Müller."

„Aber was stehen wir noch hier rum? Die Leute erwarten uns draußen. Wir wollen noch Fotos machen. Also kommen Sie."

Mike ging langsam auf die Tür zu und sah eine finstere Gestalt. „Wer ist das?", dachte er und lief weiter. Plötzlich stockte sein Atem. Er sah leuchtende, wütende Augen, die ihn anstarrten. „Da steht der Teufel. Was mach ich jetzt?", überlegte Mike.

Der Teufel konnte die Kirche nicht betreten, so hoffte er, dass Mike bald die Kirche verlassen würde. Er wollte sich rächen. Dafür, dass Mike ihn hintergangen hatte. Niemand sollte ungestraft davonkommen.

Mike blieb stehen. „Ich kann die Kirche noch nicht verlassen. Ich werde mir noch einmal alles genau ansehen, ob wirklich alles seine Richtigkeit hat."

„Ach, Papperlapapp. Sie sind schon zweimal durchgegangen. Es ist alles in Ordnung."

„Und trotzdem möchte ich noch einmal alles ansehen."

„Das kommt gar nicht infrage. Außerdem warten die anderen auf uns. Los, kommen Sie!" Der Bürgermeister nahm Lenzen bei der Hand und zog ihn hinaus.

Doch Mike sträubte sich und die Angst stieg in ihm hoch. Aber er konnte sich vom festen Griff des Bürgermeisters nicht lösen. Je näher Mike zur Tür kam, umso mehr lachte der Teufel. Schließlich zerrte der Bürgermeister Mike aus der Tür. Kaum hatte er den Fuß nach draußen gesetzt, sprang der Teufel auf seinem Rücken. Vor Schmerz verzog sich Mikes Gesicht und er fiel zu Boden.

Bürgermeister Müller spürte den Widerstand an seiner Hand. Er drehte sich um und sah Mike auf dem Boden liegen. „Herr Lenzen, was ist mit Ihnen? Herr Lenzen?" Doch er rührte sich nicht.

Die Leute kamen von allen Seiten angerannt. Nur einer blieb stehen und lächelte hinterhältig – bis er verschwand.

Vor lauter Aufregung bemerkte keiner den Teufel. Alle waren um Mike besorgt. Ein Arzt beugte sich zu ihn hinunter und sagte: „Ich weiß nicht, wie das geschehen konnte. Aber sein Genick ist gebrochen."

„Wir wollen Herrn Lenzen ehren. Zum Gedenken an ihn werden wir hier ein Steinkreuz aufstellen. So wird sich jeder an Herrn Lenzen erinnern, der dieses Kreuz erblickt", sagte zum Abschluss der Bürgermeister. Das Steinkreuz steht bis heute noch an der Kirch St. Marien in Berlin.

Anke Ortmann arbeitet als Betreuerin in der Mildred-Harnack-Schule. Dort leitet sie mit einer Kollegin den Buchclub der Schule.

Das Haus im Fluss

Eine Sage aus Bamberg

„Oma, schau nur mal, dort steht ja ein Haus mitten im Wasser!" Lisa war begeistert. Mit ihren Großeltern besuchte sie an diesem Wochenende zum ersten Mal die fränkische Stadt Bamberg. Die Achtjährige liebte diese Ausflüge mit den Großeltern, die sie schon in viele kleinere und größere Ortschaften rund um ihren Heimatort gebracht hatte. Großmutter konnte immer so tolle Geschichten, die Lisa so sehr liebte, über diese Orte erzählen.

So wurde das Mädchen auch dieses Mal nicht enttäuscht. Denn kaum hatte Lisa ihr Erstaunen über dieses sonderbare Haus, das sie gerade gesehen hatte, kundgetan, da sagte ihre Oma auch schon: „Das ist wirklich eine spannende Geschichte. Kommt, ihr zwei", und dabei stupste sie ihren Mann, Lisas Großvater, an. „Opa holt uns allen ein Eis, wir setzen uns dort vorne auf die Stühle auf der Brücke und ich erzähle euch eine ganz tolle Geschichte aus der Zeit, in der dieses Haus erbaut worden ist."

„Oh ja, Oma, das ist eine prima Idee."

Als alle drei ein Eis in der Hand hielten und in der warmen Herbstsonne Platz genommen hatte, begann die Großmutter zu erzählen: „Das Haus, das du hier siehst, Lisa, ist das alte Rathaus der Stadt Bamberg. Bamberg ist eine sehr alte Stadt, die es schon gab, als die Kirchenfürsten in Franken noch viel zu sagen hatten. Die Bischöfe der Stadt residierten dort oben auf dem Felsen, hier unten", dabei zeigte die Großmutter in Richtung, aus der sie gerade gekommen waren," lebten die Bürger der Stadt. Die mochten zwar ihre Bischöfe, wollten ihnen aber nicht länger untertan sein, sondern künftig als freie Bürger in der Stadt leben.

So schickten eine Abordnung zum Bischof, um sich für ihr Ansinnen einzusetzen, doch der hohe Herr musste davon vorab Wind bekommen haben, denn er ließ durch seine Knechte die Bürger auf nicht gerade freundliche Weise abwehren. Bald mussten die Männer, die ihr Begehr vortragen wollte, einsehen, dass es zwecklos war, was sie vorhatten, und so zogen sie sich wieder nach Hause zurück.

Doch das Leben in der Stadt Bamberg musste weitergehen und so sandte die Bewohnen eine neue Abordnung aus, die nun den Frieden mit dem Bischof wiederherstellen sollte. Gleichzeitig wollten die Herren darum bitte, dass sie ihr abgebranntes Rathaus wieder aufbauen durften. Allerdings dachte der Bischof wohl, dass man ihm auch dieses Mal nichts Gutes wolle, und so lehnte er den Wunsch seiner Untertanen ab und er untersagte den Bambergern zudem, auf seinem Grund und Boden ein neues Rathaus zu errichten.

Nun war guter Rat teuer. Man überlegte hin und her, doch dann machte bei einer Stadtversammlung eines Tages ein junger Ratsherr

den Vorschlag, das neue Rathaus doch in den Fluss Regnitz zu bauen. Das Wasser gehöre sicherlich nicht dem Bischof, und wenn doch, so könne man es wohl kaum Grund und Boden nennen. Denn darauf zu bauen, das hatte der Bischof ja verboten.

Nun, ob dieser Vorschlag wirklich ernste gemeint war von dem jungen Mann, das weiß ich nicht. Aber die alten Bamberger fanden wohl bald an ihm Gefallen und so beschlossen die Ratsherren schließlich, dass ihr Neubau im Fluss errichtet werden solle.

Bald darauf begannen die Arbeiten. Zunächst einmal mussten Hunderte von Eichenpfählen in den Boden gerammt werden, denn man benötigte ja einen festen Untergrund für den Neubau. Sand und Kies und Erde wurde herangekarrt, um neues Land aufbauen. Die Arbeiten gingen gut voran, sodass irgendwann tatsächlich die Grundmauern und später auch das Gebäude, das ihr hier seht, errichtet werden konnte.

Natürlich musste das neue Rathaus auch mit dem Ufer verbunden werden und so planten die städtischen Bauherren zwei Brücken, um den Zugang zu dem Haus zu gewährleisten. Doch da hatten die Bamberger wieder einmal die Pläne ohne ihren Bischof geschmiedet, denn das Land am Ufer gehörte natürlich ihm. Als ihm die Bauherren bei einer Besichtigung von ihren weiteren Plänen, also den beiden Brücken, berichteten, da wurde der Bischof wütend, schrie die Städter an und ließ sie wissen, dass er auf seinem Grund und Boden so etwas nicht dulden würde.

Nun war die Verzweiflung groß, denn ohne die Anbindung rechts und links des Flusses machte das ganze Rathaus keinen Sinn, denn wenn man es nicht trockenen Fußes betreten konnte, war es unsinnig, ein solches Gebäude errichtet zu haben. Eine wahre Narretei, wie man das damals wohl nannte.

Wieder wollten die Bürger eine Abordnung zum Bischof senden, doch die wurde gar nicht erst vorgelassen. Die Verzweiflung der Bamberger wurde danach immer größer. Was soll ich sagen", die Großmutter schmunzelte. „Eines Tages ließ der Bischof den Bürgermeister der Stadt Bamberg zu sich kommen und genehmigte ihm gnädig schließlich den Bau der beiden Brücken. Doch natürlich gab er ihm auch mahnende Worte mit auf den Weg: Künftig solle man aus der ganzen Angelegenheit lernen, dass Fürst und Volk zusammengehörten, ganz so, wie es nach der göttlichen Ordnung einzig und allein richtig sei."

Nachdem die Großmutter ihre Geschichte beendet hatte, waren alle einen Moment still. Alle drei schienen ihren Gedanken hinterherzuhängen. Dann aber stand Lisa auf und sagte: „Ach Oma, du kannst so toll erzählen. Wenn ich einmal groß bin, werde ich auch vielen Leuten tolle Geschichten erzählen."

„Mach da, mein Mädchen", antwortete die Großmutter. Sie hatte viele Jahre als Fremdenführerin gearbeitet und freute sich sehr, dass auch ihre Enkelin Freude an schönen Sagen, Legenden und historischen Begebenheiten hatte.

Nanja Holland *ist ein Kind der Sechzigerjahre und arbeitet als freie Journalistin.*

Wünsch dich ins Wunder-Weihnachtsland

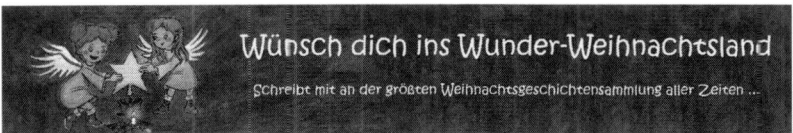

Schreibt mit an der größten Weihnachtsgeschichtensammlung aller Zeiten:

Seit dreizehn Jahren sammeln wir mit unseren Wunder-Weihnachtsland-Büchern Geschichten, Märchen, Erzählungen, Haikus, Gedichte ... rund um die schönsten Tage des Jahres – die Advents- und Weihnachtszeit. Hunderte von Texten haben uns in den Jahren erreicht – lustige und besinnliche, heitere und nachdenkliche.

Wenn wir alle Geschichten zusammenfassen, haben wir sicherlch eine der größten Weihnachtsgeschichtensammlungen aller Zeiten für kleine und große Leser zusammengetragen. Und wir schreiben weiter am Wunder-Weihnachtsland – 365 Tage im Jahr.

Einmal im Jahr im Oktober/November geben wir ein neues, gedrucktes Buch „Wünsch dich ins Wunder-Weihnachtsland" heraus. Alle Bücher gibt es mit der Veröffentlichung auch als E-Book.

Weitere Infos unter:

www.wuensch-dich-ins-wunder-weihnachtsland.de

Damals ... auf der Arche Noah

Wir kennen sie alle, die Geschichte der Arche Noah. Die Geschichte Noahs, des Mannes, der von Gott vor einer großen Flut gewarnt wurde, daraufhin seine Familie um sich scharte und von jedem Landtier ein Paar versammelte, um es auf die Arche zu bringen, um so deren Überleben zu sichern. Natürlich hatte Noah von Gott einen genauen Auftrag erhalten, wie sein Schiff auszusehen habe und was er tun müsse. Als schließlich die Sintflut ihr Ende fand, soll die Arche Noah im Gebirge Ararat auf Grund gelaufen sein. Das alles ist uns durch die Bibel überliefert worden. Doch wir möchten nun die Fantasie aller Autorinnen und Autoren anregen und uns erzählen lassen, was wohl auf der Arche Noah geschehen sein könnte. Gesucht werden von Papierfresserchens MTM-Verlag Geschichten und Gedichte rund um das Thema „Arche Noah". Das Buch richtet sich an Kinder ab ca. 8 Jahren und soll sie zum Lesen ... und vielleicht auch zum Schreiben eigener Geschichten .... animieren. Gerne dürfen uns auch eigene Illustrationen zugeschickt werden.

Die Ausschreibung richtet sich an Autor*Innen jeden Alters. Infos dazu auf unserer Internetseite www.papierfresserchen.de

Einsendeschluss ist der 15. März 2023

Redaktions- und Literaturbüro - Pressearbeit seit 1989

Wir helfen Ihnen dabei, Ihr werbliches Konzept für Ihr Buchprojekt umzusetzen – egal ob Sie Verlagsautor oder Selfpublisher sind:

kreativ – originell – zielgruppenorientiert.

Wir stehen Ihnen immer zur Seite, wenn Sie nicht wissen, wie es weitergehen soll. Wir korrigieren oder lektorieren Ihre Texte, wir sind für Sie bei Schreibblockaden als Ghostwriter tätig oder schreiben Ihnen einen aussagekräftigen Pressetext für den Versand an örtliche oder überregionale Medien, die Sie ansprechen möchten. Sie haben keinen eigenen Presseverteiler? Kein Problem – auch da können wir helfen ...

Unsere Redaktions-Dienstleistung:
Schreiben von Pressetexten
Versand von Pressetexten an Print- und Onlinemedien
Erstellen von Werbetexten für Ihr Buchprojekt
Konzeption und Druck von Werbematerial
(Flyer, Lesezeichen, Briefpapier ...)

Unsere Literatur-Dienstleistung:
Lektorat
Buchsatz
E-Book Erstellung
Ghostwriting
Mein Trauerbuch
Biografiearbeit

CAT creativ - www.cat-creativ.at
cat@cat-creativ.at

Ferienwohnung Drachennest

Feldkirch / Österreich

Ländlich idyllisch und dennoch stadtnah zentral in Feldkirch-Tosters gelegen, nur einen Steinwurf entfernt von der Schweizer und Liechtensteiner Grenze, finden Sie unsere Ferienwohnung Drachennest, den idealen Rückzugsort vom Alltag. Genießen Sie unsere wunderschöne Ferienregion Vorarlberg in Österreich abseits der Hektik der großen Touristikgebiete.

Brechen Sie zu einmaligen Wanderungen und Radtouren auf – entlang des Rheins zum Bodensee oder entlang der Ill mitten hinein in die Berglandschaft des Ländles. Gut ausgebaute Radwege ermöglichen ein stressfreies Radeln, auch für wenig trainierte Radfahrer, da es auf diesen Wegen nur sehr leichte Steigungen gibt.

Starten Sie die schönsten Motorradtouren in die Alpen direkt vor unserer Haustür. Gerne geben wir Ihnen Tipps für tolle Tagestouren, da wir selbst begeisterte Motorradfahrer sind.

Skifahren? Kein Problem? Erreichen Sie die schönsten Skigebiete Vorarlbergs bequem mit öffentlichen Verkehrsmitteln oder mit Ihrem eigenen Fahrzeug.

Gerne begrüßen wir Sie gemeinsam mit Ihrem Haustier in unserer schönen Ferienwohnung in Feldkirch-Tosters. Und sollten Sie an einem Buch schreiben, so stehen wir Ihnen auf Anfrage gerne hilfreich zur Seite.

Information und Buchung:

www.drachennest.at